존 싱어 사전트와
# 마담X의 추락

STRAPLESS

John Singer Sargent and the Fall of Madame X
by Deborah Davis

존 싱어 사전트와
## 마담X의 추락

지은이   데보라 데이비스
옮긴이   정영문

초판 1 쇄 인쇄  2007년 6월 18일
초판 1 쇄 발행  2007년 6월 25일

펴낸이   이상만
펴낸곳   마로니에북스
등 록    2003년 4월 14일 제 2003-71 호
주 소    (100-809) 서울시 종로구 동숭동 1-81
전 화    02-741-9191(대)
편집부   02-744-9191
팩 스    02-762-4577
홈페이지  www.maroniebooks.com

* 책값은 뒤표지에 있습니다.

ISBN   978-89-6053-039-3

존 싱어 사전트와
# 마담 **X**의 추락

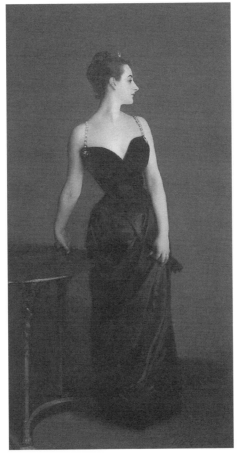

데보라 데이비스 지음 | 정영문 옮김

**마로니에북스**

# │ 차례

# | 서문

✤ 이 책의 이야기는 〈마담X〉라는 그림에 관한 이야기처럼 멋진 검정색 드레스로 시작된다. 할리우드 시상식에 입고 갈 새 옷을 열심히 찾던 나는 이탈리아 출신의 유명한 디자이너 니노 세루티에게 그의 작품 중 하나를 빌릴 수 있는지 물었다. 그의 직원이 검정색 이브닝 가운을 갖고 왔는데 그 옷에는 살이 드러나는 보디스와 조심스런 옷자락, 그리고 빛 속에서 보석을 한 것처럼 보이는 가는 메탈 어깨끈이 있었다. 그것을 입는 순간 마치 포즈를 취하기라도 하듯 나의 자세가 바뀌었다. 그 드레스는 뭔가를 떠오르게 했고, 곧 나는 그것이 그것과 아주 비슷한 검정색 가운을 입고 있는, 육감적이면서도 피부가 흰 여자를 그린 것으로 유명한 존 싱어 사전트의 그림 〈마담X〉라는 것을 깨달았다. 나는 그 그림을 알고 있었지만 그 배후에 있는 이야기에 대

해서는 전혀 알지 못했다.

나는 호기심에 이끌려 그 초상화에 대한 이야기를 읽었고, 〈마담X〉가 19세기의 한 여자에 대한 예술적인 묘사 이상의 것이라는 사실을 알게 되었다. 그것은 탁월하지만 잘못 이해된 한 화가가 자신의 놀라운 모델과 같이 일한 것에 대한 기록이다. 그 그림을 위해 포즈를 취한, 크리올 출신의 경이로운 프랑스 여자인 비르지니 아멜리 아베뇨 고트로는 인습적인 기준에서는 매력적이지 않았다. 그럼에도 무척 창백하고, 과장된 모습을 하고 있는 그녀는 미인으로 예찬되었고, 당시 파리에서 가장 "섹시한 여자"였다. 그녀를 그렸을 당시 야망이 큰 젊은 화가였던 사전트는 열정적이거나 낭만적인 남자로 여겨진 적은 없었다. 그럼에도 멋진 검정색 드레스의 끈 하나가 어깨 아래로, 암시적으로 떨어지게 그녀를 그렸을 때 그는 자신의 모델에게 사로잡혀 있었던 게 분명하다. 놀랍게도 그 그림이 1884년 처음 선보였을 때 파리에서 엄청난 물의를 빚은 것은 어깨 아래로 흘러내린 그 끈이었다.

이 모순은 이 유명한 그림 뒤에 놀라운 이야기가 있다는 것을 암시했고, 나는 궁금증이 증폭되기 시작했다. 고트로는 누구였고, 그녀는 어떻게 유명하게 되었는가? 사전트는 왜 그녀에게 매혹되었던 것인가? 그는 결코 소유하지 못한 이 여자를 원했던 것인가? 물의를 빚은 그 그림은 성적으로 갈등을 겪고 있던 한 남자가 고의로 만들어낸 계략인가?

나는 이 질문들에 대한 해답을 구하기 시작했다. 하지만 〈마담X〉가 백 년도 더 전에 그려졌고, 내가 미술사를 무척 좋아했지만 그것에 대한 공식적인 교육을 받은 적이 없다는 사실에 비춰보면 그것은 잠재적으로 절망적인 프로젝트였다. 나는 고트로가 태어난 뉴올리언스에서 그녀의 후손인 아베뇨 가문 사람들과 파를랑쥬 가문 사람들을 만났으며, 그들의 가족과 팬에 의해 그녀의 전설이 어떻게 유지되는지를 직접 보았다. 그들 중 일부는 거의 우상 숭배를 하듯 그녀를 떠받들고 있었다. 브르타뉴에서 나는 고트로와 사전트가 살았던 곳의 환경이 아직도 대부분 그대로인 것을 발견했다.

〈마담X〉가 그려진 저택인 레 셴느에서 나는 화가와 모델의 흔적을 간직하고 있는 것처럼 보이는 낡은 참나무 계단 난간을 만져보았고, 고트로가 가장 좋아했던 소유물인 그녀의 피아노 소리가 한때 울려 퍼졌던 응접실에도 서 보았다. 시 공무원을 설득해 고트로의 무덤에 데려가 달라고 한 나는 그곳에서 최근까지만 해도 몇 인치 흙 아래 묻혀 있던, 금이 간 그녀의 묘석을 보았다. 그리고 파리에서는 고트로와 사전트가 살았던 집들을 발견했고, 그들이 저녁을 즐겼던 식당에서 식사를 했으며, 이와 같은 일상적인 생활의 흔적을 찾아 그 도시를 이를 잡듯 뒤졌다.

내 질문들에 대한 쉬운 해답은 전혀 없었다. 〈마담X〉는 적절한 제목이었는데, 그것은 고트로가 스핑크스 같은 존재가 되었기 때문이다. 오늘날 그녀에 대한 전기는 물론이고 더 이상 이름조차 없었다. 사전트 역시 수많은 책과 기사의 주제이긴 하지만 사적인 삶에 관한 한은 그녀와 마찬가지로 수수께끼 같은 존재였다. 나는 미술계의 성소라고 할 수 있는 박물관과 화랑의 뒷방을 더욱 깊이 뒤졌고, 사전트의 작품에 대해 모든 것을 알고 있는 전문가들에게 질문을 했다. 전문가들은 도움이 되었지만 고트로에 대해서는 약간의 "사실들"만 알고 있었고, 그마저도 대부분이 사실이 아닌 것으로 밝혀졌다. 내가 두 대륙에 흩어져 있는 오래된 신문과 법률 문서, 잊혀진 회상록과 기록을 뒤지기 시작한 후에야 그림의 배후에 있는 이야기가 서서히 나타났다. 19세기의 어떤 신문 가십란에 있는 기사에는 사전트가 고트로의 초상화를 처음 그리기 몇 년 전부터 그녀와 알고 지냈다고 되어 있었다. 1870년대에 기록된 곰팡내 나는 어떤 일기는 의도하지 않았음에도 고트로의 아름다움에 관해 가장 잘 유지된 비밀을 드러냈다. 그리고 한 문서보관소에 묻혀 있던 명함은 어떤 유부남과 함께 그녀가 차를 마시러 누군가의 집에 방문할 예정이었던 것을 보여주었다. 새로 찾아낸 모든 것들은 그 이야기에 대한 세부사항과 새로운 차원의 드라마까지 더해 주었다.

이 사실에 더불어 계시가 뒤따랐다. 한 가지 기억할 만한 경험은 뉴욕의 아델슨 갤러리에서 일어났다. 그곳에서 사전트에 관한 한 존경받는 전문가들과 함께 있던 나는 경매소에서 산 어떤 편지의 저자를 확인했다. 편지에는 "아멜리 고트로"라는 서명이 있었지만 그들은 그 사람이 누구인지 몰랐다. 나는 그들에게 내가 파리의 여러 도서관에서 알게 된 한 황홀한 이야기를 해주었다. 고트로는 평생 동안 자신의 이름을 비르지니 대신 아멜리로 불렀던 것이다.

편지의 내용은 훨씬 더 중요했다. 고트로와 사전트가 같은 종이의 반대되는 면에 각각 글을 쓰고, 둘 모두의 친구에게 보낸 그 문서는 처음으로 자신의 초상화에 대한 고트로의 진정한 느낌을 드러내 주었다. 그녀는 그 그림을 걸작으로 일컬었는데, 그것은 고트로가 그것을 경멸했다는 전통적인 가정과는 모순되는 증거였다.

사전트와 고트로는 그림 뒤에 있는 미술과 유명인, 그리고 매혹과 배신에 관한 이야기의 등장인물만이 아니었다. 그들은 자신들만큼이나 생생하고 매력적인 이야기들을 가진 사람들에게 둘러싸여 있었다. 그 사람들 가운데는 고트로의 연인으로 알려진, 매력적이며 성적으로 모험적이었던 부인과 의사인 사뮈엘 포지 박사와 열광적인 미술광으로 사전트의 모델이자 그가 무척 좋아했던 쥐디트 고티에, 그리고 평생 동안 사전트의 연인이었을 수도 있는, 사람 유혹하기를 좋아했던 젊은 화가 알베르 드 벨러로쉬 등이 있다. 단순한 하나의 이미지 이상인 〈마담X〉는 논란을 야기하는 풍부한 어떤 세계를 들여다볼 수 있는 창문으로, 벨 에포크(19세기 말부터 1차 세계대전 전까지의 아름답고 우아한 시대-옮긴이)의 파리의 화려함과 퇴폐와 눈부신 광경을 직접 경험하게 해준다.

　한 걸작 그림을 해부한 「strapless」는 사전트와 고트로를 불멸의 존재로 만든 그림에 대한, 놀라우며 생생한 드라마를 보여주고 있다. 걸작이 된 그림을 포함해 모든 그림들은 그것의 모델로부터 시작한다. 전설적인 〈마담X〉는 비르지니 아멜리 아베뇨이며, 그녀의 이야기는 그녀가 나중에 지배한 파리만큼이나 퇴폐적이고 화려한, 1차 세계대전 전의 화려함의 정점에 있던 뉴올리언스라는 무대에서 시작되었다.

# 루이지애나 여자

✤ 1857년은 아나톨 아베뇨와 뉴올리언스 모두에게 멋진 해였다. 그해 초 지역 사업가 몇 명은 마디그라라는 오래된 관습을 부활시키기로 결정한 상태였다. 그 전통은 고향을 떠나온 프랑스 출신의 루이지애나 정착민들이, 조국에서 즐겼던 축제 분위기를 떠올리기 위해 18세기 초부터 시작한 것이었다. 사순절이 시작되는 재의 수요일 이전 삼일 동안 가면을 쓴 사람들은 환상적인 의상을 입고 거리를 행진하면서 자신들의 익살스러운 짓을 구경하러 온 사람들에게 사탕과 과자를 던져주었다. 구경꾼들이 뭔가를 되던지기 전까지는 그 모든 것이 무척 장난스러웠고 순수했다. 처음에 구경꾼들은 야유를 보내며 밀가루를 던졌는데, 그것은 거리에 눈보라가 날리는 것처럼 하얗게 보이도록 하기 위해서였다. 하지만 밀가루가 비싸지자 그들은 흙과 진흙을 사용했

고, 악의를 가진 몇몇 사람들이 석회와 벽돌을 던져 무고한 사람들을 다치게 하여 축제 분위기를 망쳤다. 그로 인해 마디그라는 아주 사납고 위험한 이벤트로 변질되었고, 점잖은 시민들은 문을 잠그거나 덧문을 내린 채 집에 머물렀다. 1849년 데일리 크레센트에 기고를 한 어떤 작가는 "마디그라를 더 이상 보고 싶지 않다"고 털어놓았다.

1857년 초 아베뉴와 그의 몇몇 친구들은 뉴올리언스의 시민들이 마디그라를 보러 다시 거리로 나오게 할 이벤트를 계획하기 위해 몰래 만났다. 그들은 그 축제를 전담할 남자들의 클럽인 최초의 비밀 조직을 만들었다. 스스로를 "코머스(음주와 향연을 주관하는 그리스 · 로마신화의 젊은 신-옮긴이) 크루"로 부른 그들은 2월 24일 우아한 의상을 하고, 〈밀턴의 실낙원 속의 악마 배우들〉이라는 그림을 앞세우고 깜짝 퍼레이드를 펼쳤다. 그들은 횃불을 들고 음악을 연주하며 밤늦게까지 거리를 행진했고, 끝내는 게어티 극장에 도착했다. 그런 다음 그곳에서 열린, 뉴올리언스에서 가장 아름답고 젊은 여자들이 참석하는 화려한 의상무도회에서 그곳에 참석한 루이지애나의 유지들을 즐겁게 해주었다. 이벤트는 대성공이었고 한 참가자는 그것이 파리의 축제보다 나았다고 주장했다. 코머스 크루는 자신들 나름의 마디그라를 매년 열기로 하고, 오늘날 뉴올리언스의 심장이자 영혼이 된 화려한 사육제를 시작했다.

"잊어버리기를 좋아하는 도시"인 뉴올리언스는 19세기의 많은 사람들로부터 좋은 시간을 보내기에 미국에서 제일 좋은 곳이라고 여겨졌다. 미국에서 "가장 화려하고 퇴폐적인 도시"이자, 거친 신세계에서 처음으로 오페라 시즌을 갖게 된 뉴올리언스는, 사업상의 여행객과 유럽의 관광객, 그리고 도박꾼과 야바위꾼들에게 최고의 행선지로 자리매김하며 마치 파리와도 같은 곳이 되었다. 또한 뉴올리언스에는 거대한 유흥 궁전인 세인트 찰스와 세인트 루이스라는 유명한 호텔이 있어 방문객들을 맞았는데, 이 두 곳은 분명하게 구분되는 두 구역을 위해 지어졌다. 우선, 세인트 찰스는 여행객과 스스로를 미국인이라고 생각하는 지역 토박이들을 끌었다. 그들은 영어로 말했고, 구세계와는 거리를 두었다. 반면, 유럽 스타일의 세인트 루이스는 크리올 사교계의 중심지로 "비외카레"라고 일컬어지는 구시가지의 한 구역 전체를 차지하는 곳이었다.

아나톨 아베뇨를 포함한 프랑스 출신의 크리올은 루이지애나에 이주한 프랑스 정착민들의 직계 후손들이었다. 자신의 유산에 대해 자부심을 갖고 있고, 미국에서 태어났음에도 불구하고 프랑스인의 정체성을 단호하게 유지한 그들은 아주 촘촘하게 짜여진 공동체 속에 살면서 영어로 말하기를 거부했다.

세인트 찰스와 세인트 루이스 모두 웬만한 책 한 권 분량의 메뉴가 있는 인상적인 레스토랑을 갖고 있었다. 그 호텔들에서는 화려한 파티와 의상무도회가 자주 열렸다. 실제로는 너무도 많이 열려 겨울 사교계 시즌이 정점에 이른 후면 참가자들은 그해 겨울의 남은 시기 동안에 기력이 쇠잔할 정도였다. 1860년대까지 그 호텔들의 거대한 원형 홀에서는 매일같이 노예 경매가 열리기도 했다.

1800년대 중반에 뉴올리언스를 방문한 사람이라면 누구든 그곳의 우아한 분위기에 놀랐을 것이다. 그곳에서는 어디에서나 국제도시다운 화려한 손길을 볼 수 있었다. 아케이드에는 최신 유행의 직물과 가구와 장식물들로 가득한 부티크들이 늘어서 있었는데, 그 모든 것이 수입된 제품이었다. 그것은 사치품을 프랑스에서 수입하는 것이 루이지애나에서 만드는 것보다 싸게 먹혔기 때문이었다. 잭슨 광장에는 악명 높은 폰탈바 남작부인이 지은 파리풍의 아파트 두 채가 있었다. 유럽 출신의 탐욕적인 남편과 시아버지가 그녀의 돈을 노리고 그녀를 여러번 죽이려 했다는 소문도 있었다.

뉴올리언스는 세계 여러 나라의 방문객들에게 최고의 행선지였다. 그것은 그곳이 축제 분위기를 제공했을 뿐만 아니라 미국 북부와 유럽, 남미, 그리고 다른 지역에서 온 배가 접근하기에 아주 좋은 곳이었기 때문이다. 하지만 방문객들은 자신들의 행선지가 세상에 있는 도시 중 위생 상태가 가장 나쁜 곳 중 하나라는 사실은 몰랐을 수도 있다. 매일같이 대양을 항해한 배를 환영하고, 강을 지나다니는 배들이 정박한 부산한 항구는 역병과 쥐와 많은 해충들이 창궐했다. 설상가상으로 뉴올리언스는 습지 위에 건설된 도시였고, 거리는 종종 범람하여 물에 잠긴 쓰레기의 운하가 되었다. 여자들이 입은, 수입한 가운은 패션의 첨단을 보여주는 것이었지만 진흙 속에서 끌려 옷단은 종종 지저분했다. 여기저기 방치된 물웅덩이는 질병을 일으키는 모기들로 들끓었고, 결국 1853년과 1855년, 그리고 1858년에 콜레라로 인한 황열병이 발병하면서 수천 명이 죽었다.

콜레라가 발병한 사이인 1857년 아나톨 아베뇨는 사랑스런 마리 비르지니 테르낭과 결혼했다. 그들은 젊은 크리올 남녀들이 부모의 완전한 승인 아래 서로에게 치근덕거렸던 "코머스 크루"에서 만났을 수도 있다.

부모가 그렇게 한 것은 그곳의 모두가 같은 태생의 사람들이었기 때문이다. 1857년 5월 14일 세인트 루이스 성당에서 열린 결혼식은 양가 모두에게 행복하고 이익이 되는 결합이었다. 크리올 출신의 한 훌륭한 가문이 다른 가문과 피를 섞는 그 결혼은 두 사람이 어떻게 살아야 하는지를 지시해 주는 것이기도 했다. 아나톨은 뉴올리언스의 지주인 필립 아베뇨와 그의 아내 카테린 저느 사이의 열세 명 아이들 중 여덟 번째였다. 필립은 부와 성공을 모두 누렸으며, 카테린 역시 나름대로 풍족하고, 연줄이 좋았다. 그녀의 남자형제 샤를르는 1838년부터 1840년까지 뉴올리언스의 시장을 역임했다.

아베뇨 집안은 뉴올리언스의 부동산에 많은 투자를 했는데, 특히 "비외카레" 근처의 유럽 스타일의 동네에 많은 투자를 했다. 그들은 뉴올리언스에서 부동산을 가장 많이 소유하고 있는 것으로 여겨졌다. 프랑스 구역의 툴루즈 가 927번지에 있는 그들의 집은 하나의 이정표 역할을 했다. 뉴올리언스에서 가장 처음 세워진 "고층 건물" 중 하나인 그곳은 사층 건물로, 일대에 있는 다른 건물들을 굽어보고 있었다. 우아하게 설계된 건물 안에는 멋진 중앙 계단과 높은 창문이 있는, 비례가 완벽한 여러 칸의 방이 있었다. 그리고 정교한 철제 발코니에는 주인의 이니셜 "P.A."가 장식으로 새겨져 있었다.

프랑스 구역 안의 집에는 특징적인 벽과 좋은 향기가 나는 정원도 있었는데 그 덕분에 집주인들은 해롭거나 위험한 바깥 세계로부터 보호받으며 그 안에서 조용한 시간을 보낼 수 있었다. 무더운 여름이면 그들은 보통 집 안이나 정원을 둘러싼 벽 뒤에 머물며 거리의 지저분함과 혹서로부터 스스로를 보호했다. 벽 너머 거리의 모든 부산함으로부터 차단된 아베뇨 집안의 정원이 가장 인상적인 점은 그것이 무척 컸다는 것이다.

훌륭한 혈통에다 은행에 많은 돈을 저축해 놓았던, 장래가 촉망받는 아나톨 아베뇨는 뉴올리언스의 대표적인 젊은이들 중 최고의 인물이었다. 법률학교를 졸업한 후 곧 그는 그 도시에서 가장 촉망받는 변호사 중 하나가 되었다. 그의 훌륭한 외모 또한 또 다른 자산이었다. 그는 피부가 하얗고, 머리는 드문 구리색이었으며, "아베뇨 가문 사람의 특징적인 코"는 길고 예리하여, 로마인을 떠올리게 했다. 아베뇨 가문 사람의 특징적인 코는 다른 누군가가 그런 코를 갖고 있었다면 추하게 보일 수도 있었지만 아나톨의 경우에는 귀족 혈통을 암시하듯 위쪽으로 휘어 거의 왕족처럼 보였다.

아나톨과 마찬가지로 그의 신부인 마리 비르지니 테르낭 역시 순수한 크리올이었다. 그녀의 어머니 비르지니 트라양은 1818년에 태어나 매력적인 처녀로 자라났다. 열일곱 살에 그녀는 마흔아홉 살의 홀아비이자 지주인 클로드 뱅상 테르낭과 결혼했다. 비르지니와 뱅상의 결합에 사람들은 눈썹을 치켜떴는데, 그것은 비르지니가 그의 피후견인이었기 때문이다. 또한 트라양 가문 사람들이 정신적으로, 그리고 정서적으로 불안하다는 입소문이 나돌았다. 소문이야 어떻든 비르지니는 운이 좋은 신부였다. 그녀는 결혼반지와 함께 테르낭의 웅장한 플랜테이션에 있는 저택의 열쇠를 받았다.

그녀는 당시 부유한 많은 여자들이 그랬던 것처럼 수를 놓으며, 용모를 가꾸고, 인생을 즐기며 장식적인 삶을 살았을 수도 있다. 하지만 비르지니는 남편의 플랜테이션을 직접 돌보기로 결심했다. 그녀는 그들의 영지를 무척 좋아했고, 젊고 경험이 없었음에도 불구하고 타고난 관리인이었다. 뉴올리언스 북쪽에 있는 미시시피 강의 지류인 폴스 강이 내려다보이는 테르낭 플랜테이션은 웅장하고 조용했으며, 초목으로 푸르렀다. 커다란 중앙 저택은 나무로 울창한 이국적인 정원과, 거대한 참나무들이 있는 광활한 땅에 둘러싸여 있었다. 프랑스의 오래된 영지처럼 재현해놓은 삼나무가 집으로 향하는 긴 길가에 서 있었고, 팔각형 모양의 비둘기집 두 개에서는 늘 비둘기 새끼가 부화했다. 영지에는 양들이 풀을 뜯었고, 근처 들판에는 소와 나귀와 말들이 있었다. 147명의 노예들이 동물과 작물을 돌보았는데 노예를 감독하는 사람은 단 한 명이었다.

집 안의 모든 방에는 훌륭한 가구와 장식품이 가득했다. 테르낭의 디너웨어는 325점의 도기 접시와 서른네 개의 포도주 잔, 여든일곱 개의 샴페인 글라스, 그리고 캐비닛을 가득 채우고 있는 비싼 리넨과 많은 은기로 이루어져 있었다. 지하실에는 포도주가 최소한 이백 병이 넘게 보관된 저장소와 약국을 차려도 될 정도로 많은 약이 있는 약품실이 있었다.

비르지니는 모든 것을 꼼꼼하게 관리했다. 그녀를 지켜본 한 사람은 "폴스 강의 부인을 싫어하든 좋아하든 그녀의 영향력이 미치는 대부분의 사람들의 삶이 그녀를 중심으로 돌아간다. 그 플랜테이션에서 그 전에 일어났던 모든 일들은 그녀가 온 후 일어난 일의 서막으로 여겨질 수도 있었다"라고 말했다.

아주 젊고 아름다우며 단호한 성격이었던 비르지니는 결혼 후 사 년 동안 아이 셋을 낳았다. 마리위 클로드 뱅상은 아들이었고, 마리 비르지니는 딸이었으며(그녀는 마리라는 자신의 첫 이름을 거의 쓰지 않았다) 사랑스럽지만 문제가 있었던 또 다른 딸은 쥘리 외리필이었다. 비르지니는 폴스 강을 사랑하긴 했지만 자라나는 아이들을 시골 생활에 가둬놓기에는 사회적으로 야망이 너무도 컸다. 플랜테이션은 뉴올리언스에서 백 마일도 훨씬 넘게 떨어져 있었지만 비르지니와 뱅상은 미시시피 강을 운항하며, 그들의 집 앞쪽 잔디밭을 지나가는 배들을 통해 크리올 상류 사회와 연결되어 있었다. 뉴올리언스는 파리로 가는 길목이었고, 테르낭 부부는 파리에도 아파트가 한 채 있었다. 그들은 종종 한 번에 몇 년씩 집을 돌보게 손을 쓴 후 이국에서의 사치스런 삶을 최대한 즐기곤 했다. 성공한 크리올 출신 가문들 모두가 그런 것처럼 테르낭 집안의 첫 번째 언어는 프랑스어였고, 그들은 루이지애나에 있을 때에도 프랑스어를 썼다. 파리에 있을 때면 그들은 프랑스의 지식인들을 초대하고, 나폴레옹 3세의 화려한 궁정 생활을 모방하며 파리 사람처럼 살았다. 비르지니와 뱅상은 명함을 돌리며 자신들이 오고가는 것을 알렸으며, 화려한 삶을 즐겼다. 그들은 자신들의 디너 테이블에서 누구를 누구 옆에 앉힐지 알아내기 위해 유럽 귀족들이 누가 누구인지를 알려주는 「고타 연감」을 연구하기도 했다.

1842년에 뱅상 테르낭은 아직도 이십대였던 그의 아내 비르지니 트라앙에게 그들이 공유했던 플랜테이션을 남기고 죽었다. 이 년 후 그녀는 프랑스 해군 장교인 샤를르 파를랑쥬와 결혼했다. 파를랑쥬 역시 파리와 뉴올리언스 양쪽 모두에서 거주했으며, 미국 남부의 문맹률이 무척 높고 책의 수요도 공급도 적었던 시절에 커다란 서재를 갖고 있었다.

비르지니는 플랜테이션의 이름을 테르낭 플랜테이션 파를랑쥬로 바꿨다. 1851년 그녀는 아들을 하나 더 낳았고, 외교적인 수완을 발휘해 두 남편에게 경의를 표하며 샤를르 뱅상이라고 이름을 지었다. 가족의 기록은 모호하지만 비르지니와 샤를르가 샤를르 뱅상을 낳기 전 아이를 하나 더 낳았지만 살아남지 못했을 수도 있다는 것을 암시하고 있다.

새로 결합한 테르낭과 파를랑쥬 집안의 파리 거주지는 마들렌느 교회 근처, 뤽상부르 가 45번지에 있었는데 그곳은 파리에서도 가장 부유한 곳 중 하나였다. 황제 나폴레옹 3세와 외제니 왕비의 유명한 궁정 화가였던 클로드 마리 뒤뷔프가 그들 가족 모두를 그렸다. 자신을 왕족처럼 보이게 할 수 있는 기회를 반겼던 비르지니는 86×61인치 크기의 커다란 자신의 초상화를 의뢰했다. 그 그림은 그녀의 섬세한 모습과 우아한 형태를 강조했다. 그녀의 하얀 얼굴은 검은 머리가 둘러싸고 있었고, 훌륭한 몸매는 고급스런 스타일의 검정색 가운에 의해 더욱 돋보였다. 그 이미지는 개성과 힘, 유혹하는 듯한 오만함을 발산했다.

뒤뷔프의 그림들이 파를랑쥬 집 이층 응접실을 압도하고 있었다. 비르지니는 아이들의 초상화를 방의 구석에 모호하게 걸어 그곳을 유행의 첨단을 걷는 파리의 살롱처럼 타원형으로 만들려고 애썼다. 파를랑쥬 부부는 자신들의 부를 과시하는 것을 좋아했으며, 실제로 집 안의 거의 모든 표면을 물건으로 뒤덮었다.

아이들에 대한 야심이 컸던 비르지니는 최소한 그들이 결혼만큼은 잘하기를 바랐다. 하지만 십대인 마리위는 이미 폴스 강 연안에서 "거물"로 알려질 정도의 난봉꾼으로, 술을 마시고 도박을 하며 여자들과 놀아

났다. 딸을 가진 부모들은 그를 멀리 하라고 주의를 주었지만 남부의 연대기 작가인 하넷 케인이 쓴 것처럼 "폴스 강 연안의 - 그리고 루이지애나의 다른 지역과 파리의 - 여자아이들은 마리위를 너무도 좋아했다." 마리위는 플랜테이션에서도, 그리고 다른 모든 곳에서도 일에는 관심이 없는 총각으로 여겨졌다. 행실이 바르지 않은 난봉꾼이었던 그는 돈을 물 쓰듯이 썼고, 계속해서 나쁜 행동을 저질러 어머니의 마음을 아프게 했다. 이웃들은 훤한 대낮에 카드놀이를 하고 있는 그를 보고 분개했다.

게다가 비르지니의 어린 딸인 쥘리는 또 다른 문제로 어머니에게 고통과 실망을 안겨주었다. 그녀는 비르지니의 가문으로부터 광기라는 불행한 유산을 물려받은 것이다. 캐나다 남동부 아카디아 출신인 그녀의 할아버지 조제프 뢰프르와 트라앙은 결혼 초기에 정신 이상으로 밝혀졌고, 쥘리는 트라앙 집안의 또 다른 사촌들과 함께 그의 병을 물려받았다. 그들은 모두 우울증 증세를 보였는데, 나이가 들면서 그것은 더욱 심해졌고, 정상적인 생활이 어렵게 되었다. 그들 가족은 진실을 가리는 이야기들을 지어내 - 혹은 최소한 사실을 부인하지는 않으면서 - 그 일화에 대해 최대한 입을 막았다. 쥘리를 둘러싼 남부의 전형적인 고딕풍의 이야기에 따르면 그녀는 자신이 사랑하던 남자를 포기하고 나이든 프랑스 출신 귀족과 결혼해야 했던 결혼식 날 플랜테이션에 있는 거대한 참나무로 돌진해 자살했다고 전한다. 그 이야기는 한층 더 나아가 웨딩드레스를 입은 쥘리의 유령이 잃어버린 사랑을 애도하며 영지를 떠돈다는 내용으로 전해지기도 했다. 쥘리는 그런 이야기들과 함께 아주 오랜 세월 동안 가족의 그림자 속에 남아 있어 대부분의 사람들은 그녀가 죽었다고 믿었다.

하지만 비르지니의 또 다른 딸은 두 아이들과는 다르게 그녀를 전혀 실망시키지 않았다. 실제로 마리 비르지니 테르낭이 아나톨 아베뇨와 결혼했을 때 그녀는 가족의 모든 기대를 충족시켰다. 젊은 부부는 아나톨의 형제들과 가족들에게 둘러싸여, 번창하는 프랑스 구역에서 살림을 맡아 했다.

뉴올리언스는 19세기 중반인 이 무렵 번창하면서도 평화로웠다. 그때만큼 그 도시가 다채롭고 이국적인 때는 없었다. 유명한 배우인 에드윈 부스는 무대 위에서 리슐리에 역을 맡아 연기를 펼쳤으며, 스폴딩 앤드 로저즈 서커스는 여러가지 공연 가운데서도 "살아 있는 해골 바이올린 연주자"를 광고하기도 했다. 또한 농장의 동물 가운데 낙타가 선전된 사실은 이곳이 이국적인 영향을 받았음을 입증해준다.

1859년 1월 29일 마리 비르지니와 아나톨은 첫 아이 비르지니 아멜리를 낳았다. 프랑스의 관례대로 아기에게는 여러 이름이 있었지만, 당시 뉴올리언스에서 유행하는 이름인 아멜리로 불려졌다. 어쩌면 그것은 비르지니라는 이름을 가진 그녀의 어머니와 할머니로부터 그녀를 구분하기 위해서였는지도 모른다. 그녀에게 그런 이름을 붙이게 한 아멜리는 여럿이 있었다. 아나톨의 형 장 베르나르는 아멜리 뒤렐이라는 처제가 있었고, 프랑스의 마지막 여왕인 마리 아멜리를 기념하는 동정녀 마리아의 동상이 뉴올리언스 교회에 전시되어 있었기 때문이기도 하다.

아멜리는 가족의 초상화 속에서 볼 수 있는 테르낭 가문의 우아한 모습을 물려받았지만 얼굴은 순수하게 아베뇨 가문 사람이었다. 붉은빛이

들어간 구리색 머리와 크림색의 하얀 피부가 특징적이면서도 매력적이며, 로마의 동전에 나오는 것 같은 코를 가진 그녀는 자신의 아버지를 빼닮은 모습이었다.

1859년 마리 비르지니와 6개월 된 아멜리 - "미미" 또는 "멜리"라는 애칭으로 불린 - 는 뉴올리언스에 있는 거대한 아베뇨 정원을 마음대로 사용할 수 있었음에도 불구하고 파를랑쥬에서 휴가를 보냈다. 마리 비르지니는 뉴올리언스의 참을 수 없는 열기와 건강을 위협하는 요소들로부터 벗어나고 싶었다. 뉴올리언스에서 여름 동안 나아지는 것이 있다면 그것은 범죄율뿐이었는데 너무도 더워 범죄를 저지를 수조차 없었기 때문이다. 파를랑쥬 또한 몹시 덥고 모기가 들끓었을테지만 플랜테이션 앞에 있는 아름다운 폴스 강 덕분에 공기가 신선하고 쾌적했을 것이다.

1860년 마흔두 살의 나이에 비르지니 파를랑쥬는 300,000달러 상당의 토지와 50,000달러 상당의 개인 재산을 갖고 있었다. 오늘날 기준으로 그것은 수천만 달러에 이르는 액수였다. 프웽트 구피 패리쉬의 그 어떤 가족도 파를랑쥬 집안의 재산에는 필적하지 못했다. 비르지니는 그 일대에서 가장 부유하면서도 강력한 지주였다. 그럼에도 불구하고 그녀는 한 푼을 더 벌기 위해 열심히 일을 했다. 면화 혹은 인디고(남색 염료 - 옮긴이) 혹은 사탕수수 등 그 무엇을 재배하건 플랜테이션은 까다로운 사업이었는데, 그것은 시간이 지남에 따라 시장의 작물에 대한 수요가 바뀌었기 때문이다. 그녀의 남편 샤를르는 플랜테이션을 내버려둔 채 뉴올리언스로 빈번하게 떠났고, 그래서 대부분의 책임은 비르지니가 졌다.

비르지니는 자신의 부지는 단호하게 지배할 수 있었지만 거칠고 무책임한 첫째는 통제할 수 없었다. 그리하여 마리위 클로드 뱅상 테르낭은 1861년 1월 14일 불과 스물네 살의 나이에 죽었다. 죽음의 원인에 대한 기록은 없지만 결투나 사고로 부주의하게 죽었을 수도 있다. 그의 의붓 형제 샤를르 뱅상 파를랑쥬는 좀더 촉망받는 길을 밟았다. 샤를르는 플랜테이션에 대한 열정을 보였고, 어느 날 그것을 물려받을 것을 준비하며 그곳의 작업에 조심스런 관심을 보였다.

1861년 마리 비르지니와 아나톨 아베뇨는 둘째 딸 발랑틴 마리의 탄생을 축하했다. 그들은 매력적이고 위엄이 있으며, 안전하고 든든한 완벽한 가족처럼 보였다. 그들의 가족은 여느 때의 축제 분위기를 유지했음에도 지역 사회 전체가 전쟁에 대한 얘기로 흔들리고 있었다. 남부의 많은 주들이 결국 노예에 대한 소유권을 지키기 위해 싸우기로 결정을 하자 뉴올리언스는 새로 입대한 병사들을 전장에 보냈다. 병사들은 악대와 함께 거리를 행진하거나, 사랑하는 사람들의 키스를 받으며 전쟁터로 떠났다. 1859년 북부에서 쓰여진 "딕시"는 1861년 뉴올리언스의 버라이어티즈 극장에서 감격적인 마지막 곡으로 연주되면서 남부의 비공식적인 국가가 되었다. 형형색색의 주아브병(원래 알제리 사람으로 편성되어 아라비아 옷을 입은 프랑스 보병 - 옮긴이) 군복을 입은, 그 지역 출신의 크리올로 이루어진 병사들이 무대 위에서 음악에 맞춰 행진을 하자 청중들은 사나워졌다.

그해 5월 26일 뉴올리언스의 분위기는 어두워졌다. 링컨 대통령이 항구를 봉쇄하기 위해 북군의 전함 브루클린 호를 보낸 상태였고, 이제 뉴올리언스는 나머지 세상으로부터 효과적으로 차단되었다. 배가 항구에 들어올 수도 나갈 수도 없었고, 한때 배와 선원 혹은 승객과 화물로 부산했던 항구는 조용했다. 무역은 뉴올리언스의 생명줄이었는데, 이제 그것이 끊기자 도시는 마비 상태에 빠졌다.

아나톨은 남부의 가치를 지키기 위해 싸움에 합류하고 싶어했고, 그해 9월 13일 자신의 법률회사를 떠나 루이지애나 13보병대에 입대했다. 아나톨과 그의 형제인 장 베르나르는 열렬한 남군 지지자였고, 그들은 대대 병력 하나를 모았는데, 그것은 "아베뇨 주아브병"으로 불려졌다. 초조한 남부인들은 전쟁이 곧 끝나고 남부의 남자들이 부상을 입지 않고 돌아올 거라고 스스로에게 확신을 심어주었다. 그들은 기운을 북돋기 위해 정기적으로 퍼레이드와 축하 행사를 벌였다. 마리 비르지니 역시 유능하고 당당한 자신의 남편이 꼭 돌아오리라고 믿었다. 그녀는 두 딸을 "비외카레"에 있는 집과 파를랑쥬 사이로 오가게 했다. 그런데 파를랑쥬에서는 여전히 아름다운 아멜리의 할머니 비르지니가 메이슨 딕슨 전선 양쪽 모두의 장군들을 훌륭한 음식과 멋진 대화로 매혹해 자신의 소중한 집이 파괴되는 것을 막았다는 소문이 나돌았다. 그리고 비르지니가 문 위에 있는 여닫이 채광창과 창문 깊숙한 곳에 가족 소유의 은을 숨겨놓았다는 소문도 있었다. 그녀는 돈을 뜰에 묻었지만 그 후 정확히 어디에 묻었는지를 잊어버렸다.

시간이 흐르고, 아나톨이 루이지애나 13보병대의 지휘를 맡은 지 일곱 달 후 그와 그의 가족의 인생은 비극적으로 바뀌었다. 1862년 4월 6일의 이른 아침에 시작된 "실로 전투"는 지금은 역사적으로 중요한 순간이 되었지만 당시 지친 병사들에게는 또 다른 작은 접전이었을 뿐이다.

당시 목격자였던 남군의 E. M. 더브로카 대위는 적에게 돌진한 아베뇨 소령의 "씩씩한 작은 부대"가 심각한 타격을 입었다는 소식을 사람들에게 전했다. 남군과 북군의 많은 병사들처럼 이들 역시 훈련이 안 된 병사들이었다. 그들은 신사들이었고, 헌신적이었지만 전쟁이 야기하는 역경과 결핍에 제대로 준비되어 있지 않았다. 아나톨은 급성 후두염에 걸린 상태였고, 소리내어 명령을 할 수 없자 지휘권을 다른 장교에게 넘겼다.

4월 7일 다시 지휘를 하게 된 아나톨은 마지막으로 적을 공격하다가 다리에 부상을 입었다. 한데 그 다리가 감염되어 절단해야 했고, 결국 군 열차에서 의식을 잃었다. 한 기자는 "그는 잠시 사람들을 모아 미소를 지은 후 아이처럼 살며시 잠이 들었다"고 보도했다. 뉴올리언스에서는 비르지니가 소식을 기다리고 있었다. 그녀는 남편이 부상을 당한 것은 알고 있었지만 그가 회복되어 자신에게 돌아오리라는 희망을 저버리지 않고 있었다. 뉴올리언스에 도착한 기차에는 그녀가 몇 달 전 작별을 한 강하고, 자신감이 넘치는 병사가 아니라 아나톨의 시신이 있었다. 데일리 델타는 아나톨이 "용감한 자들이 죽기를 원하는 곳, 즉 자신의 근무 위치에서 죽었다"는 감동적인 부고 기사를 썼다.

마리 비르지니는 아나톨의 죽음으로 갑자기 젊은 아내에서 젊은 과부가 되었다. 그러나 그녀만이 예외적인 존재는 아니었다. 뉴올리언스에 살았던 많은 여자들의 결혼 생활이 갑자기 끝이 났던 것이다. 이제 혼자서 딸 둘을 책임지게 된 마리 비르지니는 미래와 관련해 중요한 결정을 해야 했다. 다행히도 돈이 있었다. 아나톨은 아버지의 영지에서 상당한 부지를 물려받아 딸들에게 남겼다. 그는 그들의 어머니와 이전 법률 파트너 조지 바인더를 그들의 후견인으로 지정했다.

그러나 마리 비르지니에게 찾아온 비극은 아나톨의 죽음만이 아니었다. 뉴올리언스의 아이들은 너무나 허약해 몇 년마다 그 도시를 휩쓴 질병들의 희생자가 되었다. 설상가상으로 남군이 패배한 후에는 의약품의 공급이 제한되어 아이들이 더욱 취약하게 되었다. 1866년 3월 11일 다섯 살 된 발랑틴이 충혈성 열로 갑자기 죽었다. 그녀의 유해는 - 어머니와 짧은 인생을 산 프랑스 구역의 집들과, 언니와 함께 놀던 툴루즈 가의 할아버지의 정원에서 몇 구역 떨어진 - 세인트 루이스 공동묘지에 있는 가족의 장지에 아버지와 나란히 묻혔다.

아이와 남편을 잃었던 마리 비르지니는 이제 변화와 새로운 시작에 준비되어 있었다. 그녀는 신선하고 친숙한 파리로 돌아가기로 결심했다. 마리 비르지니가 태어나고 자랐던 루이지애나와 두 번째 고향이 된 뉴올리언스는 전후에 침체와 불안만이 감돌았다. 부동산 가치 덕분에 재산을 모은 가족들은 땅이 쓸모가 없어지자 이제 가난하게 되었다. 전쟁 전과는 달리 돈이 없었던 파를랑쥬 집안은 플랜테이션을 유지하기 위해 여러 번 대출을 받아야 했다. 마리 비르지니는 뉴올리언스에는 참을 수 없는, 슬픈 과거가 있을 뿐 미래가 없다고 느꼈을 것이다.

1867년 그녀와 어린 아멜리는 배를 타고 프랑스로 갔다. 그들은 아나톨의 형 장 베르나르 아베뇨와 그의 가족과 함께 갔을 수도 있다. 장 베르나르는 남부 동맹 정부에서 중요한 인물이었고, 전쟁이 시작되었을 때 루이지애나의 연방 탈퇴 문서에 서명을 하기도 했다. 다른 부유한 크리올처럼 그는 앞으로 있을 어려운 재건 기간 동안, 자신이 남긴 돈을 보호하고자 했다. 뉴올리언스의 상황이 불확실한 이때에 파리는 살기에 완벽한 곳이었다.

마리 비르지니는 자신의 여동생 쥘리도 데리고 갔다. 마리위의 죽음은 쥘리에게 심각한 영향을 끼쳤고, 그녀는 그의 영지를 차지하려고 자신의 어머니에게 소송을 제기했지만 실패했다. 이 같은 예기치 못한 행동과, 그로 인한 소문으로 곤혹스러워진 그녀의 어머니는 쥘리와 함께 사는 것보다는 딴 곳으로 보내는 것이 더 수월하다는 것을 알게 되었다.

마리 비르지니가 파리로 간 것은 삶의 무대가 바뀐 것 이상이었다. 그것은 새로운 삶을 향한 용감한 첫 걸음이었다. 뉴올리언스를 떠난 날 그녀는 낯설고, 약간은 두렵기도 한 역할을 맡게 되었다. 서른에 그녀는 가족의 여자 가장이 된 것이다. 권위적인 어머니로부터 대양을 사이에 두고 떨어지게 된 그녀는 독립적이고 자유롭게 자신의 결정을 내리고, 자신의 방식대로 집안을 이끌어 가게 되었다. 그 후 마리 비르지니는 미래에 집중했는데 그 미래는 바로 아멜리였다.

# 빛의 도시

🌿 아멜리 아베뇨는 여덟 살 때 처음 파리를 보았다. 그 도시는 그 어느 때보다도 아름다웠다. 전쟁에 의해 황폐해진 뉴올리언스와는 달리 그녀의 새로운 고향은 밝고 화려한, 복원된 국제도시의 모습을 갖추고 있었다.

불과 몇 십 년 전만 해도 파리는 지저분하기가 이루 말할 수 없는 곳이었다. 근대적이기보다는 중세적이었던 "빛의 도시"에는 빛이라곤 없었다. 낡고 쇠락한 건물들이 옆 건물로 쓰러져 하늘도 보이지 않았다. 수천 명의 사람들이 요강 속에 든 것을 매일 길에 버렸다. 다른 도시에서 온 사람들은 파리 사람들이 당연하게 받아들이는 악취와 더러움에 경악했다.

나폴레옹 3세는 파리가 좀더 깨끗하고 조직적이며, 미적으로 나은 곳이 되기를 바랐다. 1853년 그는 조르쥬 오스망 남작에게 역사상 가장 우아한 도시 재건 계획 중 하나를 맡았다. 나폴레옹이 연줄이 좋고, 야망이 큰, 교외 출신의 직업 관료인 오스망에게 그 일을 맡긴 것은 현명한 처사였다. 오스망은 보다 나은 파리를 구상할 수 있는 능력과, 일을 끝낼 수 있는 끈기를 갖고 있었다.

오스망은 황제의 기대를 충족시키는 것 이상의 일을 했다. 그와 그의 부서인 센 강 현청에서 일한 사람들은 스스로를 "낡은 파리를 정복하기 위해 전진하는 군대"라고 믿으며 군대의 정확성을 기해 괴력을 발휘했다.

오스망이 재직한 이십 년 동안 그와 그의 직원들은 파리를 정복했다. 오스망은 대부분이 슬럼인 19,722채의 건물을 무너뜨리고 43,777채의 건물을 새로 지었다. 그는 좁은 길들을 여러 개의 대로로 바꿔 한 곳에서 다른 곳으로 보다 유동적으로 갈 수 있게 함으로써 수송 체계를 혁신했다. 또한 그는 각각의 대로들이 새로 건설된 오페라좌 같은 인상적인 건물이나 기념물로 이어지게 해 어떤 목적에 기여하게 했다. 가장 놀라운 것은 오스망이 전에는 빛과 공기와 여가 공간이 부족했던 도시에 4,500에이커에 이르는 공원을 더해 주었다는 것이다.

오스망은 눈에 보이지 않는 것에 대해서도 신경을 썼다. 그는 새로 하수구를 건설했고 (오늘날 그것들은 관광 명소가 되었다) 상수도 체계를 정비했으며, 질병과 해충의 온상이었던 썩어가는 지하 터널을 대체했다. 어떤 사람들은 오스망이 썩은 파리와 함께 매력적인 옛 파리까지도 아무렇게나 파괴하고 있다고 심하게 불평을 했지만 그들 역시 자신의 삶의 질이 향상된 사실만큼은 인정해야 했다.

오스망은 민간 부문에 대해서도 적극적인 영향력을 행사했다. 그는 넓은 방이 있고, 하인들이 따로 잠을 잘 곳이 있는 근대적인 복층 아파트를 짓기도 했는데, 이 과정에서 엄격한 지침으로 건축 도급업자들을 감독했다. 그의 격려에 개발업자들은 이미 유명한 파리의 상업지역을 새롭게 만들었다. 쇼핑은 늘 경제적으로 행복한 삶에 있어 핵심적인 것이었다. 18세기에 필립 도를레앙(프랑스 왕가 출신의 몰락한 인물)은 같은 곳에 복층 가게를 만듦으로써 하나의 건물에서 더 많은 돈을 벌 수 있다는 것을 알게 되었을 때 소매업에 대한 몽상가가 되었다. 그는 지붕이 덮인 쇼핑 아케이드인 그랑 파사주를 처음 만들었다. 팔레 르와얄 근처에 자리한 그곳은 1781년 문을 연 후 곧 성공을 거두었다. 쇼핑객들은 그곳의 우아한 배치와 터키식의 바자회 분위기에 이끌려 그곳을 찾았다.

20세기 쇼핑몰의 선구자인 이 아케이드 혹은 파사주는 근대적인 쇼핑 기회를 제공했다. 하나의 지붕 아래 있는 여러 상점들은 비와 바람을 피할 수 있었으며 편안하고 안전했다. 각각의 파사주에는 다양한 부티크가 있어 구입할 수 있는 상품이 다양하고 풍부했다. 아케이드들은 당시 인기 있는 작가들을 초대 손님으로 초청하는 등의 형태로 오락을 제공하기도 했다. 이 아케이드는 교차로 모양으로 한 구역에서 다른 구역으로 뻗어나갔고, 쇼핑객들은 비와 바람을 피해 한 복도에서 다른 복도로 이동할 수 있었다. 아름다운 몇몇의 아케이드 중 일부 갤러리 비비엔, 파사주 주프르와, 그리고 갤러리 콜베르는 가스등과 유리 지붕 같은 혁신적인 것들을 과시하기도 했다.

자신에게 빠진 매춘부의 대책없는 부도덕에 대한 소설인 「나나」의 첫 장에서 에밀 졸라는 파사주 데 파노라마를 언급했다. 그곳은 나나가 탐욕을 드러내기 위해 공연을 한 극장 바로 옆에 있었다. 일을 하러 가는 길에 형형색색의 가게가 있는 복도를 지나며 그녀는 물질적인 것에 대한 욕망을 채우기 위해 뭐든 사야만 했다. 한데 그녀만 그런 것은 아니었다. 파리의 여자들은 쇼핑이 여가활동이라는 관념을 갖게 되었고, 시간과 돈이 너무 많은 한가한 부자들에게는 성소 같은 곳이 된, 보석 상자 같은 이 아케이드에 매혹되었다.

파사주도 훌륭한 생각이었지만 백화점은 더욱 나은 것이었다. 여러 사람이 소유하는 다양한 가게가 있는 하나의 건물 대신, 프랑스어로 백화점을 의미하는 그랑 마가쟁은 주인이 한 명이고, 하나의 지붕 아래 여러 다른 "코너"가 있었다. 오스망은 백화점을 발명하지는 않았지만 개발업자들에게 이 소매업에 대한 영감과 기회를 제공했다. 파리 전역에서 장갑과 우산과 직물 등의 제품을 전문적으로 팔던 소규모의 오래된 가게들이, 오스망의 건물 해체용 철구에 의해 부서지며 새로운 거리와 건물과 기념물이 들어섰다. 상상력이 풍부한 기업가였던 아리스티드 부시코는 위기에 처한 작은 포목 가게를 인수해 커다란 상점으로 바꿨다. 그는 봉 마르셰 백화점을 열었고, 결국 그곳은 파리의 한 구역 전체를 차지하게 되었으며, 모든 것을 판매했다. 부시코는 자신의 상점 내부를 오스망의 대로를 본떠 쇼핑객들이 한 코너에서 다른 코너로 갈 수 있게 넓은 통로를 만들었다.

졸라는 자신의 베스트셀러 소설 「부인들의 천국」에서 부시코와 그의 발명품을 불멸의 존재로 만들었다. 그 책에서 그는 봉 마르셰 안에서 일어나는 일을 자족적인 도시로 그렸다. 소설에 의하면 그곳에서 일하는 사람들은 근무가 끝난 후에도 백화점 안에서 식사를 하고 잠을 자는 등 나름의 드라마를 펼치며 살았다.

졸라는 새로운 형태의 이 소매업이 정말로 유혹의 한 형태라는 점을 직관적으로 이해하며 가게와 고객 사이의 상호작용을 분석했다. 가게 소유주들은 현명하게도 여자들이 시간을 보내고 돈을 쓸 수 있는 상대적으로 사적이며 편안한 공간을 만듦으로써 고객들을 유혹했다. 백화점 안에서 여자들은 뷔페의 포도주를 마시거나, 종이와 펜과 안락한 의자가 있는 커다란 방에서 편지를 쓸 수 있었다. 그들이 연인에게 보내는 비밀스런 메모는 심부름꾼에 의해 재빨리 배달이 되었고, 그 사이 여자들은 가게 안에서 답장을 기다렸다. 그리고 여자들의 아이를 돌보는 사람들과, 향수 샘플을 맡아볼 수 있는 카운터와, 최신 유행 제품을 입어볼 수 있는 탈의실이 있었다. 봉 마르셰와 르 루브르와 오 프렝탕과, 그것들의 뒤를 이어 생겨난 다른 백화점에서 여자들은 일상적인 삶의 불쾌한 현실로부터 보호되고 있다고 느꼈다. 특별히 여자들을 위해 만들어진 자족적 세계인 이 가게들은 황홀한 곳이었다. 그곳에서 그들의 유일한 의무란 자신들의 환상을 키우며 돈을 쓰는 것이었다.

고객들은 눈길을 끄는 윈도우 디스플레이와 전세계에서 온 상품들과 미끼로 이용된, 감당할 수 있는 가격의 물건들에 의해 가게로 이끌렸다. 어떤 사람들은 윈도우 쇼핑을 하며 - 프랑스어 표현처럼 "창문을 핥으며" - 바깥에 머물기도 했지만 안으로 들어간 사람들은 단 하나의 지붕 아래에 있는 무척 다양한 종류의 옷과 액세서리와 가구가 있는 꿈의 세계를 발견했다.

이 가게 안의 쇼핑객들은 현금이 필요 없었다. 그들은 물건 값을 개인 구좌에 매겼고, 물건들을 집으로 배달시켰다. 그 관행은 가장 인색한 여자들까지도 과다한 지출을 하게 만들었다. 그리고 가격은 정해져 있었다. 백화점은 물건을 대량으로 구매하여 백화점들은 싸게 팔 수 있었고, 그에 따라 쇼핑객들은 낭비를 하면서도 자신이 신중을 기하고 있다고 느꼈다. 쇼핑객들은 할인 판매와 반품이라는 두 가지의 인기있는 정책을 누렸다. 봉 마르셰는 최초로 흰 섬유 제품을 할인 판매해 파리를 놀라게 했다. 일월에 열린 그 이벤트는 쇼핑객들이 미친 듯이 물건을 사게 만들었다. 백화점은 흰색 섬유 제품 모두에 대한 할인 가격을 광고했다. 그곳 경영진은 할인 판매에서 이익을 봤던 사람이 정가로 판매되는 제품도 살 거라는 것을 알고 있었다(소매업의 그 전략은 오늘날에도 유효하며, 여전히 시행되고 있다). 백화점은 또한 재고가 좀더 빨리 처리되도록 일 년 내내 할인 판매 일정을 짰다. 계절이 바뀌면서 상품도 바뀌었다. 그리고 쇼핑객들은 자신들이 구입한 물건에 대한 생각이 바뀔 경우 그것을 갖고 와 환불을 받을 수 있었다. 이 예상치 못한 정책은 소비자들에게 엄청난 심리적 영향을 끼쳤다. 그로 인해 언제든 마음을 바꿀 수 있다는 것을 알게 된 소비자들은 더 많은 것을 구입했다. 쇼핑의 스릴을 위해서만 쇼핑을 했던 여자들은 양심으로부터 해방되었다. 그들은 언제든 물건을 환불할 수 있다는 생각을 가졌지만, 자신이 결코 그렇게 하지 않으리라는 것 또한 알고 있었다.

그랑 마가쟁은 무모하고 방탕한 마음을 갖게 하는 새로운 사회적 병을 낳았다. 도벽, 즉 "백화점 절도"가 그것이었다. 그 말들은 정신과 의사인 앙리 르그랑 뒤 솔이 1883년에 붙인 것이다. 다른 곳에서라면 전혀 법을 위반할 것처럼 보이지 않는 존경받는 여자들이 백화점에서 물건을 훔치다 붙잡혔다. 조사를 받은 그들은 현기증과 거의 성적인 느낌에 압도당했다고 주장했다. 그들은 진열된 상품을 갖고 싶은 마음을 이기지 못하고, 그것이 잘못이라는 것을 알면서도 충동에 굴복한 것이다. 상품이 보기 좋게 전시되어 있지 않았던, 작고 오래된 스타일의 가게에서는 고객과 가게 주인간의 관계가 훨씬 더 사적이고 안전하여 그런 행동은 불가능 했다.

마리 비르지니와 아멜리 아베뇨가 1867년 정착했을 당시 파리는 백화점과 거대한 아파트 건물과 나무가, 눈길이 미치는 곳까지 줄지어 뻗어 있는 있는 도시였다. 마리 비르지니가 마지막으로 방문한 후에 파리는 많이 변하긴 했지만 그 즉시 알아볼 수 있었다. 그럼에도 낯설음은 어찌할 수가 없었다. 뉴올리언스에서와 마찬가지로 매부 장 베르나르의 가족 및 친척, 그리고 새로운 생활 방식을 즐기러 프랑스로 온 다른 크리올들에게 둘러싸여 있던 것이 그녀에게는 도움이 되었다.

마리 비르지니와 아멜리와 쥘리는 일련의 아파트에 살았다. 그중 하나가 오스망이 뤽상부르가라고 부른, 유행의 거리 캉봉 가의 파를랑쥬 저택이었다. 그들은 일종의 고치 같은 곳에 살았고, 마리 비르지니는 딸이 부유한 남자가 수집하게 될 아름다운 나비로 자라기를 바라며 그녀를 교육시켰다. 그들의 고향 도시인 뉴올리언스에서는 우르술라회(환자의 간호와 교육에 커다란 비중을 둔 가톨릭 회 - 옮긴이) 수녀의 감독 아래

1720년대에 좋은 남편을 구하기 위해 루이지애나로 간 프랑스 처녀들을 일컫는 "상자 속의 여자"들에 관한 전설이 나돌았는데, 아멜리는 그것과는 반대되는 여행을 한 것이다. 그녀는 새로운 세계에서 "상자 속의 여자"와 임무가 동일했는데, 그것은 좋은 남편을 구해 이익이 되는 결혼을 하는 것이었다.

파리로 이주한 아베뇨 집안 사람들이 새 환경에서 편안함을 느끼기도 전에 그들은 또 다른 전쟁에 휩싸였다. 몇 차례의 영토 분쟁을 치른 후 1870년 7월 프랑스는 프러시아에 전쟁을 선포했다. 당시 프랑스는 군사적으로는 물론 도덕적으로도 우위에 있음을 확신했지만, 이 전쟁을 통해 자국이 무적이 아니라는 사실을 깨닫게 되었다. 프랑스는 계속해서 수치스런 패배를 맛보았으며, 프러시아가 나폴레옹 3세와 그의 백성 십만 명을 포로로 잡은 9월 초 그것은 절정에 이르렀다. 황제에 대해 환멸을 느낀 프랑스인들은 나폴레옹 3세를 퇴위시키고, 내무장관인 레옹 강베타와 파리 군사장관 루이 트로쉬 장군, 그리고 정치가 쥘 파브르가 이끄는 임시정부를 세웠다.

이 소용돌이의 중심에는 파리로 이주한 아베뇨 집안의 다채롭고 환상적인 이야기 하나가 관련되어 있다. 장 베르나르는 당시 내무장관이었던 감베타와 무척 가까운 사이였는데, 그는 프랑스 제 2제정의 혈통이 순수하지 않은 귀족들과 달리 정치와 통치에 대한 실용적인 접근으로 유명한 세속적인 사람이었다. 1870년 9월 프러시아 군대가 파리를 차단하자 강베타는 적의 포위로부터 탈출할 수 있는 유일한 방법을 선택했다. 10월 7일 침입자들의 머리와 무기 위의 높은 곳에서 강베타와 그의 동료들은 뜨거운 공기를 넣은 기구 아르망 바르베를 타고 안전한 곳으로 극적인 비행을 했다. 그 비행은 네 시간이 걸렸고, 파리에서 육십 마일쯤 떨어진 에피뇌즈에서 끝이 났다.

강베타와 함께 기구를 타고 간 동료들의 신원은 공개적으로 밝혀지지 않았다. 하지만 계보학자 로베르 드 베라르디니는 장 베르나르 아베뇨가 그들 중 한 명이었다고 믿고 있다. 프랑스의 회상록 작가인 가브리엘 프랭은 열한 살 된 아멜리 또한 일행 중 한 명이었다고 추측했다.

프러시아 군대는 넉 달 넘게 파리를 포위해 도시를 황폐하게 하고, 심한 기근을 야기했다. 하지만 1871년 1월 양측이 휴전 협정에 서명하면서 프랑스와 프러시아 간의 전쟁은 갑자기 끝이 났다. 프러시아 군대는 샹젤리제에서 승리를 축하하는 시가행진을 벌였고, 그것에 무척 화가 난 파리 시민들은 그 후 거리에 모여 적의 모든 흔적을 없앴다. 한데 파리 너머의 나머지 프랑스 지역은 여전히 동요하고 있었고, 불안한 상태였다. 이러한 가운데 전쟁에 반대했던 정치가인 아돌프 티에르가 정부 수반으로 선출되었다. 많은 시민들이 그가 독일과 굴욕적인 평화 협상을 했다며 이의를 제기했고 거리를 메운 군중들은 새로운 지도자를 요구했다.

아멜리와 그녀의 가족은 다시 한번 내전에 휘말리게 되었는데, 이번 내전은 파리 안에서 일어났다. 파리코뮌은 오래 가지 못했지만 강렬한 혁명이었다. 반체제주의자인 파리코뮌 지지자들은 프러시아의 침입자들보다 파리에 더 큰 손상을 가했다. 나폴레옹 3세와 그의 제국의 퇴폐성을 일소하고자 그들은 오스망의 화려한 대로를 바리케이드로 봉쇄하고 튈러리 궁전과 시청을 포함한 수백 채의 건물에 불을 질렀다.

파리코뮌은 유난히 피를 많이 뿌린 한 주간의 싸움 후 1871년 5월에 끝이 났다. 내전이 끝나자 파리 시민들은 도시를 재건하는 데 관심을 기울였다. 프랑스의 새로운 정부인 제3공화정이 출범하면서 새로운 사회 질서가 정착되었다. 귀족들은 자신들의 작위를 과시할 수는 있었지만 그들의 영향력은 신문 사교계란의 결혼식 발표와 손님 명단으로 제한되었다. 정치가와 기업가가 새로운 경제의 진짜 주춧돌이었다.

마리 비르지니는 사회적, 정치적 소용돌이가 자신에게 유리하게 작용하고 있다는 것을 알아차렸다. 사회의 지배적인 규칙들이 좀더 완화되면서 미국에서 태어난 자신의 딸이 좀더 나은 남편을 만날 가능성이 더욱 커진 것이다. 작위를 가진 사람들이 자신보다 못한 신분의 사람과 결혼하는 일은 드물었지만 사회적으로 야심이 있는 어머니들은 자신의 딸에게 최고의 상대가 될 남편을 찾아 귀족 집안을 샅샅이 뒤졌다. 이제 젊은 여자들은 자신을 최고의 사교계에 진출시킬 수 있는 부유한 사업가들을 잠재적인 구애자로 희망할 수 있었다. 사업가들은 아내를 고르는 데 있어 무척 까다롭지 않았고, 그래서 귀족보다도 더 바람직했다. 그러나 그들은 약점을 갖고 있었다. 그들은 귀족 혈통이 아니었고, 가문의 역사도 돋보이지 않았으며, 「고타 연감」에도 나오지 않았다.

아멜리 인생의 모든 측면이 당시 관습에 따라 조심스럽게 통제되었다. 그녀는 수녀원 부설 학교에 다녔는데 비용은 삼촌이 댔다. 그러나 사람들은 그녀가 많은 교육을 받기를 원한 것 같지는 않다. 당시 사람들은 결혼하지 않은 젊은 여자가 마음을 순수하게 유지해 타락하지 않도록 너무 많은 배움의 기회를 주지는 않았던 것이다. 이는 비교적 개방적이던

1870년대의 파리와는 거리가 있어 보일 수도 있지만 많은 신문과 소설이 젊은 여자들이 보아서는 안 되는 삶에 대한 시각을 제공한다며 그들에게 금지되었다는 점을 감안해야 할 것이다.

어머니의 보호 하에 아멜리는 결혼하기에 마땅한 남자들에게 스스로를 노출시킬 수 있는 엄선된 파티와 차 모임, 음악회와 사교 모임에 참석하는 것이 허락되었다. 장 베르나르 아베뇨의 가족과 그들의 사촌인 델 카스틸로 가족은 서로에게 훌륭한 사회적 연고였다.

여전히 매력적이었던 마리비르지니는 이런 모임에서 과부 아베뇨의 역할을 자처하며, 더욱더 아름다워진 자신의 딸을 가치 있게 포장해 시장에 내놓는 일에 정력을 쏟았다. 아멜리는 응석받이 아이에서 나비보다는 백조에 가까운 처녀가 되었다. 풍만한 가슴이 위로 향하고, 허리가 가는 그녀는 곡선미가 뛰어났다. 목이 길고 우아하고, 어깨가 조각 같은 그녀의 상체는 그리스의 조각상을 연상시켰으며, 순수하게 하얀 피부는 인간의 살보다는 대리석에 더 가까워 보였다.

그녀의 자태는 고전적이고 이상적인 아름다움을 떠오르게 했을 수도 있지만 얼굴 만큼은 독특한 모습이었다. 아버지에게서 물려받은 아베뇨 가문 특유의 코는 무척 길어 얼굴을 지배했다. 그 때문에 그녀는 어쩔 수 없이 거만하게 보였고, 그래서 늘 사람들을 깔보듯 내려다보아야 했다. 그녀의 검은 눈은 인상적인 눈썹이 둘러싸고 있었고, 머리 또한 아베뇨 가문의 유전자임을 입증하듯 구릿빛 붉은색이었다.

아직 십대임에도 여성스러움을 과시하고 있는 아멜리가 사교계에 입문한 순간 많은 남성들은 그녀는 남편이 과시하기에 아주 멋진 아내가 될 거라는 것을 깨달았다. 결혼을 생각하는 남자들과 그 어머니들은 테르낭 가문과 아베뇨 가문의 유전자를 면밀하게 보았고, 벌써부터 아멜리가 미국에서 태어난 사실에도 신중을 기했다. 마리 비르지니는 아멜리의 이모 쥘리 같은, 정서적으로 불안정한 친척이 장애가 될 수도 있다는 것을 알고 그녀를 그들의 계부 샤를르 파를랑쥬의 친척들과 살게 부르고뉴로 보냈다. 1876년 어느 무렵 쥘리는 프웽트 쿠피 패리쉬로 돌아갔고, 그녀의 어머니는 그녀가 "상습적으로 정신 이상과 광기 상태에 빠진다"며 정신병원에서 받아주기를 간청했다.

마리 비르지니는 자신의 딸이 멋진 남자를 만나기를 바랐지만 백마를 탄 왕자가 모습을 나타냈을 때 그는 개구리에 더 가까워 보였다. 마흔이었던 피에르 루이 고트로는 아멜리보다 나이가 두 배는 더 많았다. 거무스름한 얼굴에 수염을 기른 그는 키가 아주 작았다. 그의 가족은 그가 너무도 키가 작아서, 일어나 있는데도 앉아 있는 것처럼 보이는 툴루즈 로트렉을 닮았다고 말했다. 하지만 고트로는 프랑스 최고의 훈장인 "레지옹 도뇌르"를 받았고, 포르투갈 예수회 총책이자 프랑스 군 제 10포병연대의 대위로 지휘관이었다. 그는 프러시아 군과 싸웠으며, 그 후에는 파리코뮌 지지자들과도 싸웠다. 그는 많은 돈과 좋은 평판을 갖고 있었고, 브르타뉴에는 멋진 시골집이 있었다.

그의 수입원 중 하나는 그다지 떳떳하지 못했다. 고트로 가문은 은행업과 해운업으로 재산을 모았지만 비료, 특히 칠레에서 수입한 박쥐 배설물로도 돈을 벌었다. 피에르와 그의 형 샤를르는 세계의 먼 곳을 오가며 많은 시간을 여행으로 보냈다. 피에르가 스스로에게 붙인 별명 페드로는 그의 남미의 연줄을 강조하고, 온화한 이미지에 이국적인 느낌을 더해주기 위한 것이었는지도 모른다. 그는 생말로에서 사업을 하거나, 부동산이나 정치와 관련된 일을 할 때면 그 이름을 사용했다.

열아홉 살 된 아멜리가 자신의 구애자를 특별히 낭만적인 사람이라고 생각하지는 않았을 것이다. 그럼에도 그녀는 부유한 남편과 결혼해야만 하는 타협을 받아들일 준비가 되어 있었을 수도 있다. 돈과, 돈으로 살 수 있는 모든 것이 사랑이나 매력에 대한 소녀다운 모든 생각을 보상할 수도 있었던 것이다. 그리고 이상하게 들릴 수도 있지만 아멜리에게는 페드로와의 결혼이 자유를 의미했다. 일단 안전하게 결혼을 해 남편의 훌륭한 이름에 의해 보호를 받게 된 여자들은 미래의 신부에게 강요되었던, 예의와 관련된 절대적인 규칙들을 깨기 시작할 수 있었다. 결혼한 여자는 남편이 동반할 경우 어디에나 가고, 남자와 시시덕거리며 살이 드러나는 옷을 입고, 보호자 없이 사교 모임에 갈 수도 있었다. 그리고 무척 신중을 기할 경우 바람을 피울 수도 있었다. 결혼을 함으로써 아멜리는 오랜 준비 기간을 끝내고, 즐거운 인생을 살 수도 있었다.

결혼은 페드로에게도 독립을 제공했다. 아멜리와 약혼할 당시 그는 여전히 파리에 있는 가족 소유의 아파트에 살고 있었다. 그가 중년에 이를 때까지 결혼을 기다린 것은 브르타뉴에서 가장 유명한 가문 출신인 그의 무시무시한 어머니 루이즈 라 샹브르 고트로 때문일 수도 있다. 라 샹브르 가문은 대서양 연안에 있는, 벽으로 둘러싸인 도시인 생말로 출신이었다. 세상의 끝에 있는 것처럼 보이는 생말로는 멋진 해변과 이례적으로 온화한 날씨 때문에 "에메랄드 해안"이라는 별명을 얻은 지역에 있었다. 바다에 노출되어 있어 적의 공격을 받기 쉬운 생말로는 수세기에 걸쳐 영국의 침입을 받았으며, 2차세계대전 동안에는 독일군 폭격기에 의해 완전히 파괴되었다. 좀더 낭만적인 측면에서 보면 생말로는 영국의 배에서 약탈품을 "몰수하는" 것이 왕에 의해 허가된 해적들을 비롯해 아주 다양한 사람들이 사는 곳이었다. 서쪽과 남쪽으로 항해하려는 이들에게 이상적인 출발지였던 생말로는 유명한 탐험가들의 고향이기도 했는데, 그들 가운데는 캐나다를 발견한 선원인 자크 카르티에도 있었다.

생말로에서 대양이 강력한 존재인 것은 분명하다. 조수가 낮을 때면 - 스물네 시간 동안에도 여러번 낮아진다 - 술에 취한 거인이 물에서 꺼내 아무렇게나 땅에 던진 것처럼 기울어진 배들이 항구의 진흙 속에 서 있었고 근처에 있는 캉칼에서는 썰물 때면 넓은 굴 양식장이 예상치 못한 기하학적 패턴으로 드러나기도 했다. 하지만 물이 들어오면 풍경은 극적으로 변했다. 생말로 만의 바다는 유럽의 해안 어디보다도 높아져 파도가 엄청났다. 때로는 높이가 12미터에 이르기도 하는데, 시내 거리까지 들어와 사람들을 죽게 만들기도 했다고 알려져 있다.

그곳 사람들은 그곳의 공기 또한 높은 오존 수치를 함유하고 있어 독특하다며 자랑을 하는데 오존 때문이건 아니건 방문객들은 생말로의 매력적인 분위기를 금방 감지하게 된다. 생말로는 늘 야생적인 곳으로 여겨져 왔다. 그곳의 예상치 못한 아름다움은 우수에 찬 소설을 통해 19세기 독자들에게 낭만주의라는 관념을 소개한 프랑스와 르네 드 샤토브리앙 같은 인물들의 영감을 자극하기도 했다.

답답하고, 피상적인 것만 옳은 것처럼 여겨지는 파리의 살롱과는 거리가 먼 그곳에서는 무슨 일이든 일어날 수 있었다. 그렇다고 생말로가 문명화되지 않은 것은 아니었다. 그곳의 활발한 사교계 활동은 파리의 신문에도 폭넓게 소개되었다. 어쨌든 그곳의 공기는 휴식에 좋았고, 그것은 19세기의 마지막 사반세기 동안 더욱 그랬다.

돈이 있거나 있는 것처럼 행세하는 모두가 파리 롱샹 경마장의 경마가 끝나자마자 유월의 무더운 파리를 떠나 딴 곳으로 달려갔다. 이 시기에 생말로는 사람들이 가장 좋아하는 행선지였는데, 가는 데 며칠 혹은 몇 주가 걸리던 것을 몇 시간으로 단축시킨 철로가 놓이면서 더욱 붐볐다. 기운이 넘치는 여행객은 생말로 안에서도 여러 곳을 찾아갈 수도 있는데, 성과 시골집을 가진 몇몇 사람들이 여름 별장을 잠시 쓴 후 니스와 도빌 같은 다른 곳에 있는 스파나 호텔로 휴가를 떠났기 때문이었다. 많은 짐을 쌀 하인과, 그 짐을 수송할 수하물차가 있는 사람들에게는 모든 것이 가능했다. 파리에서 열차로 편안하게 여행을 할 수 있는 브르타뉴는 여름 별장을 두기에 아주 바람직한 곳이었다.

페드로 루이 고트로는 생말로에서 태어나 근처에 있는 파라메의 저택에서 자랐다. 저택은 레 센느(참나무 - 옮긴이)로 알려졌는데, 그것은 성을 둘러싸고 있는 넓은 공원에 참나무가 무성하게 있었기 때문이다. 페드로의 어머니 루이즈 부인은 그 저택을 아버지에게서 물려받았다. 좀 더 웅장한 저택인 라 브리앙테는 그녀의 오빠 샤를르 에밀 소유였다. 경제적인 상황의 차이는 돈에 대해 신경을 많이 쓰는 고트로 집안 사람들을 늘 초조하게 했고, 끊이지 않는 가족 싸움의 원인이 되었을 수도 있다.

실제로 돈에 대해 무척 신경을 쓴 루이즈 부인은 계속해서 자식들 간의 불평등에 대해 신경을 썼다. 그녀는 한 푼이 - 좀더 정확하게는 1상팀이 - 어디에서 나와 어디로 갔는지 잊은 적이 없다고 알려졌다. 그녀는 여러 개의 칸이 있는 커다란 장부에 가족의 경제 활동에 관한 모든 것을 기록했다. 그녀의 태도를 엿볼 수 있는 행간이 많았던 이 장부에는 주로 간단한 내용이 적혀 있지만 많은 것들을 드러내주고 있다. 루이즈 부인은 아들의 고삐를 죄며, 그의 바지를 세탁한 비용과 그의 방에 새로 들여 놓은 요강의 값까지 기록했다. 그녀는 스스로 돈을 쓰면서도 저축을 하고 있다고 생각하는 사람처럼 만족을 하며 아주 사소한 지출까지 기입했다.

그녀의 월별 계산에 따르면 페드로는 총각 시절에 고트로가의 재산을 거의 쓰지 않았다. 한데 장부에 따르면 그는 1878년 6월의 운명의 날에 결혼을 해 자신의 가족을 꾸릴 준비가 되어 있다는 것을 보여주는 아주 중요한 책을 구입했다. 결혼 장부라고 불리는 그것은 결혼뿐만 아니라 가족 내의 출산과 죽음에 대한 공식적인 기록 역할을 했다.

열아홉 살의 사랑스런 아멜리 아베뇨가 자신의 인생 속에 들어오자 페드로의 지출은 폭발적으로 늘어났다. 1878년 8월 그의 결혼식이 있던 달 루이즈 부인은 까다로운 시어머니의 역할을 자처하며 폭발적으로 증가하는 지출 내역을 합산하면서 펜으로 강한 불만을 나타냈다. 그녀의 장부에는 아멜리의 웨딩 부케 80프랑, 드레스 503프랑, 그리고 페드로가 장모를 위해 산 팔찌 187프랑과 사진가와 공증인에게 준 얼마 되지 않는 수수료에 대한 것이 조심스럽게 적혀 있다. 루이즈의 지출 내역은 점차 증가했다. 아베뇨 가문과 고트로 가문의 결혼에 대한 이 비열한 기록에는 어머니로서 가진 기쁨이나 자부심 또는 축하의 기색은 전혀 없다.

아멜리와 페드로가 결혼하기 위해서는 길고 구체적인 혼인 계약서를 포함해 많은 법률 문서를 준비해야 했다. 그 당시의 신랑과 신부는 자신이 가져온 지참금을 각각 소유했으며, 대신 "결혼 생활동안 생긴 이익과 수입"만을 공유했다. 주로 부동산과 사업상의 투자금으로 이루어진 페드로의 재산은 1,750,000프랑에 이르렀고, 아버지와 언니에게서 물려받은 뉴올리언스의 부동산으로 이루어진 아멜리의 재산은 166,000프랑으로 평가되었다. 그녀의 옷과 보석과 피아노 - 그것들은 그녀의 가장 중요한 소유물들이었다 - 는 15,500프랑에 이르렀다.

아멜리와 페드로의 혼인 계약서는 6월 19일 파리에서 서명되었다. 이 자리에는 양가 어머니들을 포함한 가족과 친구들이 참석했다. 예순인 아멜리의 할머니 비르지니 파를랑쥬는 아들 샤를르와 함께 대서양을 건너왔다. 그 세 여자의 서명이 문서 위쪽에 있는데, 그것은 그들에 대한 존경심을 보여주는 것이다.

비르지니 집안 사람 둘 - 테르낭 아베뇨와 파를랑쥬 - 의 서명 사이에 아멜리 아베뇨의 서명이 있다. 그녀의 글씨는 분명하고 고르며, 형태가 반듯하지만 그럼에도 장식적으로 보이게 서명을 연습한 듯 기운 글씨체에는 소녀답고 낭만적인 뭔가가 있다.

그녀는 첫째 이름의 세 번째 철자 위에 악상(강조 부호)을 찍은 것과 어울리게 마지막 이름(성)의 세 번째 철자 위에도 악상을 찍었는데, 어쩌면 그것은 균형적으로 보이게 하기 위한 것인지도 모른다. 그녀가 태어났을 때 처음 주어진 이름인 아멜리는 남아있었지만, 뉴올리언스 출신임을 가장 분명하게 보여주는 비르지니라는 이름은 사라져버렸다.

계약서에 서명을 한 후 결혼식이 이루어졌다. 기록에 따르면 아멜리와 페드로는 8월 1일에 결혼한 것으로 되어 있지만 장소는 구체적으로 언급되어 있지 않다. 브르타뉴의 여름이 성수기에 이른 그 무렵을 생각해 보면 생말로의 교회에서 결혼식이 열렸을 가능성이 크다. 아멜리의 고급 웨딩드레스는 벨벳으로 만들어졌다. 그녀는 약혼자가 그날을 위해 사준 비싼 보석을 했으며, 커다란 부케를 들고 있었다. 결혼식장에서는 그녀의 숙부 샤를르가 그녀를 하객 사이로 데리고 갔다. 그는 프랑스와 이탈리아에서 여름의 대부분을 보내며 양봉을 연구하고 있었는데, 그 사업을 파를랑쥬 플랜테이션에 도입하기를 원했다.

신혼부부는 벨기에로 신혼여행을 갔다가 파리로 돌아와 부부로서 사교계에 입문했다. 그들은 제 3공화정의 떠오르는 별들인 정치가와 자수성가한 사업가들 사이에서 아주 커다란 환영을 받았다고 느꼈다. 유서 깊은 가문들 - 파리 근교의 오래된 동네에 사는 시대에 뒤쳐진 상류층 귀족들 - 은 고트로 가문 같은 신흥 부자들과 결속을 다지려고 했다. 하지만 새로운 질서 속에서 좀더 오래된 이 가문들은 사회적으로 급속하게 공룡 같은 낡은 존재가 되고 있었다. 새로운 사회의 구성원들은 조상과 낡은 인습을 되돌아보는 대신 미래와 자신들만의 규칙을 수립하는 것을 꿈꿨다.

파리는 근래에 교외이지만 새로운 주택과 아파트가 들어선 몽소공원의 서쪽으로 확장되고 있었다. 고트로 부부는 유행을 앞서 가는 주프르와가의 웅장한 사층 건물로 이사했는데, 그곳은 미인 아내와 결혼한 존경받는 남편을 파리의 화려한 사교계에 소개시키기에 완벽한 곳이었다. 나무가 줄지어 서 있고, 군데군데 우아한 원형 교차로가 있는 넓은 주프르와가는 파리 중심가에 가기에 편리할 정도로 가까운 이상적인 주거지였다. 그곳의 공기는 깨끗하고, 경관도 좋았으며, 볼썽사나운 파리의 구시가와는 떨어진 안전한 거리에 있었다.

결혼 직후 고트로의 장부에는 인상적인 글이 나타났다. "마담의 화장"이라는 기재 사항은 아멜리라는 이름에 대한 언급이 없이 200에서 300프랑에 이르는 그녀의 한 달 용돈에 대해 기록한 내용이었다. 몇 년 후 존 싱어 사전트가 그렇게 사용한 것처럼 그녀의 신원은 "마담"이라는 칭호로 축소되었다. 페드로의 어머니는 가족의 나머지 구성원들은 이름으로 불렀다.

아멜리는 자신의 용돈과, 파리의 스타일리쉬한 가게들과의 외상 거래를 통해 새로운 집을 꾸미기 시작했다. 그녀는 다양한 사이즈의 양탄자를 구입해 바닥에 깔았다. 또한 식당 테이블과 의자, 서가, 황동으로 만든 가지가 달린 촛대, 그림 그리고 도자기류와 황동 향로를 비롯한 고급 일본 장식품을 주문했다. 당시에는 일본을 연상시키는 모든 것이 유행했는데 그것은 부분적으로는 에드몽 드 공쿠르 덕분이기도 했다. 일본의 디자인에 대한 그의 열정은 유행을 낳았고, 그것은 자신들의 일상적인 삶에서 뭔가 이국적이고 다른 것을 찾고 있던 소매업자와 고객들에 의해 수용되었다.

아멜리는 집 안 장식에서는 과거의 손길에 현대적인 디테일을 더해 유부녀로서 사교계에 데뷔하기 위한 멋진 무대를 만들었다. 그녀의 인생은 새롭고 흥미로운 시기에 이른 상태였다. 그녀는 여전히 십대였지만 유부녀라는 지위로 인해 어른이 된 상태였다. 그때까지 그녀를 돌보았던 그녀의 어머니는 계속해서 그녀에게 힘을 행사하기보다는 배후로 물러났고, 아멜리는 각광을 받게 되었다.

페드로 역시 해방의 기분을 맛보고 있었다. 새 저택은 그가 파리의 아파트와 브르타뉴의 저택에서 가족들과 함께 살지 않게 된 최초의 주거지였다. 수십 년간 의무를 다하는 아들이었던 그는 이제 젊고 아름다운 아내와 자신의 집을 갖는 것이 모험적인 일이라는 것을 알아가고 있었다.

그들 부부는 유행을 앞서가는 파리 시민들이 시골에서 여름을 보낸 후 돌아와 앞으로 몇 달 동안 저녁 만찬과 오페라와 무도회에 탐닉할 준비가 된 1878년 가을 공식적으로 사교계에 데뷔했다. 아멜리 고트로는 페드로의 수입과 마담이라는 새로운 칭호, 그리고 테르낭·아베뇨 가문의 유산인 아름다움과 야망을 바탕으로 빛의 도시 파리를 정복하기 시작했다.

# 전문적인 미인

✻ 1870년대에 파리에서 일어난 사회 · 경제적
변화는 그 도시를 새로운 프랑스 여자, 혹은 좀 더 구체적으로 말해 아름
다우면서도 갑자기 출세한 아멜리 같은 "파리지엔"들이 더욱 환영받는
곳으로 만들었다. 도시적이고, 기운이 넘치며, 독립적이고, 근대적인 파
리 여성인 그녀는 공원과 가게와 찻집 같은 안전하고 기분 좋은 행선지
를 제공하는 도시에서의 자유를 즐겼다. 그녀는 자전거 같은 모험적이고
새로운 발명품을 기꺼이 시험해 보고자 했다. 그리고 공화정 사회가 신
분 상승과, 돈을 가진 사람과 상류층 사람이 섞이는 것을 부추긴다는 사
실을 이용해 야심을 갖고 사회적인 신분 상승을 꾀했다.

근대적인 프랑스 여자들이 전세계적으로 유명하게 된 것은 아름다움
에 대한 그들의 집착이었다. "몸을 가꾸는 데 있어 천재"이며, "가슴에서

솟아난 관능의 향기가 스커트까지 떨어지는” 파리지엔은 다른 여자들이 본받아야 하는 모델이었다. 뉴욕과 런던, 뉴올리언스의 여자들은 프랑스 디자이너의 단골이 되었고, 스스로를 파리의 여자들만큼 아름답게 만들기 위해 프랑스 사람들의 몸치장 의식을 노예처럼 받아들였다.

파리의 여자들은 우아한 모습을 가꾸는 데 너무도 통달하게 되어, 역설적이게도 화장이 전혀 힘들지 않은 것으로 보이게 만들었다. 하지만 실제로 그들은 노력하지 않고도 우아한 것처럼 보이는 모습을 만들기 위해 화장대 앞에서 오랜 시간을 보내야 했다. 당시 여자들에게 가장 적절한 화장법 안내서였던 패션 잡지들은 인기 있는 충고와 지시 사항을 전달하는 매체였다. 여자들이 가장 좋아한 잡지였던 「라 모드 파리지엔」은 색상과 직물, 드레스의 공그른 단, 스커트의 뒷자락을 부풀게 하는 허리받이, 코르셋, 그리고 의복에 관한 다른 관심 사항에 대한 제안을 모두 제공했다. 잡지들은 최신 디자인의 옷을 입은 모델의 자세한 일러스트레이션을 보여주며 패션에 대한 예보를 했다. 종종 여자들이 만든 이 일러스트레이션들은 조각한 금속판으로 인쇄되었고, 그에 따라 “패션 금속판”이라는 말이 스타일이 뛰어난 사람을 가리키는 말이 되었다.

“파리의 여자들 절반은 패션에 맞춰 살며, 나머지 절반은 패션을 위해 산다”라고 당시 사회 현상을 연구하던 에멜린 레이몽은 썼다. 사람들은 사회적 야심을 갖고 있는 여자들이 지속적으로 자신의 외모와 처신에 대해 주의를 하며, 옷과 관련된 엄격한 규칙을 따르기를 기대했다. 여자들은 아침에는 어두운 색상의 옷을 입고 무거운 베일을 써야 했다. 그리고 점심때에는 가족들이 모이는 경우가 아닐 경우에는 옷을 갈아입어야 했고, 집에서도 손님을 받을 때면 장갑을 껴야 했다. 저녁 만찬과 오페라에 참석할 때에는 살이 많이 파인 드레스를 입는 것이 허용되었을 뿐만 아니라 그것은 의무 사항이었다.

아름다움에 대한 책들은 엄청나게 인기가 있었다. 여자들은 화장과 머리 손질과 위생에 대한 지시 사항을 포함해, 복잡한 몸치장을 하는 단계별 지침을 받았다. 과학적인 데이터를 제공하고 건강을 강조하는 지침서를 의사와 기자들이 쓰는 동안 아름다움과 관련된 가장 인기 있는 책들은 귀족이나, 귀족 행세를 하는 여자들이 썼다. "왕족"에게서 나온 충고가 사회적으로 야망이 있는 독자들에게 더 큰 영향을 미치는 것으로 생각했던 것이다. 새로운 공화정 정부가 나타났음에도 불구하고 독자들은 작위를 가진 여자들이 아름다움을 가꾸는 데 있어서는 경험이 더 많다고 믿었다.

「내 부인의 분장실」로 번역되는 책에서 스타프 남작부인은 효과적인 최신 유행 화장법에 대한 실제적인 충고를 하고 있다. 남작부인은 여자들에게 결함을 숨기는 데 기교를 발휘하라고 촉구했다. "거기에는 아무런 거짓도 없다"고 그녀는 썼다. "환상이 없는 인생과 사랑이 도대체 무엇이란 말인가?" 그녀는 독자들에게 조명이 좋은 방에 화장대 두 개를 두라고 충고했다. 하나는 얼굴을 씻기 위한 것이고, 다른 하나는 머리 손질을 하고 화장을 하기 위한 것이었다. 주름을 없애기 위해 여자들은 일주일에 하루 시간을 내 종일을 침대에서 보내며 다양한 크림과 약품을 몸의 모든 부위에 발라야 했다. 남작부인은 대부분의 집에서 뜨거운 물로 하는 목욕이 어려우며, 김이 나는 물은 집집마다 돌아다니는 행상에게 통으로 주문을 해야 한다는 사실은 무시하고 목욕을 하고 또 하라고 충고했다. 남작부인의 길고 자세한 지시 사항에서 얘기된 것처럼 아름다움은 하루를 모두 써야 하는 일이었다.

아름다움에 대한 추구가 전국적인 여가 활동이 되면서 19세기 프랑스 작가들과 예술가들은 그 주제에 매료되었고, 계속해서 작품 속에서 그것을 분석했다. 한 가지 중요한 질문은 "여자들은 화장품을 사용해야 하는가, 아니면 자연이 자신들에게 준 것에 의존해야 하는가?"라는 것이며, 이는 주로 스타프 남작부인이 옹호한 종류의 기교에 의해 아름다움이 고양되는지, 아니면 감소하는지에 대한 것이었다. 다작의 에세이스트인 옥타브 위잔은 프랑스 여자들과 그 문제에 대해 열정적으로 글을 썼다.

위잔은 근대적인 여자들이 아름답기를 바랄 수밖에 없는 이유를 설명한 후 그에 대해 길게 얘기했다. 그는 귀족에서 창녀에 이르는 다양한 여자들의 모습을 그렸지만 돈이 있는 부르주아 여자들에 대해 가장 설득력 있는 얘기를 했다. 그는 이와 같은 여자들의 인생의 유일한 목적이 "사람들에게 보여지고 빛을 발하는 것"이라 믿으며 그들을 화려한 나비들로 보았다.

위잔은 여자들이 모습을 더 가꾸기 위해 화장품을 이용해야 하지만 가능하다면 자연적인 것으로 가꾸어야 한다고 주장했다. 그는 쌀가루가 살의 기운을 북돋고, 카민이 입술을 매혹적으로 만든다는 사실을 좋아했다. 카민이 입술을 매혹적으로 만든다는 사실은 17세기 네덜란드 화가인 프란스 할스의 그림들에서 잘 보여졌는데, 색감이 풍부한 그의 그림들은 당시 인기를 누렸다. 위잔은 여자들이 자신의 살을 칠하는 것을 화가가 화폭을 칠하는 것에 비유했다.

19세기의 도덕주의자들은 화장품을 여배우와 창녀들이 얼굴에 칠하는 것으로 일컬으며 화장을 비난했다. 미국의 한 잡지인 「고디의 레이디의 책」은 행실이 바른 젊은 여자는 깨끗하고 자연스러워 보여야 한다고 강조했다. 하지만 시인 샤를 보들레르는 여자들이 "스스로가 마술적이고 초자연적으로 보이게 하는 데 헌신할 때 자신의 의무를 다하고 있는 것이다. 여자는 우리를 놀라게 하고 매혹시켜야 한다. 여자는 예찬받기 위해 스스로를 꾸며야 할 의무가 있다"고 설명하며 화장을 찬양했다.

그는 위잔과 마찬가지로 여성들이 인위적인 화장에 의해 좀더 나아질 수 있다고 믿었으며, "쌀가루가 오점처럼 저주받았다"라고 주장하는 아카디아 철학자들의 의견을 반박하며 쌀가루를 사용할 것을 권했다.

아름다움을 가꾸는 의식이 미학적인 이유로 몇몇 사람들에 의해 예찬을 받은 가운데 어떤 사람들은 자신의 모습을 좀더 아름답게 만드는 것을 옹호하면서도 보다 실제적인 문제를 강조하기도 했다. 가령 위잔은 화장 산업이 파리 경제의 주춧돌이라고 보았다. 그는 훌륭한 한 여자가 모습을 가꾸는 데 드는 비용을 계산했다. 아멜리와 같은 계층의 여자들은 재봉사와 재단사와 모자 제조공과 미용사에게 일 년에 40,000프랑(오늘날 금액으로는 100,000달러가 넘는다)까지도 써야 했다. 한데 유명한 여성이기 때문에 디자이너의 옷을 입어서 제품을 홍보할 수 있을 경우 할인을 좀더 받아 적은 돈을 쓸 수도 있었다.

위잔은 "드레스와 부츠와 장갑과 보석과 속옷과 모피와 향수를 만드는 사람들과 미용사와 재단사가 매년 창출하는 산업 생산량의 합계는 10억 프랑 이상이다"라고 보고했다. 그 액수는 오늘날 금액으로 30억 달러에 이른다. 어떤 사람들에게는 용모에 대한 이러한 관심이 사소한 것으로 보일 수도 있지만 19세기 여자들이 아름다움을 가꾸는 데 그토록 헌신적이지 않았다면 파리의 경제 자체가 위협을 받았을 것이다.

여자들이 화장품을 사용하는 것을 옹호하는 사람들 가운데서도 구체적인 과정에 대해서는 의견이 분분했다. 가령 살갗을 희게 보이게 만드는 것은 19세기 전반을 통해 흔한 것이었지만 논란이 많았던 관행이었다. 화장법에 대해 쓴 많은 작가들 - 쌀가루가 모공을 막을 수도 있다며 반대한 스타프 남작을 제외한 - 은 살갗이 우윳빛으로 보이게 만들어 줄 "백색 도료" 처방을 제안했다.

진주빛 용모를 원한 여자들(그리고 아름다움을 의식한 일부 남자들)은 피부에 칠을 하고, 심지어는 에나멜도 칠하는 전문가들을 찾아갔다. 에나멜의 한 가지 문제라면 그것이 무척 불안정하다는 것이었다. 금 하나가 화장 전체를 망쳐, 인공적인 선이 그물처럼 뒤엉킨 듯한 얼굴은 매력적이지 않은 모습이 될 수도 있었던 것이다. 보다 심각한 문제는 에나멜 페인트가 납을 함유하고 있었다는 것이었다. 에나멜 칠로 인해 얼굴이 마비되고, 피가 중금속에 중독된 불행한 여자들에 대한 얘기가 나돌았다. 실제로 과다한 에나멜 칠로 인해 피가 중금속에 중독되어 고통스런 죽음에 이르게 되는 경우도 있었다.

자연적인 아름다움과 인공적인 아름다움 사이에 대해 의견이 분분했던 세계에서 아멜리는 한쪽 진영에 서야 했다. 그녀는 자신의 돈이나 위치보다도 자신의 얼굴이 성공의 열쇠가 될 수 있다는 것을 알고 있었다.

그래서 그녀는 사교계에 입문할 때에도 많은 노력을 기울였다. 훌륭한 배필을 찾기 위해 시장에 내놓아졌을 때 아멜리는 자신을 조용한 성격의 처녀로 포장했었다. 한데 이제 그녀는 사람들을 놀라게 할 필요가 있었다. 남편의 훌륭한 이름이 자신의 명성을 보호해 주었고, 그래서 그녀는 사람들 사이에 끼는 대신, 눈부신 모습으로 우뚝 돋보일 수 있었다.

아멜리는 자연적인 아름다움 대신 인공적인 아름다움을 선택했다. 하얀 피부는 관심을 끌었고, 아멜리는 자신의 피부를 누구의 피부보다도 하얗게 만들고자 했다. 그녀의 화장은 단순히 입술과 뺨을 붉게 만드는 다른 여자들의 화장에 비해 좀더 대담하고 독창적인 것이었다. 그녀는 립스틱과 루즈를 사용했을 뿐만 아니라 귀 끝을 살짝 붉은 느낌이 나게 만들고, 마호가니 펜슬로 눈썹을 그렸다. 그녀의 창백한 피부에 훨씬 더 극적인 색채를 더하자 그 효과는 화가가 대비 효과에 대해 연구한 것과 거의 비슷하게 되었다.

아멜리는 의상을 선택하는 데 있어서도 비슷한 노력을 기울였다. 그녀는 샤를르 워스 같은 디자이너들이 만든, 자루 같은 볼썽사나운 옷 대신, 몸을 살짝 가리는, 신고전주의 양식의 단순한 가운을 입어 훌륭한 몸매를 강조했다. 그녀는 바람을 피우는 것이 대체로 승인되었던 오후 "네시에서 다섯시" 사이에 이 같은 옷을 주로 입었다. 그 시간에는 존경받는 남자들 또한 자신들의 정부를 만났으며, 존경받는 여자들 역시 연인과 몰래 시간을 보냈다. 그러한 만남은 열정적으로 시작되었지만 종종 혼란으로 끝이 나기도 했는데, 그것은 머리를 복잡하게 하고, 코르셋을 입은 여자들이 성교 후 다시 몸단장을 하는 데 애를 먹었기 때문이다. 후프와 허리받이와 코르셋과 페티코트로 이루어진 옷을 입는 과정은 복잡했고, 그래서 어떤 여자들은 연인에게 현장에 미용사와 하녀를 둬 차림을 고칠 수 있게 하도록 하기도 했다. 당시 외설스런 신문이었던 "라 비 파리지엔"의 한 유명한 만화는 그날 아침 자신의 아내가 묶은 나비 매듭 리본이 그날 밤에 무척 달라 보이는 이유에 대해 궁금해 하며 당황스런 얼굴로 아내의 코르셋을 쳐다보는 남편의 모습을 보여주고 있다. 코르셋 제조업자들이 리본을 훅 단추로 바꾼 한 가지 이유도 아내가 바람을 피우는 것을 남편이 알아차리지 못하게 한 데 있었다.

네시에서 다섯시 사이에 자신의 집에서 연인을 맞이할 수 있었던 여자들을 위한 특별한 의상도 있었다. 실내복으로도 불리는, 차를 마시면서 입는 옷인 티 가운은 본래 결혼한 여자가 입은, 화장복 같은 옷이었다. 느슨하고 속이 비치는 그 옷은 여자들이 다른 시간에 입는 엄격한 코르셋으로부터의 기분 좋은 탈출을 의미했다. 남편 역시 오후에 가벼운 죄를 범한 후 집에 돌아오기 전에 쉽게 입고 벗을 수 있었던 티 가운은 곧 유혹의 동의어가 되었다. 그 옷을 입고 있는 여자는 성적으로 경험이 많다는 것을 의미했다.

아멜리는 자신이 집에서 입는 것 같은 단정치 못한 차림을 할 경우 매혹적이고, 무척 섹시하게 보인다는 것을 깨달았다. 그리고 그녀는 옷을 벗은 것 같은 모습을 남편에게만 보여주거나, 집에서만 그런 차림을 하고 싶은 마음이 없었다. 그녀는 외출할 때에도 그런 차림을 했다. 그녀는 몸의 윤곽이 드러나는 옷을 입어 자신의 부드럽고 하얀 어깨와 백조 같은 목과 여성스런 몸매에 사람들의 관심이 쏠리게 했다. 그 독창적인 전락은 효과가 있었다. 아멜리는 마담 고트로로 데뷔를 하면서 파리의 사교계에 강한 인상을 남겼다. 그 무렵 가브리엘 프랭은 "여자들은 가짜 컬을 넣은 머리를 높게 장식하고, 가슴에는 패드를 넣고, 풍선 모양의 소매가 있는 화려한 드레스를 입었다"고 썼다. 그들의 긴 옷자락은 종종 문간에서 걸리거나 안락의자와 발을 올려놓는 대를 넘어뜨리기도 했다. "문이 열리며 실크와 레이스와 벨벳의 도가니 속으로 금빛 용모와 다갈색 머리를 한, 고대의 조각상 같은 여자가 들어왔다. 고개를 뒤로 젖히고, 고대 그리스 여자 스타일로 머리를 하고, 자랑스런 이마를 드러낸 그녀는 사소한 결점 하나 없는, 완벽하게 균형 잡힌 얼굴을 하고 있었다. 설화 석고처럼 투명한 얼굴은 긴 목과, 완벽하게 둥근 어깨 위에 우아하게 놓여 있었다 … 그녀는 탁월한 몸매를 드러내는, 고대 그리스 여자 스타일의 하얀 옷을 입고 있었다." 호리호리하지만 가슴이 풍만했고, 얼굴 모양이 독특했던 열아홉 살의 아멜리 아베뇨 고트로는 대담하고 새로운 시대의 아름다운 여성으로서 새로운 이상이었다.

그녀는 왕족처럼 보이도록 머리에 교황의 삼중관처럼 보이는 초승달 모양의 다이아몬드 장식을 해 자신의 모습을 완성했다. 그 장식은 바다 건너 그녀가 태어난 도시, 즉 초승달 도시라는 별칭을 갖고 있는 뉴올리언스를 떠올리게 하는 역할도 했다.

1878년 10월 멋지게 옷을 입고 머리 장식을 한 아멜리는 디너파티와 무도회와 자선 행사에 참석해 몇몇 사람들의 마음을 사로잡았을 뿐만 아니라 대중의 관심 또한 받기 시작했다. 그녀는 차를 마시는 모임과 디너파티, 그리고 당시 인기 있었던 일본을 테마로 한 리셉션의 초대에 응했다. 오래지 않아 그녀는 유명인사가 되었다. 그녀가 공공장소에 모습을 나타내는 일은 구경거리가 되었고 무도회장과 오페라 극장에서는 동료들이 그녀에게 관심을 보였으며 그녀가 공원이나 대로에서 마차를 타고 갈 때면 군중들이 "아름다운 고트로"를 조금이라도 보기 위해 서로를 밀치거나 벤치 위에 올라가거나 했다. 때로는 그녀로 인해 교통 체증이 야기되기도 했다.

그해 늦가을 아멜리는 임신을 했다. 그녀는 몇 달 동안 임신한 사실을 감추고, 사교계 모임에 계속해서 참석했다. 하지만 임신한 사실을 좀더 분명하게 알 수 있게 되자 그녀는 정기적으로 그랬던 것처럼 집안에 머물렀다. 그녀는 레 센느로 가서 휴식을 취하며 피아노를 연주하거나, "르 피가로" 신문을 읽거나 사교계의 뉴스를 접하며 봄과 여름의 몇 달을 조용히 보냈다.

1879년 아멜리와 페드로의 딸이 태어났다. 그들은 그녀에게 그해 초에 죽은 페드로의 어머니 이름을 따 루이즈라는 이름을 붙였다.

루이즈의 세례식 때 그녀의 부모는 우아한 축하 행사를 열었고, 사람들에게 햄과 굴, 샴페인을 대접했다. 그들은 루이즈에게 봉 마르셰에서 주문한, 당시 유행하던 갓난아기 옷을 입혔다. 아기를 자랑스러워 한 아버지는 그의 어머니보다 돈 문제에 있어 더 관대했다. 아멜리의 용돈은 한 달에 1,000프랑에서 3,200프랑으로 많이 인상되었다. 또한 그녀는 한 번에 40,000프랑을 받기도 했는데, 그것은 아이를 낳아서였을 수도 있다. 아이를 낳은 후 축하를 하고, 쇼핑을 하는 것에서 기쁨을 누리기도 했지만 아멜리는 파리 사교계에서의 삶을 다시 찾고 싶어했다.

루이즈 부인에게서 장부를 넘겨받은 페드로의 비서는 "마담"이 첩거 생활을 했을 때와 그 이후 구입한 물건들을 적어놓았는데, 거기에는 얼굴에 바르는 쌀가루와 가운을 만들 검정색 새틴 천도 포함되어 있었다.

10월에 파리로 돌아온 고트로 부부는 사회적으로 더욱 높은 위치에 오르게 되었다. 아멜리의 스케줄은 무척 빡빡했다. 가을과 겨울에는 바자와 크리스마스를 축하는 무도회와 사육제, 그리고 코미디 프랑세즈와 오페라좌의 첫날 밤 공연에 참석해야 했다. 봄에는 꽃 축제와 의상 무도회, 아트 살롱과 그랑프리, 그리고 롱샹 경마장의 다른 경마 경기에도 꼭 참석해야 했다. 그녀는 하루에도 여덟 번 옷을 갈아입고, 머리를 고치고, 다른 액세서리를 해야 하기도 했다. 브와 드 불로뉴에서 산책을 하고, 다섯시에 있는 다과회에 참석한 후 저녁 만찬이나 오페라 또는 무도회장에 다녀온 다음 자정에 먹는 저녁을 먹어야 했다. 그 모든 행사에 참석할 때마다 다른 의상을 입고 또 다시 복잡한 화장을 해야 했다.

눈에 띄는 의상을 입은 아멜리는 늘 멋진 모습이었고, 각종 신문에서는 그녀의 의상을 두루 소개했다. 레벤느망은 연어 빛깔의 벨벳 드레스를 입은 그녀와, 작은 크리스털이 달린, 집정부(1795년에서 1799년 사이의 프랑스 혁명 정부 - 옮긴이) 시대풍의 우아하고 하얀 새틴 가운을 입고, 어깨에는 다이아몬드로 장식하고, 허리에는 오렌지색의 얇은 비단 크레이프(주름진 비단의 일종 - 옮긴이) 스카프를 두른 그녀를 소개하기도 했다. "르 피가로"는 하얀 새틴 천으로 만든 보디스와 붉은색 벨벳 드레스를 입은 그녀에 대해 얘기했으며, "라 가제트 로즈"는 진주 그물 세공이 달린 하얀 새틴 드레스를 입은 그녀에 대해 소개했다.

그 후 삼 년 동안 아멜리의 명성은 유럽에서 미국에까지 퍼졌다. 1880년 뉴욕 헤럴드의 한 기자는 프랑스에서 그녀를 보고 그녀의 아름다움을 예찬하는 기사를 썼다. "아름다운 미국인 여자. 동양풍의 아름다움을 지닌 새로운 스타가 파리 사교계라는 바다 속으로 헤엄치고 있다"라는 기사는 고전적인 신화에 대한 암시로 가득했다. 기자는 아멜리가 자신이 본 여자 중 가장 아름다운 여자라고 했다. 그는 "다른 사람들은 그녀의 아름다움에 놀라고 있으며, 그녀가 어딜 가든 사람들이 감탄을 연발하면서 그녀를 맞으며, 군중들은 그 아름다움에 넋이 나간 것처럼 그녀가 지나가도록 길을 터준다"고 썼다.

바바리아의 루트비히 2세는 아멜리가 웅장한 계단을 오르는 것을 보기 위한 목적으로 파리의 오페라좌에 가기도 했다. 그녀를 만난 오스트리아의 엘리자베스 왕비는 그녀의 아름다움에 너무도 반한 나머지 그리스의 코르푸 섬에 있는 자신의 정원의 동상들 사이에서 포즈를 취해 달라며 초대를 했다. 자신의 어머니의 유명세를 잘 알고 있었던 아멜리의 어린 딸은 좀더 잘 처신하라는 보모의 훈계에 "조간신문이 아름다운 마담 고트로의 어린 딸이 착하게 처신했다고 말할까요?"라고 대꾸했다.

물론 아멜리에 대한 칭찬의 말만 있었던 것은 아니었다. 파리는 독설로 충만한 곳이었다. 가십란은 아멜리를 직업적인 미인이라고 불렀다. 그것은 그녀와 같은 계층의 여자들이 아무 일도 하지 말아야 하는데도 그녀가 용모를 가꾸기 위해 일을 하고 있다는 것을 모욕적으로 암시하는 것이었다. 그녀의 피부가 하얀 원인에 대해서도 뜨거운 논란이 있었다. 어떤 사람들은 그것이 그녀의 자연적인 피부색이라고 주장했다.

어쨌든 그녀가 생말로에서 수영을 하는 것이 목격되었을 때에도 그 하얀색은 지워지지 않았다. "그녀의 어깨의 진주빛 색은 물에 의해서도 씻겨지지 않았다"고 신문은 보도했다. 험담꾼들은 파도에서 몸을 완전히 드러내기 전 거구의 아프리카 출신 하인이 수건으로 그녀를 감싸 바다속에 몇 분 있다가 나온 아멜리의 피부 색깔이 진짜로 어떤지 보는 것은 불가능했다고 말했다. 회의적인 사람들은 그녀의 살갗이 극도로 하얀 것은 비소를 삼켜서라고 말했다. 그들은 그녀가 목숨을 잃지 않으면서 라벤더처럼 하얀, 신비한 피부 색상을 유지하기에 충분한 정도로 소량의 비소를 매일같이 섭취하고 있다고 했다.

많은 사람들이 아멜리의 이미지를 조심스럽게 헐뜯는 데서 기쁨을 누렸지만 파리의 한 집단은 비인습적인 용모로 악평을 듣고 있는 그녀를 숭배했다. 예술가들은 자신들에게 영감을 주는 새로운 모델을 찾는 데 열심이었다. 수십 년 동안 프랑스의 화가들은 머리가 검고, 피부가 올리브색인 여자 모델을 선호했고, "이탈리아 여자들 같은 외모의 여자"를 모델로 썼다. 한데 1870년대 후반에 그 스타일에 있어 극적인 변화가 일어났다. 유행을 앞서 가는, 매혹적인 파리지엔인 아멜리가 사회를 접수한 것처럼 미술계를 지배하기 시작했다. 그녀의 하얀 살갗은 도시적임을 의미했고, 항상 화려한 이브닝드레스를 걸친 그녀의 매끈한 어깨는 사치와 탐닉을 암시했다. 그녀의 세련된 이미지가 국제도시 파리의 정수를 표현했다.

대표적인 파리지엔인 아멜리는 성공한 초상화가로부터 훌륭한 화가가 되기 위해 애를 쓰고 있는 학생들에게 이르기까지 모든 화가들에게 영감을 불어넣어 주었다. 그녀는 그들 주위에 있는 여자들 중 가장 독특하며 세련되고 매혹적인 여자였다.

가십 칼럼니스트 페르디캉은 아멜리가 해변에서 수영을 하는 동안 그녀를 엿본 것으로 알려진 화가에 대한 기사를 쓰기도 했다. 페르디캉은 "나는 생말로 파라메에서 그녀의 그리스적인 아름다움에 매혹된 한 화가를 알고 있다. 그는 멀리서도 사랑스런 마담 고트로를 좀더 잘 보기 위해 오페라 글라스를 가져와 그녀의 어깨를 캔버스에 그렸다"고 썼다.

젊은 화가들은 비슷한 나이지만 사회적으로는 다른 위치에 있는 아멜리에 반해 있었다. 파리에서 살고 있던 화가 지망생인 에드워드 시몬즈는 그녀를 여신으로 일컬으며 "사슴의 뒤를 밟듯 그녀의 뒤를 밟지 않을 수가 없다"고 털어놓았다. 화가와 화가 지망생들은 그녀의 얼굴과 몸을 연구했으며, 그녀를 그토록 특별하게 만드는 것이 무엇인지 알아내기 위해 자신들의 일기에서 그녀의 매혹적인 아름다움에 대해 썼다.

미술가들은 기꺼이 아멜리의 모습을 조각품으로 만들고자 했다. 그녀에게 작품 의뢰가 쇄도했지만 그녀는 계속해서 거절을 했다. 그러나 그녀는 자신의 중요한 초상화를 최초로 그릴 사람을 아주 조심스럽게 골라야 한다는 것을 알고 있었다. 왜냐하면 그녀를 예찬하는 사람들과 헐뜯는 이들 모두가 그 작품을 주의 깊게 살펴볼 것이기 때문이었다. 초상화를 그릴 화가를 고르는 것은 멋진 옷을 입거나 제대로 된 에스코트와 함께 어디로 갈 것인가 하는 것만큼이나 중요한 사적인 결정이었다. 파리의 부자들과 부르주아들은 일반적으로 자신의 초상화를 의뢰했고, 엄선된 화가들을 후원했다. 아멜리는 여러 후보들 가운데서도 누군가가 걸작

을 만들어낼 수 있다는 확신이 들 때까지는 누구에게도 자신의 초상화를
맡기지 않을 생각이었다.

# 제자

🌿 1870년대 파리는 미술을 전공하는 학생들에게 커다란 캠퍼스나 마찬가지였다. 박물관은 고전적인 그림과 조각으로부터 배울 수 있는 기회를 제공했고 공원과 웅장한 대로들은 그림에 완벽한 풍부한 주제가 되었다. 파리는 또한 최고의 선생들의 고향이었고, 그들의 교실은 미술계에 흔적을 남기고자 하는, 여러 나라에서 온 창조적인 미술가 지망생들을 끌었다.

이 학생들 - 프랑스와 영국과 유럽 대륙과 미국 출신의 - 은 파리 센 강의 좌안과 몽마르트르로, 그 후에는 유행에 덜 민감하고 그래서 좀더 싼 동네로 몰려들었다. 이 지역의 거리는 좀더 오래되고 친밀한 분위기였다. 주로 주거지였던 건물에는 한 가지 특이한 모습이 있었는데, 그 건물에는 꼭대기 층에 거대한 창문이 있어 자연광이 최대한 많이 들어올 수 있었다. 미술가들은 동굴 같은 꼭대기 층 아파트를 스튜디오로 사용하고 싶어했다. 이런 공간은 난로가 있어도 겨울에는 몹시 춥고 여름에는 무척 더웠지만, 그들은 편안함과 편리함보다는 빛에 더 신경을 썼기 때문에 북향을 선호했다. 좀더 돈이 많은 학생들은 "보헤미안의 삶"을 경험하기 위해 생활도 할 수 있는 스튜디오를 구했고, 돈이 없는 학생들은 룸메이트와 공간을 같이 쓰며, 파리의 잊혀진 구석에 있는 작고 허름한 방에 거주했다.

파리의 미술학교 학생들은 다양한 교육을 선택할 수 있었다. 까다로운 입학시험을 통과할 경우 정부에서 후원하며 당대의 저명한 미술가들이 무료로 가르치는 에콜 데 보자르 같은 학교에서 공부를 할 수도 있었다. 이러한 교육 기관들은 종종 인습적이었고, 엄격한 낡은 관념에 따라 미술을 가르쳤다. 선생들은 거의 군대처럼 수업을 하며 학생들이 엄밀하게 지시를 따르게 했다. 그런 곳에서는 개인적인 표현의 여지가 거의 없었다. 1880년대에 성공한 화가였던 쥘 바스티엥 - 르파쥬는 "나는 에콜에서 기법을 배웠으며, 그것을 잊고 싶지는 않지만 실제로는 그곳에서 내 미술을 배우지 않았다"고 인정했다. 인상주의에 반대한 중요한 인물인 장 - 레옹 제롬은 거의 사십 년간 보자르에서 영향력 있는 선생이었다.

좋든 싫든 미술계에서 최고의 위치에 오르고자 하는 미술가들은 에콜 데 보자르와 그곳의 지배적인 실체인 국립 과학원과 예술 교육 기관과 미술 아카데미의 후원을 받아내야 했다. 각 기관과 아카데미 이사회에서 일하는 미술가들이 어떤 젊은 미술가가 성공하게 될지를 결정했다. 그들은 상과 메달을 수여하는 일을 책임지고 있었을 뿐만 아니라 보다 중요한 것으로, 자신들의 오래된 인맥을 통해 어떤 운 좋은 새로운 인재를 발탁할 것인지를 결정했다. 수상자들은 명성과 중요한 작품의 의뢰, 그리고 풍족한 보상을 기대할 수 있었다. 당연한 일이지만 이러한 네트워크에서 배제된 미술가들은 생계를 유지하기가 힘들었다.

정부에서 후원하는 학교에 다니는 젊은 미술가들은 석고상을 모방하는 것에서부터 실물 모델을 그리는 것으로 나아가는 엄격한 교육 프로그램을 따르며 자신의 창조성을 굽혀야 했다. 그들의 일과는 무척 까다로웠다. 수업은 이른 아침에 시작되었고, 술을 마시거나 작업을 하며 밤을 보낸 학생들은 잠을 참아야 했다.

정부에서 후원하는 학교에 들어가지 못한 야망 있는 미술가들은 좀 덜 구조화된 교육 형태를 선택할 수 있었다. 파리에는 개별 미술가들이 운영하는 독립적인 아틀리에와 개인 스튜디오가 수십 개나 있었다. 각각의 아틀리에는 그곳을 만든 미술가의 스타일과 기질을 반영하는 특징이 있었다. 미술가는 자신의 특별한 기법을 가르치며, 학생들에게 자신이 숭배하는 대가의 작품을 모방하게 했다. 독립적인 아틀리에는 두 가지의 중요한 기능을 했다. 그곳에서는 화가 양성소인 에콜 데 보자르의 기준에 도달하기 위해 좀더 경험이 필요한 학생들을 다듬어 주는 기능을 했으며, 보다 대담하고 확신에 찬 젊은 미술가들에게는 좀더 아카데믹한 학교의 선생들보다 유연하며 접근이 용이한 전문가들과 긴밀하게 작업을 같이 할 수 있는 기회를 제공했다.

아틀리에는 세련된 미술계의 일부였을 수도 있지만 그곳의 분위기는 남학생 사교 클럽 같았다. 그곳을 책임지고 있는 미술가는 대개의 경우 의뢰받은 작품이나 다른 약속으로 너무 바빠 학교를 운영하는 일상적인 일에는 참가하지 못했다. 그는 한 학생에게 수수료를 챙기고 질서를 유지하는 책임을 맡기기도 했다. 대학생 나이의 많은 학생들이 고참 병사처럼 짓궂은 장난을 치곤 했다. 새로 들어온 미술 지망생은 놀림을 받았고, 청소나 다른 힘든일을 맡아 해야 했다. 하지만 자신의 가치를 입증하고 나면 신참들은 무리에 낄 수 있었다. 같은 아틀리에서 작업하는 학생들은 카페와 레스토랑 같은 곳에서 많은 시간을 함께 보내며 서로 어울리며 생각을 교환했다.

그중 한 아틀리에는 파리에서 한동안 초상화가로서 가장 잘 나가던 카롤뤼 뒤랑에 의해 운영되었다. 샤를르 오귀스트 에밀 뒤랑이라는 이름으로 태어난 그는 화려한 코스모폴리탄으로 제 3공화정 프랑스의 떠오르는 별이었다. 그는 1869년 한 미술가의 명성을 확실하게 해주거나 완전히 망가뜨릴 수도 있는 힘을 가진 연례 미술전인 살롱에 〈장갑을 든 여자〉라는 그림을 출품해 하룻밤 사이에 미술계에 선풍을 일으켰다. 카롤뤼 뒤랑의 경우에는 운이 따랐다. 비평가들은 단순하지만 극적인 그의 초상화를 예찬하며 그를 당대의 화가로 선언했다.

그 후 그를 예찬하는 사람들은 유명인사들과 어울리고 싶은 마음에 그의 스튜디오에 초대를 받기 위해 경쟁을 했다. 카롤뤼 뒤랑은 자신의 계속되는 인기를 확신했고, 그래서 작품 수임료는 협상의 여지가 없었으며, 자신의 스튜디오는 사람들이 여전히 잘 시간인 이른 아침에만 대중에게 공개된다는 나름의 규칙을 만들기까지 했다. 기자인 알베르 볼프는

"파리의 여자들은 카롤뤼 뒤랑를 방문하는 목요일을 제외하고는 정오 전에 일어나는 경우가 없다"고 썼다.

카롤뤼 뒤랑은 두 학생이 자신들의 작품을 봐달라고 한 후에 자신의 아틀리에를 열었다. 그는 그들이 미술가들에게 인기 있는 또 다른 동네 인 몽파르나스에서 스튜디오를 임대할 경우 일주일에 두 번씩 기법과 관 련한 충고와 비판과 레슨을 해주겠다고 했다. 그는 당시 가장 돈이 되는 장르인 초상화 전문이었고, 그래서 그의 스튜디오는 쉽게 문하생들을 끌 었다. 카롤뤼 뒤랑은 대상을 매력적이고 중요하지만 지루하거나 인습적 으로 보이지 않게 할 줄 알았고, 그래서 많은 사람들이 그를 찾았다. 호소 력 있는 스타일 덕분에 그는 오래도록 돈을 많이 버는 미술가로 활동할 수 있었다.

선생으로서 카롤뤼 뒤랑은 창조적인 영감을 불러일으켜 주었는데, 에 콜의 독단적인 교수들에 비하면 더욱 그랬다. 그는 깔끔한 스케치와 정 성을 들인 표면 작업에 바탕을 둔, 인습적인 방식으로 폭넓게 수용되는 아카데미 풍의 그림에는 관심이 없었다. 대신 그는 학생들에게 전체적인 형태를 포착해 재빨리 열정적으로 작업을 하고, 자신들이 본 것을 처음 부터 캔버스에 그리라고 했다. 그는 캔버스에서 뒤로 물러나 원근법을 점검한 후 붓을 갖고 앞으로 다가가 자신이 그 순간 본 것을 그대로 묘사 하는 특유의 습관으로 학생들에게 깊은 인상을 주었다.

카롤뤼 뒤랑은 학생들이 탁월한 드로잉 기술을 갖기를 원했으며, 그 러한 기술을 보여준 학생들만 자신의 아틀리에에 받아들였다. 하지만 그 는 드로잉이 미술의 기초라고 믿지는 않았다. 그는 하나의 이미지를 만들어내는 데 있어 빛과 어둠의 병치인 명암의 사용에 더 많은 관심이 있었다. 그에게 중요한 영향을 끼친 사람 중 하나는 17세기 스페인 출신의 디에고 벨라스케스였다. 벨라스케스의 그림은 그에게 단순성의 힘을 가르쳐 주었다. 그는 학생들이 작업을 하는 동안 그들이 요점을 파악하도록 벨라스케스의 이름을 연극적으로 외곤 했다. 그의 요지는 벨라스케스의 교훈과 일치했는데 그것은 "미술에서는 반드시 필요하지 않은 모든 것은 해가 된다"는 것이었다.

카롤뤼 뒤랑의 교실은 항상 스물네 명의 학생으로 제한되었는데 그들 대부분은 영국인과 미국인이었다. 하지만 그는 영어를 말하지도 이해하지도 못했고, 학생들이 항상 프랑스어를 말하게 했다. 그가 외국인들에게 문호를 개방한 것은 프랑스 출신의 학생들이 자신이 들어가고자 하는 기관에 도전하는 누군가에게서 미술을 배우기를 꺼려한다는 것을 알고 있었기 때문일 수도 있다. 하지만 외국인들은 그의 급진적인 교육 방법을 시험하는 것을 두려워하지 않았다. 그들은 그의 표현적이며, 자유로운 스타일을 높이 샀고, 프랑스의 제한적인 체계에는 관심이 덜했는데 그것은 프랑스에서 성공하지 못할 경우 언제든 조국으로 돌아가 그림을 그릴 수 있었기 때문이었다.

카롤뤼 뒤랑의 학생들 가운데는 키가 크고 말수가 적은, 존 싱어 사전트라는 이름의, 미국인 젊은이가 있었다. 그는 아버지와 함께 열여덟 살에 뒤랑의 아틀리에에 왔다. 사전트의 동료 학생들은 그가 나이에 비해 성숙하고, 놀라울 정도로 국제적이며, 프랑스인과 거의 구별이 가지 않게 완벽한 프랑스어를 말하는 것을 보았다.

사전트는 자신을 미국인이라고 얘기했고, 미국 여권을 갖고 있었지만 실제로는 이탈리아에서 태어났고 미국에는 한 번도 간 적이 없었다. 미국을 떠난 그의 부모는 온화한 날씨와, 건강에 좋고 돈이 좀더 싼 주거지를 찾아 유럽의 한 도시에서 다른 도시로 이십 년 넘게 계속해서 옮겨 다녔다. 사전트의 말에서 외국어의 어투가 느껴지지 않은 것은 어린 시절 계속해서 장소를 옮겨 다녔기 때문이다. 그는 자라면서 너무도 많은 유럽의 도시에서 살았고, 그래서 한 지역의 특별한 어투를 습득할 시간이 없었다.

그의 아버지 피츠윌리엄 사전트는 필라델피아의 크고 유서 깊은 가문 출신으로 성공한 의사였다. 1850년 그는 유럽에서만 이룰 수 있는 목표를 갖고 있던 메리 뉴볼드 싱어와 결혼했다. 스케치를 하고, 그림을 그리고, 피아노를 연주했던 그녀는 자신의 예술적인 재능에 좀더 우호적인 환경에서 살고 싶어했다. 자신의 이름을 딴 첫째 아이가 태어나자 메리는 현실적인 일에 집중해야 했다. 사전트 부부는 어린 메리가 두 살이라는 나이에 죽게 될 때까지 존경받는 가정생활에 적응해야 했다. 아이의 어머니는 육체적으로 쇠잔해졌고, 남편에게 자신이 회복될 수 있는 곳은 유럽뿐이라고 설득했다.

1854년 그녀가 자신의 아버지로부터 10,000달러를 물려받게 되면서 그들 부부는 마리가 오랫동안 꿈꿔온 여행을 시작했다. 그녀는 여행을 사랑했다. 그녀는 유럽의 모든 것을 보고 경험하고 싶어했고, 미국에 남겨놓은 단조로운 삶에는 아무런 흥미가 없었다. 그래서 그녀는 남편에게 여름은 제네바에서, 겨울은 로마에서 보내며, 자신의 건강을 돌볼 수 있도록 정기적으로 온천에 갈 것을 설득했다. 그러나 그녀는 여행에 너무도 중독되어 한 곳에 도착하자마자 다음 행선지를 생각하게 되었다. 사전트 박사는 그녀가 미국으로 돌아가는 것을 피하기 위해 자신의 병의 증상을 과장하고 있다는 생각은 못했던 것 같다.

사전트 부부는 피렌체에서 니스에서 로마로 옮겨 다녔다. 그들은 전형적인 미국인이나 비싼 여행을 하는 사람들과는 달리 자신들의 고정된 수입에 맞춰 계속해서 한 장소에서 다른 장소로 옮겨 다니는 떠돌이 같았다. 그들은 하인을 고용해 비수기에 인기 있는 곳을 방문했으며, 생활비가 너무 비싸지면 더 싼 곳으로 옮겨갔다.

사전트 부부의 둘째 아이 존 싱어는 1856년 1월 12일 피렌체에서 태어나 튼튼하고 건강한 아이로 자랐고, 그 이듬해에는 또 다른 딸 에밀리가 로마에서 태어났다. 가족이 많아지면서 여행은 좀더 힘든 것이 되었지만 메리는 한 곳에 머물려 하지 않았다.

떠돌이 같은 삶의 방식으로 인해 사전트 박사는 불안정했고, 외로움을 느꼈다. 그는 필라델피아에서 진료를 하던 시절이 그리웠다. 갑자기 딴 곳으로 가게 되어 오랜 친구를 만들고 정규 교육을 받는 것이 불가능한 탓에 존과 에밀리는 함께 놀고 공부하며 서로 가장 친한 친구가 되는 법을 배워야 했다. 그들의 교육은 부모가 맡아 했다. 사전트 박사는 아이들에게 자연사에 관한 책과 성경책을 주었으며, 메리는 자신의 전문 분야인 미술과 음악을 가르쳤다. 두 아이 모두 총명해 뭐든 금방 깨우쳤으며, 계속해서 바뀌는 환경의 새로운 언어와 문화와 역사에 대해 개방적이었다. 어쨌든 사전트 가족의 생활은 풍부한 경험을 할 수 있게 해주었다.

1860년 아직 네 살도 되지 않은 에밀리가 척추를 다치는 심각한 사고를 당했다. 사전트 부부는 그녀의 자세한 상태를 비밀로 유지하며 그 사건에 대해서는 전혀 얘기를 하지 않았다. 가족들은 간호사가 에밀리를 떨어뜨렸다고 믿었다. 그녀의 부모는 의사들과 상의를 했고, 의사들은 극단적인 치료를 추천했는데 그것에 따르면 에밀리는 오랫동안 몸을 전혀 움직일 수가 없었다. 에밀리는 사 년 동안 침대에 있었고, 마침내 일어났을 때에는 몸이 기형이 되어 걷는 법 같은 기본적인 움직임을 다시 배워야 했다.

1861년 네 번째 아이 메리 윈스롭이 태어났고, 그녀는 "미니"로 불렸다. 사전트 부부는 일 년에 서너 번 이사를 하면서 계속해서 여행을 했다. 그들은 니스로 이사한 후 몇 달 있다가 런던으로 가는 식이었다. 돈이 잘 벌리는 즐거운 저녁이면 메리는 자신이 새로 수집한 것들을 놓고 즐거워했다. 존은 아베뇨 가문과 먼 친척 사이인 벤 델 카스틸로와 나중에 스스로를 버논 리로 부른 바이올렛 페이젯 같은, 외국 출신 가족의 아이들과 친구로 지냈다. 하지만 돈이 쪼들릴 때면 그들 가족의 집과 생활 방식 또한 궁색해졌다.

피츠윌리엄 사전트는 계속해서 미국에 대해 생각했고, 재결합을 원하며 간절한 소망을 담아 친척들에게 편지를 썼다. 하지만 그가 미국으로 돌아가는 문제에 대해 얘기를 꺼낼 때마다 메리는 이런저런 핑계를 대며 그의 이야기를 무시했다. 그녀는 늘 자신과 아이들이 미국으로 여행을 할 만큼 건강하지 않다고 주장했다.

놀라운 일은 아니지만 건강 문제는 사전트 박사의 강박관념이 되었다. 그의 편지에는 글을 쓸 당시 가족의 육체적인 상태에 대해 자세히 기술되어 있는데 마치 그의 아내와 아이들은 그가 진료를 포기한 순간 진료가 거부된 환자처럼 되어버렸다. 그는 메리가 "상태가 나아졌으며"에 밀리는 "허약하고" 가족 대부분이 "다소 까다로운 건강상의 문제로" 고통받고 있다고 썼다. 그의 조심스런 관찰도 비극을 막지는 못했다. 1865년 겨우 네 살이던 미니 사전트가 죽었다.

존은 그의 가족 중에서 유일하게 건강한 아이였다. 몸집이 크고, 몸이 건장해 그는 훌륭한 육상선수가 되었다. 그는 스포츠와 육체적인 활동을 좋아했고, 그의 어머니와 마찬가지로 가만히 앉아 있는 것을 싫어했다. 링컨 대통령과 북군에 대한 지지를 표하기 위해 "영국, 미국, 그리고 남부 연맹"이라는 제목의 팸플릿을 쓰기도 한 애국자였던 사전트 박사는 키가 크고 건장한 자신의 아들이 커서 미 해군 장교가 되기를 바랐다.

하지만 존은 다른 계획을 갖고 있었다. 그는 군인이 아닌 미술가가 되고 싶어했다. 열세 살이 되자 그는 박물관에서 과거 대가들의 작품을 연구하며 많은 시간을 보냈다. 그는 어딜 가나 공책을 가져가 연필과 수채물감으로 삶의 현장의 이미지들을 채웠다. 미술계에 있던 메리의 친구들은 그 아이의 재능에 깊은 인상을 받고 사전트 부부를 설득해 그에게 전문적인 훈련을 시키라고 했다.

가족이 스페인과 이탈리아, 독일, 그리고 스위스를 옮겨 다니는 동안 메리는 아이 둘을 더 낳았다. 1867년 태어난 피츠윌리엄 주니어는 2년 후 죽었으며, 바이올렛은 1870년에 태어났다. 한 아이의 죽음이 다른 아이의 출생으로 이어지는 것 같았다. 사전트 가족의 경제적인 상태는 점차 악화되었고, 그래서 그들은 돌이 많은 지형과, 어디에나 있는 유제품 때문에 바이올렛이 나중에 "바위와 치즈의 땅"이라고 부른 브르타뉴의 저렴한 집으로 이사를 갔다. 사전트 가족은 분주한 휴양지 생말로 교외의 생테노가에 있는 작은 집을 임대했다.

이사로 인해 가족의 경제적인 스트레스는 줄었을지 모르지만 그들은 별로 행복하지 않았다. 메리의 사회적인 야망은 결코 줄어들지 않았고, 그녀가 생테노가에서 조직한 성공적인 살롱도 그녀의 야심을 충족시키지 못했다. 사전트 박사는 어딘가에 좀더 오래 정착하게 된 것이 기쁘긴 했지만 계속되는 유랑 생활에 불만이었다. 그는 가족이 어딘가에 영원히 뿌리를 내리기를 바랐다.

메리도 피츠윌리엄 사전트도 자신이 원했던 성인의 삶은 누리지 못했지만 재능 있는 아들이 필요로 하는 것에 대해서는 민감했다. 수도가 최상의 교육을 제공한다는 것을 알고 있던 그들은 친구들의 충고에 따라 1874년 아들을 위한 미술학교를 찾아내기 위해 파리로 이사를 갔다. 존은 카롤뤼 뒤랑의 작품을 무척 좋아했고, 그 화가와 만난 후 그의 아틀리에에서 공부를 하기로 마음을 먹었다. 카롤뤼 뒤랑은 존의 포트폴리오를 보고 그가 이미 상당한 수준에 도달했으며, 유망한 화가라고 판단했다. 그는 즉석에서 그를 제자로 받아들였고, 그가 몇 가지 잘못 배운 것들은 잊어버려야 하지만 대단한 잠재력을 보여주고 있다고 솔직하게 말했다.

사전트는 자신이 그 스튜디오에 받아들여진 사실에 무척 기뻐했다. 하지만 그는 두려움 또한 느낀 것이 분명하다. 그의 어머니는 그에게 엄격한 작업 윤리를 주입했으며, 정작 자신도 스튜디오에서 스펀지를 던지는 싸움을 하며, 농담으로 서로를 놀리는, 기운이 넘치고, 스스로를 보헤미안이라고 생각하는 학생들과 잘 맞지 않는다는 것을 알고 있었다. 사전트는 수줍음이 많았고 과묵했다. 그는 딱딱한 차림의 옷을 입었고, 자신의 작업에 대해 무척 진지했다.

그의 동료들은 그가 자신들과는 다르다며 쉽게 그를 배척했을 수도 있었지만 그렇게 하는 대신 그를 무척 존중했다. 그의 그림들은 그들을 놀라게 했다. 그의 친구인 제임스 벡위드는 자신의 일기에서 사전트의 작품이 "내게 충격을 주고 있다"고 썼다. 또 다른 학생은 사전트를 "내가 본 가장 재능 있는 친구 중 하나이며 그의 드로잉은 과거 대가들의 드로잉 같다"고 묘사했다.

월요일 아침이면 사전트는 늘 가장 먼저 아틀리에에 도착해 이젤을 놓을 수 있는 가장 좋은 자리를 차지했다. 카롤뤼 뒤랑의 수업이 끝나고 모델이 간 후에도 사전트는 계속해서 그림을 그릴 수 있도록 다른 학생들에게 포즈를 취해 달라고 부탁하기도 했다. 저녁이면 그는 에콜 데 보자르에서 드로잉을 공부한 후 재빨리 저녁을 먹고 화가 레옹 보나의 야간 수업에 참석했다.

학교에 있지 않을 때면 사전트는 벡위드와 다른 새로운 친구들과 함께 박물관과 화랑에 가거나 콘서트를 들었다. 그는 센 강 우안에 아파트를 갖고 있던 가족과 여전히 함께 살았으며, 종종 가족이 저녁 식사를 하거나 여흥을 즐기는 자리에 친구들을 데리고 오기도 했다. 그런 한편, 자신이 늘 원했던 살롱을 갖게 된 메리는 무척 기뻐했다.

사전트는 점차 떠들썩한 젊은 미술가들과 어울리는 일에 익숙하게 되었다. 어린 시절의 친구인 벤 델 카스틸로에게 보낸 편지에서 그는 카롤뤼 뒤랑의 아틀리에에서 축하를 하며 친구들과 어울린 유쾌한 저녁에 대해 얘기를 했다. "우리는 스튜디오에서 이젤과 캔버스를 치우고, 베니스 풍이나 형형색색의 등으로 조명을 했으며, 피아노를 한 대 들여와 '악마의 향연'이라고 부르는 것을 벌였어."

직계 가족으로 이루어진 편협하고 조용한 세계에서 몇 년을 보낸 사전트는 이제 사회적으로도 눈을 뜨고 있었다. 하지만 그의 사교적인 생활이 작업에 방해가 된 적은 없었다. 그는 그의 교실에서 가장 작업을 열심히 하는 학생이었으며, 자신의 기법을 습득하기 위해 많은 시간을 연습을 했다. 카롤뤼 뒤랑의 아틀리에에 있던 다른 학생들은 스승의 교훈을 따르려 했지만 사전트만큼은 그 교훈을 완전히 흡수한 후 그것을 자신만의 것으로 만들었다. 한달에 걸친, 에콜 데 보자르의 엄격한 시험을 치른 그는 첫 번째 시험에서 통과를 했다. 그는 162명의 응시자 중 37등을 했는데 그것은 미국인으로서는 놀라운 성과였다.

1875년 여름 아틀리에가 문을 닫자 사전트는 두 여동생과 함께 부모님을 모시고 브르타뉴로 여행을 갔다. 하지만 그의 부모는 돈을 절약하기 위해 겨울에는 생테노가에 머물기로 하자 그는 혼자서 파리로 돌아왔다. 미술을 배우는 학생으로서 그가 한 경험들은 그에게 독립적으로 살 수 있다는 자신감을 심어주었다. 카롤뤼 뒤랑이 그를 초상화 작업이라는 돈이 되는 길로 안내하고 있었고, 사전트는 직업적으로 제대로 된 길에 들어서 있었다. 사전트는 야망이 꿈틀거리는 것을 느꼈으며, 모든 젊은 미

술가에게 가장 큰 도전인 최초의 살롱 전시에 참가할 준비가 되어 있었
다.

# 놀라운 출발

🌿 화가로 갓 출발한 사전트는 무엇을 어떻게 그릴지 결정을 해야 했다. 그러한 결정을 하는 데 있어 1876년은 중요한 해였다. 그 무렵 파리의 미술계는 선 안을 색채로 채우던 전통적이며 아카데믹한 그림에 대한 대안을 제공하고 있었던 것이다. 혁명적인 기운으로 충만했던 시대인 19세기에는 인습적인 미학에 도전하는 미술 운동이 활발했다. 반항적인 귀스타브 쿠르베에 의해 1850년대 프랑스에서 개척된 리얼리즘은 극적인 변화를 요구했다. 리얼리즘 화가들은 아카데미에서 가르치던 위생적이고 역사적이며 신화적인 장르의 그림에서 일을 하는 소작인과 노동자들의 일상적인 삶을 예리하게 묘사하는 내용으로 대체하기를 바랐다. 그들은 평민의 상태를 이상화하거나 미화하지 않고 직접적인 방식으로 묘사했으며, 이 같은 작품을 비방하는 사람들은 그것이

해롭고 추하다고 말했다. 또한 쿠르베는 또 다른 세대의 화가들이 나름의 논쟁을 시작하도록 부추겼는데 그것이 바로 인상주의이다.

사전트는 뒤랑 뤼엘 화랑에서 열린 두 번째 인상주의 화가 전시회에서 클로드 모네를 개인적으로 만날 수 있었는데 그는 빛과 형태와 원근법에 대한 나름의 생각으로 미술을 혁명적으로 바꿔 놓았던 "인상주의" 화가의 총아였다. 당시에는 많은 미술가와 미술 애호가들이 그 새로운 운동에 대해 열광적이긴 했지만 모네와 카미유 피사로, 피에르 오귀스트 르누아르, 알프레드 시슬리, 에드가 드가, 베르트 모리조 그리고 에두아르 마네 같은 반항아들은 지지자들보다는 적들이 더 많았다.

아카데미의 기준에 집착하는 보수적인 미술가들은 인상주의 화가들이 음란한 아마추어이며, 작품들은 무정부주의적인 쓰레기라고 생각했다. 하지만 미술계의 지반을 흔드는 이 화가들은 단호한 입장이었고, 그림에 대한 자신들의 자연스런 접근을 비난하는 아카데미의 억압에 힘을 합쳐 반대했다. 인상주의 화가들은 하나의 그룹으로 분류되었지만 (그것은 지금도 마찬가지이지만) 실제로 그들은 미술 운동을 전개하지 않은 미술가들이었다. 그들은 혁명적인 정신을 공통적으로 갖고 있었지만 나름의 스타일도 중요시했다. 그들은 뭔가를 이상화하기보다는 삶을 본 대로 (다들 다른 시각에서 보긴 했지만) 그리고자 하는 점에서 서로 연결되어 있었다. 그들은 또한 사전에 준비된 소도구와 배경과 빛에 의존하지 않는 실외의 장면들을 선호하며 스튜디오 밖으로 나가 그림을 그렸다.

사전트는 논쟁적인 미술가들에 대해 이미 얘기를 들은 상태였다. 카롤뤼 뒤랑의 상대적으로 진보적인 아틀리에에서 공부를 하는 것은 낡은 방식과 함께 그림에 대한 새로운 접근법을 탐구할 수 있다는 이점이 있었다. 사전트는 실험을 하라는 격려를 받았고, 카롤뤼 뒤랑이 모네와 친해 그의 그림에서 시도된 몇 가지가 인상주의의 요소를 보이는 것은 놀라운 일이 아니다.

사전트는 색채와 움직임에 대한 새로운 생각을 흡수하는 동시에 미술이 커다란 사업이라는 것을 배워가고 있었다. 화가가 재능만으로 성공하는 일은 드물었다. 제3공화정의 파리에서 작업을 하던 화가들은 경제에 대한 예리한 본능과 제대로 된 사업 계획이 필요했다. 카롤뤼 뒤랑은 자신의 피후견인들에게 훌륭한 모범을 보였고, 학생들은 스승이 많은 돈을 받는 초상화가로서 처신을 잘 하는 능력이 있어 성공을 거두었다는 것을 알고 있었다.

사전트는 돈을 벌어야 했다. 그의 가족은 갈수록 경제적으로 그에게 더 의존했다. 그의 어머니와 아버지는 늙어가고 있었다. 어린 시절 친구이자 동료였던 에밀리는 집을 떠나려 하지 않았다. 건강이 좋지 않았던 그녀는 노처녀가 되었고, 바이올렛은 여전히 아이였다. 유일한 아들이자, 가족 중에서 유일하게 건강하고 생산적이었던 사전트는 가족 모두를 경제적으로나 정서적으로 부양하는 것이 자신의 책임이라는 것을 이해했다. 그는 상당한 액수의 수수료를 받아야 했고, 그래서 직업 초상화가가 되기로 결심을 했다.

수백 년 동안 확실한 장르로 인정받아온 초상화는 사랑하는 사람의 모습을 제공함으로써 인간의 기본적인 욕구를 충족시키는 방향으로 진화해 왔다. 이것은 누군가가 죽었을 때 그 가족이 고인을 기억하는 한 가지 방법으로 특별히 중요했다. 얼굴에 대한 일반적인 묘사 - 모호한 방식으로 얼굴을 그리고 색을 칠하는 방식 - 는 소용이 없었다. 아주 원시적인 초기의 초상화들 역시 대상의 개성을 강조해야 했다. 그로브 미술 사전은 초상화를 화가가 "모델의 개성을 파악해 한 개인으로서 그 대상을 표현한" 이미지라고 정의하고 있다. 늘 초상화가에게 제일 어려운 문제는 그 개성을 표현하는 나름의 방식을 찾는 것이었다.

18세기의 미술가들은 초상화를 웅장하고 영웅적으로 보이게 만들었다. 왕족이나 아주 부유한 사람들의 의뢰를 받아 그들의 힘과 부, 그리고 아름다움과 위상을 예술적으로 표현해야 했던 화가들은 대상을 실물보다 크게 만들었다. 하지만 후원자들은 초상화가 물리적으로 커야만 효과적인 것은 아니라는 것을 발견했다. "작게 그린 그림"인 미니어처 역시 인기가 있게 되었다. 이 경우 미니어처라는 단어는 초상화의 작은 크기와는 아무런 상관이 없었다. 과거에 작은 삽화 - 작업을 위임한 후원자를 묘사한 - 가 들어간, 광채가 나는 원고가 연단(鉛丹)이라고 불리는 붉은색 납 염료로 만들어진 적이 있었다. 이 삽화들이 서 있는 사람의 초상화로 진화하면서 연단은 "미니어처"로 바뀌었다.

송아지 피지에 수채물감을 사용하거나, 에나멜과 상아에 유화물감을 사용해 섬세한 붓으로 그린 미니어처는 실용적인 형태의 초상화였는데 길이가 몇 인치밖에 되지 않아 우아한 프레임 속에 넣어 손바닥에 들거나 보석 장식으로 찰 수도 있었기 때문이다. 그것은 갖고 다니기 쉬웠고, 결혼 협상을 하는데 특별히 유용한 것으로 밝혀졌다. 사람들은 장래의 신부와 신랑, 그들 부모에게 서로의 미니어처를 보내 약혼자가 어떤 모습인지 볼 수 있게 했다.

검은 종이에 옆모습을 그려 오려낸 실루엣은 비용이 많이 드는 다른 형태의 초상화를 감당할 수 없었던 사람들에게 간단한 대안이었다. 그것에는 프랑스의 정부 관리였던 에티엔 드 실루엣의 이름이 붙여졌다. 실루엣은 1759년 사람들에게 심한 경제적인 압박을 가했고, 그의 이름은 아주 저렴하게 이루어진 모든 것과 동의어가 되었다. 사실상 아무런 비용도 들이지 않고, 재빨리 윤곽만 그려낸 그림은 실루엣 초상화로 알려지게 되었다. 똑똑한 미술가는 종이와 가위 같은 기본적인 도구만으로도 비슷한 모습을 만들어낼 수 있었다. 그리고 경우에 따라 이 실루엣의 일부는 색을 칠해 이미지에 생기를 더하기도 했다.

1839년 프랑스에서는 이전의 기술보다 더 진보한 방식으로 사랑하는 사람의 이미지를 얻을 수 있는 방법이 루이 다게르에 의해 알려졌다. 사진이 만들어지면서 초상화 미니어처는 인기가 떨어졌고, 이 새로운 과정은 이미지를 재빠르고 정확하게 포착했다. 사진을 위해 포즈를 취하는 일은 초상화를 위해 앉아 있는 것보다 훨씬 덜 지루한 - 그리고 덜 비싼 - 일이었다.

하지만 19세기 들어 더 많은 사람들이 부를 누리고, 부르주아가 부상하면서 더 많은 사람들은 자신들이 초상화를 그릴 만큼 부유하다는 것을 알리고 싶어했다. 초상화는 누군가가 사회적으로 성공했다는 것을 보여주는 징표였다. 사람들이 가장 원한 것은 자신을 근사하게 표현한 초상화였다. 진지한 화가들은 대상을 이상적으로 캔버스에 묘사해 실물과는 전혀 다르게 그리지 말라는 충고를 받았지만, 대상의 최고의 특징을 더욱 잘 표현한 초상화에 대한 기대는 수그러들지 않았다.

과거에는 대상을 더욱 잘 표현하기 위해 고전적이거나 신화적인 무대 속에 배치했고, 멋지면서도 상징적인 의상을 입혀 정원을 배경으로 앉게 했다. 하지만 19세기 후반 초상화의 새로운 움직임은 대상을 보다 현실적으로 표현했다. 레옹 보나, 앙리 팡탱 라투르, 그리고 카롤뤼 뒤랑 같은 화가들은 "생기와 개성이 증대된" 실제 무대 속에 있는 사람을 보여주었다.

사람을 꿰뚫는 듯한 눈과 재빠른 손을 갖고 있던 사전트는 초상화가로서 특별한 자질을 갖고 있었다. 초상화가로서 일을 시작한지 얼마 되지 않았을 때에도 그는 이미 다재다능함을 보여주고 있었다. 그는 벨라스케스 같은 거장과 마네 같은 새로운 변절자 스타일로 일을 했다.

1876년 늦봄 사전트는 미국으로 여행을 갔다. 미국에서 태어나지 않은 미국인은 스물한 살이 되면 반드시 미국을 방문해야만 법적으로 시민권이 유지되었다. 그는 오월에 자신의 어머니와 에밀리와 함께 리버풀을 떠났다. 사전트 박사는 그런 장거리 여행을 하기에는 너무 어린 것으로 여겨진, 여섯 살 된 바이올렛을 돌보기 위해 머물렀다. 최소한 지난 이십 년간 서쪽으로 여행을 하기를 거부했던 메리 사전트는 늘 미국에 있는 가족과 합치기를 소망했던 남편이 유럽에 머무는 사이 고향으로 돌아가고 있었다. 사전트 박사는 자신의 아들과 딸이 미국의 친척들과 마침내 만나게 될 거라는 것으로 스스로를 위로해야 했다.

메리는 미국에 있는 동안에도 가만히 앉아 있질 않았다. 사전트 가족은 오월에 저지에 내려 필라델피아와 뉴포트로 갔다가 그 후 몬트리올과 나이아가라 폭포로 갔다. 그해 여름 날씨는 참을 수 없을 정도로 더웠고, 그런 많은 여행을 하기에는 더욱더 그랬다. 친척들이 그들과 함께 있는 것을 견디지 못한 탓일수도 있지만, 어쨌든 그곳에서 넉 달을 머무는 동안 사전트 가족은 계속해서 옮겨 다녔다.

그런데 기이하게도 존 사전트는 형식적이지만 사랑스런 태도로 가는 곳마다 사람들을 매혹시키며 강한 인상을 심어 주었다. 그의 친척들은 그를 미국인보다는 유럽인에 훨씬 더 가까운 존재로 보았다.

전기 작가 스탠리 올슨은 사전트의 여행이 그를 예술적으로 해방시켰다고 주장하고 있다. 항해를 하던 중에 사전트는 왜곡된 원근법이라는 생각에 매혹되었으며 그것을 표현하는 다른 방식들을 연구했다. 그는 대양을 새로운 대상물로 취급했다 - 그는 생말로의 바다 가까이 산 적도 있었지만 이번 여행을 하기 전까지는 바다를 그린 적은 없었다. 어쩌면 그는 대양을 항해하던 중에 만난 극적인 폭풍에서 영감을 얻었는지도 모른다. 사전트는 미국으로의 여행이 자신을 위한 새로운 출발일 뿐만 아니라 재탄생이기까지 하다고 믿었다. 그 후 그의 이름이 미술 카탈로그에 등장하게 되었을 때 - 그것을 위해 그는 자신에 대한 전기적인 정보를 제공했다 - 그는 자신을 "필라델피아에서 태어난 사전트(존 S.)"로 묘사했는데 그의 마음 속 출생지는 미국이었다.

사전트는 가을에 파리로 돌아왔다. 그는 새로 습득한 원근법 감각을 당시 인기 있던 파리의 음악 그룹 겨울 서커스의 파들루 오케스트라 리허설을 그리는 데 적용했다. 에밀리는 버논 리에게 자신의 오빠가 "아침부터 밤까지 개처럼" 일을 하고 있다고 말했다. 그는 최초의 살롱 출품작을 위한 완벽한 그림을 그리는 데 전념하고 있었다.

프랑스인들은 미술에 대해 열정적이었고, 20세기 들어 영화에 대해 보인 열정으로 그림에 다가갔다. 오늘날의 칸느 영화제와 마찬가지로 매년 열리는 살롱은 크게 홍보가 되고, 언론이 집중 취재를 하는 커다란 행사였다. 살롱은 그림을 팔고, 명성을 얻는 장소였다. 미술상과 비평가와 구매자들은 어떤 그림들이 가장 큰 주목을 받고, 누가 그것을 보는지를 살피는 것만으로도 파리 미술계의 맥박을 느낄 수 있었다. 하지만 살롱은 아카데믹한 경험이 아닌 거대한 흥행 행사였고, 그래서 전문가가 아닌 일반 관람객들에게도 인기가 있었다. 6주에서 8주 동안 살롱이 열릴 때면 수십만 명의 사람들이 센 강 우안에 있는 전시 홀인 산업 궁전으로 밀려 들어왔다. 입장료가 무료인 일요일이면 관람객 숫자는 부쩍 늘어나 오만명에 이르기도 했다.

불가능할 정도로 높은 천장을 향해 솟아있는 벽이 있는 산업 궁전은 거대했다. 그곳은 사용 가능한 모든 공간에 박혀 있는 그림과 조각품을 포함해 칠천 점의 미술품을 수용했다. 살롱은 너무도 규모가 커서 야심적이고 정력이 넘치는 방문객도 하루에 모든 것을 볼 수는 없었다.

매년 작품을 전시한 수천 명의 미술가 중 몇 명의 미술가들이 살롱의 총아로 부상했다. 그들의 작품은 즉시 대중문화의 지배적인 이미지가 되었다. 그것들은 신문과 잡지의 일면에 실렸고, 포스터와 카드와 캔디 박스에 복제되었으며, 극적인 활인화로 무대에서 재현되기도 했다. 이처럼 운 좋은 미술가들에게는 작품 의뢰가 쇄도했고, 그에 따라 그들은 미술을 통해 생계를 유지할 수 있었다. 그런식으로 무명에서 총아로 발탁될

가능성은 무척 낮았지만 젊은 미술가들은 즉각적인 성공을 거둘 수도 있다는 희망을 갖고 있었다. 이미 명성을 다진 미술가뿐만 아니라 야망에 찬 신인들 역시 작품을 심사위원단에게 제출하는 힘든 과정을 매년 되풀이했다.

작품 출품일이면 초조한 미술가들은 종종 너무 큰 작품과 씨름하면서 중산모가 벗겨지지 않도록 애를 쓰며 작품을 산업 궁전으로 가져갔다. 그들이 사십 명으로 이루어진 살롱 심사위원단의 손에 자신들의 작품과 자아를 맡기고 있다는 것은 파리 사람들에게 친숙하면서도 우스꽝스럽게 보였을 것이다.

심사위원들은 살롱의 베테랑인 미술가들에 의해 선출되었고, 그래서 심사위원단을 만드는 절차는 민주적이어야 했다. 하지만 대부분의 선거처럼 그것은 종종 인기 경연 대회가 되었다. 베테랑 미술가들은 최종 선발일에 좋은 말을 들을 수 있다는 희망으로 자신의 후원자들과 스승들에게 표를 던졌다. 사십 명의 심사위원 모두가 출품된 모든 그림을 보고 어떤 출품작을 받아들일지 결정했다. 지난 살롱에서 메달을 따거나 좋은 얘기를 들었던 미술가들은 운이 좋게도 이 절차가 생략되었다. 그들의 그림은 자동적으로 받아들여졌다. 심사위원들은 받아들여진 각각의 그림을 살롱의 어디에 걸지도 결정했는데 위치만큼 중요한 것도 없었다. 심사위원들을 흥분시킨 그림은 가장 눈에 띄는 곳에 걸리기 마련이었다. 별로 큰 인상을 남기지 못한 그림은 천장 가까운 곳에 매달렸는데 사람들은 그것을 두고 "하늘에 매단다"고 말했다. 많은 미술가들의 작품이 살롱에서 보기가 불가능하다는 이유만으로 익명의 존재가 되어야 했다.

항상 5월 1일에 열리는 살롱 개막전은 미술가들에게 긴장되고 힘든 일이었다. 하지만 그것은 유행의 첨단을 달리는 파리의 사교계 인사들 모두에게 가장 중요하고 기대되는 날 중 하나였다. 그곳은 사람들을 만나거나 자신을 드러낼 수 있는 장소였다. 축제는 공식 개막일 전날 아침에 화랑의 배타적인 연회와 더불어 시작되었다. 겉으로는 미술가와 평론가, 기자와 미술계의 다른 인사들을 위한 사적인 시사회를 표방한 이 사교계 행사에는 온갖 유명 인사들이 왔다. 미술가들은 사다리 위에 서서 자신들의 그림에 유약을 발라 이튿날 개막전 때 완벽한 광택이 나도록 하는 사이에 유행을 좇는 파리 사람들은 그들 주위를 돌아다니며 떠오르는 스타를 가리려고 경쟁을 했다.

아멜리 고트로에게 완전히 사로잡혔던 미국의 화가 에드워드 시몬즈는 공식 개막일 전날에 대해 "무척 흥분되는 날이다. 그날은 주요 인사들 모두와, 다양한 옷을 입은 사람들이 모습을 나타냈다. 뉴욕의 사교계는 프랑스에서의 미술의 위상을 상상할 수도 없다 … 안에서는 많은 사람들이 함께 갤러리를 지나간다. 그럴 때면 사라 베른하르트 같은 사람이 앞장을 서고, 덜 유명한 사람들이 그 뒤를 따라간다"고 묘사했다. 신문 기자들은 살롱의 계단을 오른 유명인에 대해 기사를 썼다. 그리고 늘 무척 아름다운 여자들이 관심을 끌었다. 뉴욕 헤럴드의 한 기자는 살롱 개막전에서 아멜리 고트로가 도착하는 것을 목격했고, 그것을 기사로 썼다. "그 후 모든 것이 예술적이며, 항상 모습을 나타낼 때면 미술가의 눈을 어지럽히는 마담 고트로가 왔다. 그녀는 천천히 여러 방을 지나다녔고 그림보다는 군중을 찬미하는 일에 더 많은 관심을 보였다."

사람들에게 보여지기 위해 살롱에 오는 파리 사람은 아멜리만이 아니었다. 풍자화가인 짚은 사교계를 풍자하기 위해 살롱에 대해 대사를 주고받는 두 인물이 나오는 단막극을 쓰기도 했다. 여기서 한 사람이 "그렇다면 당신은 어떤 그림을 찾고 있는 거죠?" 하고 묻자 다른 한 사람은 "찾고 있는 그림은 없어요. 그림들은 우리에게 모두 똑같아요" 라고 말한다.

살롱에서 몇 시간을 보낸 후 구경꾼들은 잠시 걸어 샹젤리제 끝에 있는 공원 안의 레스토랑인 "르드와"로 갔다. 파리에서 가장 오래되고 가장 우아한 식당 중 하나인 그곳은 나폴레옹이 조제핀을 만난 곳으로 알려져 있었다. 매년 그 식당은 공식 개막일 전날에 특별한 점심을 내놓았고, 텐트를 쳐 식당 주위에 있는 정원들로 몰려드는 미술가와 미술 예찬가들을 맞았다. 테이블을 잡기 위해 계속해서 사람들이 줄을 섰고, 웨이터들의 숫자가 모자라 참을성이 없는 미술가들은 직접 빵을 가져오기도 했다. "르드와"는 음식으로 유명했지만 공식 개막일 전날에 그곳에 온 대부분의 사람들은 식사보다는 유명인을 보는 것에 더 관심이 있었다. 충분히 오래 기다릴 경우 그해의 미술가가 모습을 나타내는 것을 볼 수 있었다.

1877년 살롱에서 두각을 나타내고자 했던 사전트는 처음으로 작품을 제출하는 것에 만족했다. 그는 프랜시스 (패니) 와츠라는 젊은 여자의 초상화로 시작했는데 그것은 유망한 작품처럼 보였다. 패니는 사전트의 친구인 벤 델 카스틸로와 버논 리처럼, 여러 나라를 떠돌던 어린 시절의 친구였다. 사전트는 패니에게 반했을 수도 있고, 그 때문에 그가 먼저 그녀를 그렸을 수도 있다. 하지만 그런 감정을 갖고 있었다 해도, 그는 더 이상 진전시키지 않았다. 패니의 친척들은 메리 사전트가 아들이 더 나은 여자와 결혼하기를 원해 두 사람 사이의 로맨스를 막았다고 믿었다.

사전트는 그해 3월 그 초상화를 완성했다. 자부심에 찬 사전트 박사는 아들의 작품을 "최고걸작"이라 불렀고, 그것에 대해 미국에 있는 그의 여동생에게 편지를 쓰기도 했다. "미술 교육을 받지 못한 내 눈에도, 특히 그것이 그가 처음 시도해 완성한 진지한 작품이라는 점을 생각해본다면 아주 훌륭하고 유망한 작품이야."

그 초상화는 움직임과 휴식을 동시에 포착하는 데 있어 특별히 야심적이었다. 앉아 있는 상태와 서 있는 상태 사이에서 포착된 패니의 몸은 미묘한 움직임을 보였다.

미술 교육을 받은 사람들 역시 사전트 박사와 생각이 같았다. 살롱 심사위원들은 다가오는 살롱을 위해 그 그림을 받아들였으며, 사람들이 볼 수 있는 곳에 거는 것으로 스물한 살의 무명의 화가가 그린 그 작품에 대한 열광을 표현했다. 비평가들 역시 우호적인 반응을 보였다. 가령 앙리 우세이예는 두 세계의 리뷰라는 잡지에서 그 작품을 "매력적인 초상화"라고 일컬었는데 그것은 정확히 젊은 미술가가 원하는 것이었다.

살롱에서 성공을 거둔 직후부터 사전트는 이미 다음 출품작을 계획하고 있었다. 초상화를 보여준 그는 다음 전시회에서는 풍경화를 제출해 자신이 다재다능하다는 것을 보여주고 싶어했다. 그는 그 후 몇 달 동안 브르타뉴에서 부모님과 함께 휴가를 보내며 이례적으로 캉칼이라는 어촌 마을의 굴 양식장을 그렸다. 그는 이상하게 반짝이는 빛이 대양과 하늘의 대조적인 파란색에 의해 강화되는 해변에 매혹되었다. 사전트는 그 풍경에 지역 여자들과 아이들을 넣어 화폭에 색채뿐만 아니라 브르타뉴의 고전적인 이미지도 더했다.

10월에 사전트가 파리로 돌아오자 카롤뤼 뒤랑은 자신의 피후견인의 이제 막 싹트기 시작한 명성에서 이익을 얻으려고 그랬는지 뤽상부르 궁전의 천장 장식 작업을 같이 하자고 했다. 카롤뤼 뒤랑은 자신의 가장 재능 있는 학생을 옆에 두기를 좋아했으며, 사전트를 제자보다는 조수처럼 대했다. 〈글로리아 마리아 메디치〉는 그 안에 수십 명의 얼굴이 들어간, 역사를 주제로 한 그림이 되었다. 그 그림을 자세히 살펴보면 친숙한 두 얼굴을 볼 수 있다. 그것은 카롤뤼 뒤랑과 사전트의 얼굴이다. 스승은 제자의 얼굴을 그렸으며, 사전트는 발코니 위로 머리를 기대고 있는 카롤뤼 뒤랑을 그렸다.

사전트는 자신이 〈캉칼의 굴 따는 사람들〉이라고 부른, 브르타뉴를 무대로 한 그림을 계속해서 그렸다. 그는 두 점을 완성해 한 점은 미국 미술가의 첫 번째 전시위원회를 위해 뉴욕으로, 다른 한 점은 살롱의 심사위원에게 보냈다. 후자는 파리에서 받아들여졌다. 1878년 살롱이 개최되었을 때 비평가들은 지난해 자신들이 생각했던 것을 확인할 수 있었다. 존 사전트는 지켜볼 만한 재능을 갖고 있었던 것이다.

살롱이 끝난 후 곧 사전트는 카롤뤼 뒤랑에게 모델을 해달라고 부탁했다. 사전트에게는 스승을 그리겠다는 결심이 대담하면서도 복잡한 일이었다. 그는 스승에게 존경을 표하고 싶어했던 것처럼 보인다 - 스승을 그리는 것은 자신이 아틀리에에서 배운 것을 보여주는 최선의 방법이 될 것이었다. 하지만 사전트는 좀더 실제적인 또 다른 계획을 갖고 있었다. 카롤뤼 뒤랑은 늘 뉴스에 등장하는 유명인사였고, 그가 모델이 된 그림은, 특히 수상을 한 그의 학생이 그린 그림은 일반인과 언론의 관심을 끌기에 충분할 것이다.

사전트의 본능은 적중했다. 그의 〈카롤뤼 뒤랑의 초상화〉는 1878년 살롱의 히트작이었고, 전시회의 가장 인기 있고, 높이 평가된 그림 중 하나였다. 비평가들은 그 작품을 "살롱 최고의 초상화 중 하나"라고 추켜세웠고, 한 기자는 사전트에 대해 말하며 "어떤 미국인도 그렇게 차분하면서도 대가다운 솜씨로 그림을 그린 적이 없다"고 했다. 심사위원단은 그 작품에 선외 가작상을 수여했고, 그에 따라 사전트는 1880년 살롱에 자동으로 작품이 선정되게 되었다.

비평가들은 그 일을 둘러싼 흥미로운 점을 금방 발견했다. 스승의 초상화를 그린 사전트는 캔버스 꼭대기에 카롤뤼 뒤랑을 위한 헌정사를 썼고, 그로인해 자신이 "친애하는 스승"보다도 낫거나 최소한 더 혁신적이라는 사실을 증명했다.

카롤뤼 뒤랑은 〈자작부인 V의 초상화〉로 1879년 살롱에서 가장 중요한 상을 수상한 바가 있었다. 사전트의 작품이 더 흥미롭다고 생각한 비평가들은 그렇게 말하기를 좋아했는데, 그것은 두 사람 사이의 경쟁을 유발하고 싶었기 때문이다. 카롤뤼 뒤랑은 작품 활동을 하며 제도를 무시해 적들을 만든 상태였다. 뉴욕 타임즈는 그를 "파리 미술계 모두가 진심으로 좋아하거나 싫어하는" 누군가로 묘사했다.

사람들의 관심을 받은 사전트는 미술계에서 훨씬 더 위상이 높아졌다. 주제 자체가 매력적인 그 초상화에 매혹된 언론은 그의 재능을 알아봤고, 얘기를 퍼뜨렸다. 그 그림은 대중적인 신문 "릴뤼스트라시옹"의 일면에 실렸으며 - 그것은 새로운 미술가에게는 대단한 영예였다 - 「르 주르날 아뮈장」 같은 잡지에는 그 그림에 관한 기발한 만화가 실리기도 했다.

화가로서 사전트는 눈부신 출발을 한 상태였다. 미술 애호가에서부터 귀족에 이르기까지 모두가 그 역동적인 신인에 대해 얘기를 했다. 게다가 사람들은 그의 작품을 위해서라면 기꺼이 돈을 지불하려 했다. 사전트 박사는 1879년 살롱의 결과만으로 아들이 여섯 점 이상의 작품을 의뢰받았다고 자랑을 했다. 프랑스의 시인이자 극작가인 에두아르 파이어롱은 사전트에게 자신과 아내와 아이들의 초상화를 각각 그려줄 것을 의뢰했다. 파리의 엘리트 지식인인 파이어롱 부부는 아주 훌륭한 연줄을 갖고 있었다.

사전트가 그린 파이어롱 부인의 초상화는 훌륭했고, 그는 그 작품을 모로코로의 여행에서 영감을 받아 그린 〈용연향 연기〉와 함께 이듬해 살롱에 전시했다. 고래의 정액에서 추출한, 송진 같은 물질인 용연향은 들이쉬거나 소화했을 때 최음 효과가 있는 것으로 알려져 있다. 사전트의 그 그림은 향로 위로 베일을 쥐고 있는, 멋진 옷을 입은 아랍 여자를 보여주고 있다. 그녀는 타고 있는 용연향으로 자신의 몸에 향이 배게 하는 동시에 어쩌면 그것을 들이켜며 숨을 쉴 때마다 그 연기의 중독적인 힘에 자신을 맡기고 있다. 헨리 제임스는 그 그림을 "우아하고" "눈부시다"고 말했으며 살롱의 다른 비평가들은 이 "완벽한 그림"이 메달을 딸 수도 있을 거라고 예측했다. 사전트는 흰색의 미묘한 음영만을 거의 전적으로 사용한 이 작품으로 놀라운 기술적 성취를 보여주었다. 하지만 〈용연향 연기〉는 사전트의 마음 상태에 대한 흥미로운 은유를 제공하고 있기도 하다. 그림 속의 수수께끼 같은 인물과 마찬가지로 그는 도취와 자아의 포기, 그리고 심지어는 유혹이라는 관념에 대해 눈을 뜨고 있었다.

칠레 출신의 외교관이자 자신 역시 화가이기도 했던 라몽 쉬베르카조는 〈에두아르 파이어롱 부인〉과 〈용연향 연기〉를 본 직후 사전트에게 아름다운 사교계 인사인 자신의 아내를 그려줄 것을 의뢰했다. 그 결과 나온 그림으로 사전트는 1881년 살롱에서 2등 상을 탔다. 그 상으로 영원히 심사를 거치지 않고 살롱에 작품이 받아들여지게 된 그는 무척 기뻐했다. 이제 그는 매년 살롱의 심사를 그냥 통과할 수 있게 된 것이다.

새로워진 위상 덕분에 그는 새로운 사람들을 접할 수 있었다. 이제 그는 편안하고 익숙했던 미술학교 학생들과의 만찬 대신, 격식 있는 리셉션에 참가하게 되었다. 그는 자신의 집에서 그림이 그려지기를 원한 부유한 의뢰인들에 의해 살롱과 시골 저택에 초대되었다. 그는 그들의 취향을 이해했고 그것을 공유하게 되었다. 그는 훌륭한 삶을 이해했으며, 자신이 그린 특권층 사람들과 같은 세계 속에서 사는 꿈을 꿨다.

이것은 사전트가 상류층 속에서 늘 편안함을 느꼈다는 얘기는 아니다. 사회적으로 지위가 오르는 초창기 때 자신이 국외자로 느껴진 순간들이 있었으며, 그는 그것을 이따금 자신의 작품 속에 표현했다. 그가 자신의 스튜디오에서 전시한 작품 중 하나는 벨라스케스의 작품인 개와 함

께 있는 난쟁이 조신을 그린 그림 〈영국의 돈 안토니오〉를 복제한 것이
었다. 미술과 문학의 전통에 따르면 육체적인 형태가 내적 고통과 일치
하는 난쟁이는 예술적인 국외자를 상징했다. 사전트는 사교계에 진입하
면서 자신이 배척되는 느낌을 얼마간 느낀 것이 분명하다.

야심 있는 미술가들은 사전트를 자신들의 우상으로 보았다. 그들은 그의 기법을 분석하고, 한때 카롤뤼 뒤랑에 대해 얘기했던 것처럼 그에 대해 얘기를 나누며 그처럼 성공하기를 꿈꿨다. 모두가 스튜디오에서 사전트가 보이는 몇 가지의 특이한 행동에 대해 알고 있었다. 친구들은 그가 "'니코틴 공주'의 진정한 목적을 거부하며" 연기를 제대로 들이키지 않는다고 놀렸지만 그는 담배와 시가를 계속해서 피웠다. 그는 많은 화가들과는 달리 작업복을 입지 않았으며, 그림을 그리면서도 계속해서 말을 했다. 그리고 한 모델이 기억하는 것처럼 그는 스케치를 할 때면 빵 조각으로 호주머니를 채워 부드러운 부분을 말아 작은 공처럼 만들어 지우개로 썼다.

사전트는 캔버스를 모델의 옆에 놓아 같은 빛을 받게 하는, 항상 똑같은 의식을 치른 후 초상화를 그리기 시작했다. 그는 팔레트를 준비한 후 뒤로 물러나 마음속으로 이미지를 붙든 다음 캔버스 앞으로 달려가 그림을 그렸다. 그는 그림을 그리는 동안 계속해서 움직였는데, 그의 추정에 따르면 이젤 앞으로 왔다갔다 하며 하루에 4마일을 걸어 다녔다.

무척 흥분했을 때면 사전트는 공격을 할 것처럼 붓을 들고 "악마들이여, 악마들이여, 악마들이여!"라고 소리치며 캔버스를 향해 돌진했다. 그리고 특별히 화가 나거나 좌절해 있을 때면 자신이 허락하는 유일한 욕인 "제기랄"이라는 말로 그 감정을 표현했다. 그는 한번은 고무도장에 그 욕을 새겨 화가 날 때면 그것을 종이에 던져 직성이 풀리게 하기도 했다. 모델들은 그의 감정의 폭발에 상처를 입기보다는 즐거워했다. 그는 다른 모든 점에 있어서는 너무도 진지하고, 형식적이었던 것이다.

그의 예술적인 재능은 캔버스에만 국한되지 않았다. 몇몇 전문가들은 그가 미술 대신 음악을 추구했다면 일류 피아니스트가 되었을 거라고 믿었다. 작곡가 샤를르 마르틴 뢰플러는 그의 빠른 두뇌회전과, 귀로만 듣고도 연주를 할 수 있는 능력에 대해 놀라워했다. 사전트는 저명한 리하르트 바그너로부터 그보다는 덜 알려진 가브리엘 포레에 이르기까지 자신이 좋아하는 작곡가들의 작품을 듣기를 좋아했으며, 직접 연주를 할 때에도 대단한 직관적인 이해력이 있어 처음 연주하는 모든 작품을 살아 있는 것으로 만들 줄 알았다. 뢰플러는 "그는 모든 음을 제대로 연주하지는 못했다 하더라도 틀린 음을 제대로 연주했는데, 그것은 그가 진정한 음악가라는 것을 알게 해주는 것이었다"고 말했다.

사전트는 음악뿐만 아니라 문학에 대해서도 대단한 안목이 있었다. 그의 친구 엘리자 웨지우드는 그가 "쐐기"로 부른 것 속에서 책을 읽는 것을 좋아했다고 말했다. 그는 한 작가의 여러 책을 차례대로 읽어치웠다. 그는 에드워드 기본의 「로마제국 쇠망사」 같은 역사서뿐만 아니라 이국적이고 환상적인 책도 좋아했다. 또한 부분적으로는 「아라비안나이트」와 고딕 드라마를 뒤섞어놓은 것 같은, 파리와 런던의 유미주의자들 사이에서 컬트 숭배자를 낳은, 윌리엄 벡포드의 소설 「바텍」을 무척 즐겨 읽었다.

사전트는 문학과 예술에 대한 천재적인 취향을 가졌을 뿐만 아니라 음식에 대한 열정도 대단했다. 그는 당시에 흔했던, 수프와 생선과 소고기, 닭고기와 야채와 치즈, 그리고 디저트로 이루어지는 여러 코스의 식사를 즐겼다. 스케줄이 꽉 찬 날이면 그는 점심시간에 레스토랑이나 클럽으로 뛰어 들어가 테이블 위에 휴대용 시계를 올려놓고 분을 체크하며 재빠르고도 효율적으로 각각의 접시를 비운 것으로 알려졌다. 학생 시절에도 그는 외식을 좋아했고, 집에서 식사를 하는 일은 드물었다. 그는 그 습관을 평생 동안 유지했다.

수집은 그가 좋아한 또 다른 활동이었다. 사전트는 쓸모없는 잡동사니를 모아 두는 사람이었고, 주어진 공간 전부를 골동품과 그림, 카펫 그리고 직물 같은 물건으로 채우는 경향이 있었다. 그는 나비를 잡아 그 아름다움이 유지되도록 시가 연기를 살며시 불어 죽인 후 자신의 소장품 품목에 넣었다.

사전트는 관대한 것으로 유명했는데 동료 미술가들에게 특히 그랬다. 그의 가장 가까운 친구 중 하나인 폴 엘뢰는 미술가보다는 연인으로서 더욱 성공적인, 여자들이 좋아하는 남자였다. 어느 날 자신의 직업에 회의를 느껴 의기소침해진 엘뢰의 집을 찾은 사전트는 그의 드로잉 한 점을 사겠다고 고집을 피웠다. 그는 즉석에서 천 프랑을 지불해 엘뢰의 자존심을 세워주었다.

사람들은 그의 성격과 기법, 배경과 전망 등에 대해 다양한 얘기를 했지만 존 싱어 사전트는 파리의 화실과 미술가들의 작업실에서 주로 화제의 주인공이 되었다. 그의 이름이 신문 사교계란에 등장하기 시작했다. 1881년 6월 가십 칼럼니스트 페르디캉은 프랑스인이 야심에 찬 미국인을 자신들의 무리 속에 환영하는 데 있어 훨씬 더 방임적이라는 사실을 경고했고 그 예로 사전트를 인용하기도 했다. "훨씬 더 큰 인물이 되고 있는 이 사람을 보라 … 미국인은 옹이가 진, 부지런한 손으로 우리의 상업과 농업과 마구간을 위협하고 있다 … 사전트 씨 같은 미국인 화가들이 우리의 메달을 빼앗아가고 있다. 마담 고트로 같은 미국 출신의 예쁜 여자들이 프랑스 출신의 여자들보다 더 빛을 발하고 있으며, 일요일에 폭스홀이 포드햄에게 진 것처럼 그들의 말이 우리의 준마를 물리치고 있다."

페르디캉의 요점은 프랑스인들이 자신의 무리 속에 있는 미국인들을 조심해야 한다는 것이었는데 그것은 미국인들이 프랑스인의 영역을 침범하고 있기 때문이었다. 당시 그것은 민감한 문제였는데 미국은 프랑스산 물품의 수입에 관한 엄격한 법을 통과시키고, 미국에 들어오는 프랑스의 미술품에 높은 관세를 부과한 상태였기 때문이다. 그러나 미국의 미술가들은 파리의 미술학교에서 환영을 받았으며, 이 학교들이 정부의 보조금을 받는다는 이유로 커다란 이익을 누린 탓에 프랑스인들은 미국 정부의 입장을 극도로 적대적인 것으로 보았다. 대다수의 신문은 보복을 요구했고, 그 중 하나는 "우리는 국외의 미술가들에게 미술 전시회의 문호를 닫음으로써 … 대응을 할 필요가 있다"고 촉구했다.

하지만 그런 얘기를 하면서도 페르디캉은 존 싱어 사전트와 아멜리 고트로가 당시 가장 눈에 띄는 수입품 두 가지라는 점을 분명히 했다. 그리고 사전트는 무엇보다도 자신의 이름이 아멜리의 이름과 나란히 등장한다는 사실에 기뻐했다. 줄기차게 신문의 기사 거리가 되는 그녀는 유명인이었다. 페르디캉이 그를 그녀와 같이 언급한다면 그 역시 스타인게 분명했다. 그들은 잘생긴 용모와 재능이 완벽하게 합쳐진 모범적인 사례였다. 파리의 아멜리는 미국 최고의 미인이었으며, 사전트는 파리에 거주하는 가장 뛰어난 미국인 화가였다.

유명세를 타게 된 아멜리는 그녀를 예찬하는 대중의 사랑을 더욱 더 받았고, 최초의 성공을 거둔 사전트 역시 사람들이 갑자기 자신을 원한다는 것을 알게 되었다. 그는 결혼 적령기의 젊은 여자들에게는 훌륭한 배필이었다. 사위로서 그의 잠재력을 가장 잘 안 것은 남편이 필요한 두 딸을 둔 어머니였던 메리 엘리자베스 부르크하르트였다. 가족의 친구인 사전트가 자신의 딸 샤를롯 루이즈나 그녀의 언니 발레리 중 한 명의 결혼 상대가 될 수도 있다는 것을 깨달은 그녀는 입맛을 다셨다. 성공한 미술가를 사위로 맞고 싶어하는 부르크하르트 부인의 욕망은 무척 컸다. 19세기 후반의 미술가들, 특히 그 가운데서도 초상화가들은 경제적으로 미래가 확실한 전문직 종사자였다. 자신의 딸들 중 하나가 사전트와 결혼하는 것을 상상하면서 부르크하르트 부인은 새로 탄생한 부부가 센 강 좌안의 차가운 다락방에서 보헤미안처럼 살지는 않기를 바랐다. 대신 그녀는 사전트가 은행가나 변호사나 되는 것처럼 두 사람이 인정을 받으며, 상당한 수입으로 편안한 미래를 꾸려나가기를 바랐다. 당시 잘 나가던 미술가들은 경제적인 안정을 기대할 수 있었기 때문이었다.

발레리가 해롤드 해든이라는 신사와 결혼하기로 결심한 후 부르크하르트 부인은 사전트를 루이즈의 배필로 점찍은 뒤 그를 어떻게든 손에 넣으려 했다. 루이즈를 알았던 사람들은 그녀를 유쾌하지만 별로 이렇다 할 점이 없는 젊은 여자로 얘기했다. 어떤 지인들은 그녀가 약간 멍청하다는 얘기까지 했다. 무엇보다도 그녀는 유순하고 순종적인 딸이었으며 자신에 대한 어머니의 야망을 채우는 데 헌신적이었다.

1881년 여름 부르크하르트 부인은 두 젊은이가 가까워지게 만들려고 낭만적인 소풍을 여러번 계획했다. 그녀는 사전트와 그의 친구 제임스 벡위드를 퐁텐블로와, 파리의 번잡함을 피할 수 있는, 근처의 다른 장소에 초대했다. 보통 때 사전트는 낭만을 즐길 시간이 없는 것처럼 보였다. 그는 아카데미 시즌이면 계속해서 그림을 그렸으며, 휴가를 갈 때면 늘 가족과 함께 여행을 했다. 하지만 이번 여름은 달랐다. 메리와 에밀리 사전트는 미국으로 갔고, 그 사이 사전트 박사는 다시 한번 바이올렛과 함께 니스에 머물렀다. 혼자였던 사전트는 어머니와 여동생들을 그리워했을 수도 있다. 그는 루이즈에게 따뜻하게 대했으며, 실제로 그녀와 단 둘이 있을 수 있는 기회를 환영했다. 벡위드는 그들이 단 둘이 있는 것을 여러번 목격했는데, 부르크하르트 부인이 루이즈의 임박한 결혼을 염두에 두지 않았다면, 그것은 계속해서 보호자가 젊은 여자를 따라다녔던 당시로서는 결코 있을 수 없는 일이었다.

한데 알 수 없는 이유로 사전트의 관심은 줄어들었고, 여름이 끝나면서 완전히 사라져버렸다. 부르크하르트 부인이 루이즈를 위한 청혼을 기대한 바로 그 순간 사전트는 그녀의 딸과 친하지만 플라토닉하게 분명한 관계로 단정 지음으로써 그녀를 당황하게 했다. 루이즈는 그의 스튜디오로 찾아가 설명을 원했다. 사전트는 그들의 연애 - 그렇게 부를 수 있다면 말이지만 - 가 끝났다는 것을 그녀에게 이해시키는 데 어려움을 겪었다. 그들의 불쾌한 대화는 그 순간 안으로 들어온 벡위드에 의해 끊겼고, 벡위드는 "분명 문제가 있다"는 것을 알 수 있었다. 사전트는 그에게 그녀와의 우정은 소중하게 생각하지만 낭만적인 방식으로 루이즈를 생각하지는 않는다고 털어놓았다.

**↑ 존 싱어 사전트** | 〈장미를 든 여인〉 (샤를롯 루이즈 부르크하르트) | 1882년

샤를롯 루이즈 부르크하르트는 사전트와 결혼을 하고 싶어했고, 중매쟁이 역할을 한 그녀의 어머니는 그를 훌륭한 배필로 생각했다. 사전트는 루이즈와 시간을 보냈지만 그녀의 초상화가 암시하는 것처럼 둘의 관계는 플라토닉한 것에 머물렀다.

캔버스에 캔버스 위의 유화 | 84 × 443/4 인치(213.4 ⁄ 113.7cm) | 1955.15. 메트로폴리탄 미술관 | 발레리 B. 해든 부인의 유산 | 1932[32.154].)

그들의 "연애기" 후반부 동안 그들이 그토록 많은 시간을 보낸 이유 중 하나는 사전트가 루이즈의 거대한 초상화를 그리기 시작한 데도 있었다. 〈장미를 든 여인〉이라는 제목의 그 그림은 한 손에 장미를 들고, 검정색 가운을 입은 루이즈를 그리고 있는데, 그것은 카롤뤼 뒤랑의 초상화 〈장갑을 든 여인〉을 떠오르게 하는 것이다. 루이즈를 그린 사전트의 그림에서 가장 충격적인 점은 그 그림이 결핍되어 있는 것이다. 그것에는 그 어떤 열정이나 성적 느낌의 흔적도 없었다. 〈장미를 든 여인〉은 무척 훌륭한 그림이지만 완전히 인습적인 것이었다. 그 그림은 그것을 위해 포즈를 취한 젊은 여자만큼이나 개성이 없었다. 그림은 사전트의 진정한 감정을 드러냈다. 즉 그것은 사랑에 빠진 남자 또는 미술가의 작품이 아니라는 것이었다. 사전트는 기껏해야 루이즈를 좋아했으며, 그녀와 어울리는 것을 즐겼을 뿐이다. 루이즈는 자신의 초상화 속에서도 유보적인 자리를 차지하고 있었다. 그녀는 앞으로 사전트와 진정한 로맨스를 갖게 될 누군가를 위해 잠시 자리를 맡아두고 있는 여자에 지나지 않았다.

사전트는 부르주아적인 결혼 이상의 야심을 갖고 있었고, 딸을 그와 결혼시키고자 하는 어머니들과 꿈에 부푼 그들의 딸들이 그의 정신을 산만하게 하는 것을 좋아하지 않았다. 그는 파리의 사교계와 지식인과 미술계 엘리트의 핵심에 파고들고 싶었다. 그는 좀더 부유한 의뢰인을 찾게 되리라는 것을 알고 있었을 뿐만 아니라 "아름다운 사람들"에게 이끌렸던 것이다. 그는 손에 붙들기 힘든 그 핵심적인 세계로 들어가는 데 있어 여권 같은 것이 될 자신의 캔버스에 관심을 집중했다.

# 눈부신 존재들

✳ 1881년 여름 의뢰받은 작품들을 그리는 도중에도 사전트는 친구들의 초상화를 그리느라 바빴다. 그리고 그는 이듬해 맡게 될 많은 일들을 계산했다. 카롤뤼 뒤랑이 파리에서 가장 유행에 민감한 곳 중 하나인 방돔 광장에 있는 한 아파트에서 열린 파티에 참석하라고 했을 때 그는 기회를 보았다. 집주인은 사뮈엘 장 포지로 존경받는 부인과 의사이자 외과 의사였다. 예술적인 그는 출중한 외모와 카리스마가 넘치는 성격과 지칠 줄 모르는 성욕으로 더 잘 알려져 있었다. 포지는 사교계 최고의 인사들과 어울렸고, 여행을 할 때면 가장 배타적이고 가장 퇴폐적인, 국제적인 인물들과 함께 다녔다.

전성기 때 그는 벨 에포크의 파리의 낭만적인 이상을 몸소 구현했다. 그는 키가 크고 체형이 좋았으며, 검은 머리칼은 하얀 피부와 극적인 대비를 이루었다. 그는 몸에 달라붙는 양복에서부터 사진작가 나다르를 위해 장난스럽게 입은 이슬람교 교주의 복장에 이르기까지 온갖 종류의 옷을 잘 입었다. 지적이고 예술적이며 매력적인 포지는 대담하게 자신의 직업을 파리 최고의 침실에 들어가는 입장권으로 이용했다.

포지는 프로테스탄트 목사의 아들로 인생을 시작했다. 그는 1846년 이네스와 벵자멩 포지 사이에서 도르도뉴에 있는 읍인 베르주라크에서 태어났다. 그의 아버지는 어느 시기 서명 끝의 y자가 주는 극적이고 장식적인 느낌을 좋아했던 조상들을 무시하고 가족의 성 철자를 바꿨다.

포지의 어머니는 의학, 특히 여성의 건강에 대한 그의 관심을 고취시켰다. 남편과 결혼했을 때 그녀는 스물셋이었고, 그 후 십삼 년 동안 다섯 아이를 낳았다. 늘 임신 중이거나 임신에서 회복 중이었던 그녀는 서른여섯이라는 나이에 죽었다. 그녀의 아들은 불과 열살이었지만 그는 그녀가 계속해서 어딘가에 틀어박혀 있던 것을 생생하게 기억했다.

총명한 학생이었던 포지는 어떤 직업이든 택할 수 있었다. 결국 그는 보나파르트 가문 사람들을 치료한, 파리의 성공한 의사였던 사촌형의 뒤를 밟는 편을 택했다. 포지는 자신 또한 의사로서 비슷하게 성공을 할 수 있으리라고 생각했을 것이다.

그는 의과대학에 들어갔고, 여성의 건강을 연구하고 치료하는 일을 전문으로 하던 파리의 몇몇 의사 중 하나인 갈라르 박사의 지도를 받았다. 갈라르를 통해 포지는 부인과라는 새롭고 흥미로운 의학 분야에 대해 알게 되었다. 그는 자신의 일에 열정적이었으며, 열심히 공부를 했다. 하지만 그의 수업은 프랑스와 프러시아 사이의 전쟁이 발발하면서 방해를 받았다.

포지는 파리의 다른 젊은이들과 함께 1870년 7월 군에 입대했다. 처음 몇 달 동안 파리에 주둔하고 있던 그는 대부분의 시간을 퍼레이드와 구급차 행진에 참석하는 데 보냈다. 전선에 도착한 그는 놀라운 용기와 헌신을 보여주었다. 그는 전투 중 다리에 골절상을 당했고, 제대해 가족이 있는 집으로 돌아가 치료를 했다. 전쟁과 피비린내 나는 파리 코뮌이 끝난 후 다시 공부를 했고, 존경받는 폴 브로카 박사 밑에서 일을 하게 되었는데, 그것은 다들 부러워하는 자리였다. 포지는 인턴 기간 동안 뛰어난 능력을 보여 금메달을 받았으며, 1873년 의과대학 졸업장을 받았다.

제 3공화정 동안 프랑스에서는 처음으로 의사들이 여성의 몸을 연구하고, 여성에게만 국한된 건강 문제를 해결하기를 바라는 사회적인 분위기가 조성되었다. 기이하게도 여성의 건강과 출산에 대한 관심을 고취시킨 것은 프랑스와 프러시아 사이의 전쟁이었다. 프랑스인들은 자신들이 패배한 이유가 부분적으로는 국민이 육체적으로도 도덕적으로도 퇴화했기 때문이라고 믿었다. 그들은 나폴레옹 보나파르트와 그의 후계자들의 치하에서 아무런 수치심도 느끼지 못하고 저열한 본능에 탐닉하며 수십년을 보냈다. 그들이 퇴화한 것은 오염된 핏줄과 나쁜 행실 때문으로 여겨졌다. 도덕적 타락을 치유하는 것은 간단한 해결책이 없는 복잡한 문제였다. 하지만 프랑스인들은 육체적인 문제는 아주 실제적인 방법으로 해결될 수 있다고 믿었다. 의사와 간호사와 주부와 어머니들은 프랑스인들을 좀먹은 여러 가지 중에서도 알코올 중독과 성병 그리고 결핵 등은 개인의 위생을 증진시킴으로써 맞서 싸울 수 있었다.

프랑스인들은 곤두박질치고 있는 출산율에 대해서도 무척 염려를 했다. 전쟁 후 1890년대 초반 몇 년 동안 프랑스에서는 태어난 사람보다 죽은 사람이 더 많았다. 의료 종사자들은 어머니와 아기의 안전한 출산을 위해 출산 전 관리와 내과 검사, 그리고 분만을 향상시키는 방법을 찾아야 했다. 1884년 다시 법제화된 이혼법 역시 출산을 장려한 한 방법으로 여겨졌다. 그 법에 따르면 아이가 없는 부부는 이혼을 할 수 있게 되었고, 그 후에 재혼을 하여 아이를 낳을 수 있었다.

의사들은 부인과라는 도전적인 분야에 관심을 보였다. 그들 중 몇몇은 지침서를 썼으며, 오늘날 몇몇 의사들이 자신의 상품을 홍보하듯 미용 제품을 추천하기도 했다. 지침서들은 늘 구체적이거나 도움이 되는 정보를 갖고 있거나 정확하지는 않았지만 여성의 육체적인 문제에 대한 커져가는 이해를 보여주었다. 외과 의사가 되려고 공부를 하고 있던 포지는 이 분야에 대해서도 관심을 갖고 공부를 했다.

포지는 자신이 하는 일에 대한 대단한 재능을 보인 성실한 의대생이었다. 하지만 그의 관심은 과학을 넘어섰다. 그는 문학과 미술과 연극에 열정적이었으며, 온갖 예술가들과 어울렸다. 1869년 포지는 사라 베른하르트의 마력에 빠졌다. 오데옹극장에서 "나그네"에 나온 그녀를 본 그는 그녀의 가장 열렬한 팬이 되었다.

포지보다 두 살 더 많은 베른하르트는 온갖 모순으로 가득한 매력적인 여자였다. 그녀는 유대인의 후손이었지만 가톨릭 수녀원에서 자랐고, 열두 살에 세례를 받았다. 몸이 야위고 곱슬머리인 그녀는 전통적으로 아름다운 여자는 아니었지만 몇몇 사람들이 말한 것처럼 "황금 목소리"

를 갖고 있었다. 그녀는 쾌활하고 생기가 넘쳤지만 어딜 가나 새틴과 벨벳을 댄 관을 갖고 다녔고, 그 때문에 사람들의 많은 관심을 끌었다. 그녀는 한번에 몇 달씩 프랑스를 떠나 영국과 미국에 장기간 여행을 가기도 했다. 하지만 그녀는 얼마나 오랫동안 떠나 있었는지에 상관없이 늘 그녀를 예찬하는 파리의 관객들에게 돌아왔다.

처음에 포지와 베른하르트는 그들 사이를 우정에 국한했다. 하지만 둘은 열정적인 사람들이었고, 연애는 불가피한 것이었다. 그녀를 숭배하는 젊은 의사와 그의 디바는 종종 그녀의 집에서 함께 식사를 했다. 베른하르트는 늘 어깨까지 이어지는, 아코디언 주름 모양의 장갑처럼 극적인 분위기를 주는 차림에 검정 레이스 옷을 입어 논란을 야기했다. 어느 날 밤 그녀의 아들 모리스와 그의 가정교사가 잠자리에 든 후 베른하르트는 포지를 자신의 화려한 관으로 데려가 처음으로 쾌락적인 만남을 즐겼다.

베른하르트는 자신의 연인에 대해 놀랐으며, 그를 "하나님 박사"라고 불렀다. 한번은 중요한 의과 시험을 앞둔 그가 데이트를 취소해야 했을 때 상심한 베른하르트는 그의 아파트로 달려가 열여섯 시간 동안 그를 침실에 가둬놓고 즐거움을 선사한 적도 있었다. 포지는 시험을 빼먹은 벌로 다윈의 긴 과학 논문을 번역하는 힘든 일을 해야 했다. 베른하르트는 재치 있게 그녀의 새로운 애완동물인 침팬지에게 다윈이라는 이름을 붙여 그 저녁을 기념했다.

잘생기고, 여자를 좋아한다는 명성이 자자했음에도 불구하고 포지는 별 볼일 없는 남자가 아니었다. 자신의 일에 헌신적이었던 그는 의학과 과학에 있어 그의 성과로 인해 국제적으로도 유명했다. 포지는 완벽주의자였으며, 수술을 할 때면 항상 흰색 수술복을 입어 새틴 천에 피 한 방울 묻히지 않고 수술을 할 수 있다는 것을 학생들에게 보여주었다. 그는 양 손검사라는 내과 검사 방법을 발명해냈는데 그것은 오늘날에도 부인과 의사들이 여전히 사용하고 있는 것이다. 그리고 그는 부인과 의사와 일 반 외과 의사로서 적극적으로 사적인 진료를 했으며, 파리의 병원에서 자선활동을 했고, 시간을 내 19세기 여성의 건강에 관한 확실한 교재였 던 「임상과 수술의 측면에서 본 부인과에 대한 논문」을 썼다.

1879년 상당한 재산을 갖고 있었지만 남편보다 훨씬 용모가 떨어지 는, 철도산업 부호의 상속녀인 테레즈 로트와 결혼했을 때 포지는 훌륭 한 신랑감으로 여겨졌다. 포지 부부는 쇼팽이 한때 살았던 곳에서 몇 집 건너 있는 방돔 광장 10번지의 넓은 아파트로 이사했다. 그들은 요리사 를 비롯한 여러 하인들의 시중을 받았다. 그들의 호화로운 아파트는 미 술품과 귀중한 책과 희귀한 동전과, 이제 막 수집하기 시작한 중요한 미 술품 컬렉션으로 가득했다. 그리고 그들은 종종 생말로 같은 유양지로 여행을 갔다. 그들의 삶에 있어 그가 유일하게 불만을 가진 것은 자신의 아내가 계속해서 그들 앞에 나타나는, 소유욕이 크고 완고한 과부인 그 녀의 어머니와 그들의 딸 카테린에게 너무 헌신적이라는 것 뿐이었다.

하지만 시간이 지남에 따라 의사와 그의 아내 사이의 불화는 점차 심 각해졌다. 남편과 어머니 중 한 쪽을 선택하라는 압력을 받을 때면 테레 즈는 늘 어머니 편에 섰다. 포지는 누군가가 거부를 하는 것에 익숙지 않 았는데, 특히 여자가 그러는 것에 대해서는 잘 참지 못했다. 그리고 그의 불행한 결혼은 그가 실패한 최초의 경험이었다. 그는 테레즈가 가족 일에 몰두함으로써 자신이 지식인이나 예술가들과 더 많이 어울릴 수 있고, 아내가 아닌 다른 여자들과 시간을 보낼 수 있다는 사실로 스스로를 위로했다. 포지의 매력에 반응한 것은 베른하르트만이 아니었다. 유명한 여자들과 악명 높은 여자들 모두가 그 매력적인 남자를 기꺼이 자신들의 품 안에 안으려 했고, 그가 그들의 의사인 덕분에 남편이나 연인의 호기심이나 분노를 사지 않고도 그렇게 할 수 있었다.

1881년 자신이 원하는 어떤 정부라도 가질 수 있었던 포지는 파리의 매력적인 새 얼굴인 "아름다운 고트로"에게 이끌리게 되었다. 아멜리는 사람들의 존경을 잃지 않기 위해 남편과 아이를 동반한 채 파리의 새로운 주인들과 여행을 했는데, 그들은 급히 모인 부유한 정치가와 사업가들이었다. 그녀는 그들이 가장 좋아하는 장식물이었고, 그들은 경제적으로는 풍족하지만 재미가 없는 결혼 생활을 하고 있던 그녀를 환영하며, 다른 것에 관심을 갖게 했다.

아멜리라는 이름은 1880년대 파리의 정치적인 실세였던 레옹 강베타와 종종 연결되었다. 그는 프랑스와 프러시아 사이의 전쟁이 있던 극적인 시절에 아직 아이였던 아멜리를 만난 것 같다. 그들은 아멜리의 삼촌장 베르나르 아베뇨의 집에서 서로 만날 기회가 여러번 있었다. 강베타는 종종 정치적인 힘을 동반하는 자력을 발산했으며, 전쟁 동안 그가 보인 영웅주의는 아멜리 나이의 소녀에게 깊은 인상을 심어주었을 것이다. 좀더 나이가 들어 유부녀로 사교계에 들어간 아멜리는 강베타가 손님으로 온 정치적인 저녁만찬에 참석했고, 공공 행사장에서 그의 팔짱을 꼈으며, 그와 단 둘이 만나기도 했다. 소문에 따르면 그녀는 신문이 강베타의 비밀스런 정부라고 일컬은 "마담X"였다. 하지만 아멜리의 명성은 그가 그녀의 친척과 오랫동안 교제를 해왔다는 사실에 의해 보호될 수 있었다. 그는 그녀와 남몰래 사랑을 나누면서도 자신의 아름답고 젊은 동반자에 대한 관심을 가족의 친구로서의 관심으로 위장할 수 있었다.

아멜리는 수에즈 운하를 계획한 외교관 페르디낭 드 레셉스와도 어울린 것이 목격되었다. 나폴레옹 3세의 아내 외제니 왕비를 남몰래 사모한 사람으로 그려지는 레셉스는 제 2제정과 제 3공화정 시대의 화려하고 중요한 인물이었다. 그의 일거수일투족이 신문에 났고, 그의 팔짱을 낀 여자들은 항상 관심을 끌었다. 나이차가 아주 컸음에도 불구하고 (그는 칠십대였고, 아멜리는 십대를 벗어난 지가 얼마 되지 않은 상태였다) 레셉스는 어떤 장소에 함께 가기에 훌륭한 사람이었으며, 연인으로서도 아주 괜찮은 짝이었을 것이다.

아멜리의 유명한 정부들 가운데서도 가장 많이 얘기가 된 사람은 그녀의 부인과 의사였다. 그녀의 결혼 후 파리 전역에 빠르게 퍼진 한 얘기에 따르면 처녀인 젊은 아멜리에게 너무도 집착한 아멜리의 남편은 그녀를 아내로 맞이하기 위해 섹스를 하지 않는 결혼에 동의해야 했다. 페드로 고트로는 그녀에게 아내로서의 의무를 다 하라고 강요하지 않음으로써 그 거래에 충실했다. 하지만 신기하게도 결혼한 지 불과 몇 달 후 아멜리는 누가 보아도 임산부라는 것을 알 수 있게 되었다. 그녀는 자신의 상태에 대해 충격을 받았으며, 여전히 처녀라고 주장했다. 그녀의 부인과 의사는 그녀를 진찰했고, 그녀의 주장이 옳다는 사실을 확인해주었다. 의사는 화가 난 고트로 씨에게 젊은 아내가 임신하지 않은 것이 확실하다고 말했다. 그는 그녀가 자신의 쌍둥이 흔적을 갖고 있으며, 그 상태는 현대 의학으로 쉽게 고칠 수 있다고 설명했다. 그는 재빨리 잠재적으로 물의를 빚을 수도 있는 상황에 대한 외과적인 해결책을 내놓았고, 고트로 집안의 모두가 만족했다. 그러나 페드로와 아멜리의 결혼 후 루이즈가 빠르게 임신된 사실에 비춰보면 그들의 결혼생활 중 섹스를 하지 않는 시간은 많지 않았다. 그럴 듯하지 않음에도 불구하고 아멜리의 부인과 의사는 다른 누구도 아닌 사뮈엘 장 포지였다. 하지만 그는 아멜리의 의사에 머무는 것에 만족하지 못했다.

어느 날 오후 그는 아멜리에게 방돔 광장에 있는 자신의 아파트에 와 차를 같이 하자고 초대했다. 그녀가 수락하자 포지는 속내를 털어놓을 수 있는 친구인 로베르 드 몽테스키우 페장삭 백작에게 재빨리 쪽지를 보냈다. 그 쪽지에는 승리의 기색이 역력했다. "극히 귀한, 친애하는 친구여 … 백조의 목을 가진 고트로 부인이 글피인 5일 화요일 오후에 내 집에서 차를 마실 걸세. 그녀를 다시 보고 싶다면 오게."

포지가 아멜리와 차를 같이 마신 일은 사적인 만남으로 이어질 수밖에 없었다. 여자에게 매혹될 때마다 포지는 자신의 가장 깊은 감정과 심오한 생각들을 드러내는 열정적인 편지를 보내 우아한 구애를 했다. 그러한 편지 중 하나에서 그는 "나는 사랑받기를 좋아합니다"라고 썼고, "마음의 연금술"을 탐구하기를 좋아한다고 고백했다. 그는 자신의 정부의 답장을 간직했지만 그의 연애를 드러내는 이 기념물들은 그의 가족에 대한 존경심 때문에 공개되지 않은 것처럼 보인다.

사전트는 포지 가문에 대해 잘 알고 있었고 - 파리의 모두가 그랬다 -

그 의사가, 이해할 만한 일이긴 하지만 자신의 외모에 대해 자부심이 대단하다는 얘기를 들은 적이 있었다. 카롤뤼 뒤랑과 함께 방돔 광장에 있는 그의 아파트를 방문한 사전트는 포지의 아내 테레즈의 매력적인 그림을 예찬하면서도 그 집의 살롱에 잘생긴 남편의 초상화가 전혀 없는 것은 아쉬운 일이라고 했다. 그것은 사전트 입장에서는 똑똑한 처사였다. 그는 포지의 허영심을 만족시켜 주고자 그의 초상화가 한 점 있어야 하며, 자신이 그 그림을 그려야 한다는 생각을 심어주었다.

사전트의 대담함 - 다른 누구도 아닌 카롤뤼 뒤랑의 코 밑에서 보인 - 은 그가 그 일을 맡게 해주었다. 포지는 그 제안에 열정적으로 반응하며 사전트를 위해 포즈를 취하는 데 동의했다. 그 후 자신이 "아주 총명한 존재"라고 부른 의사로부터 중요한 작품 의뢰를 받은 사전트는 모두가 갈망하는 사교계의 핵심에 진입하는 입장권을 확보하게 되었다.

# 열기와 빛

＊ 늘 입는 양복을 격식을 갖춰 입은 사전트는 1881년 늦여름 포지의 아파트에 이젤을 설치하고 대상을 위한 포즈를 찾을 준비를 했다. 그는 테레즈 포지의 초상화 - 블랑샤르라는 젊은 미술가가 그린, 꽃바구니를 든 젊은 여자를 묘사한 감미로운 그림이었다 - 를 예찬했고, 그에 따라 여주인은 남편의 그림도 자신의 초상화와 마찬가지로 보수적으로 묘사하기를 기대했다. 하지만 실제로 포지를 본 사전트는 성공한 의사의 전통적인 초상화에 대한 생각을 모두 버렸다. 그는 포지를 있는 그대로 보여주고 싶었다. 포지는 너무도 눈부신 남자였고, 그래서 파리의 많은 유명인사들이 그랬던것처럼 사전트 역시 나방이 불길에 이끌리듯 그에게 이끌렸다.

대상을 가장 잘 표현할 이미지를 찾던 사전트는 포지가 고위 성직자처럼 지배한 유혹적인 세계로 눈길을 돌렸다. 화가는 포지와 그의 저명한 사교계 친구들이 무척 창조적이긴 하지만 - 글쓰기와 그림과 미학적인 문제에 대한 논의에 있어 - 그들이 가장 몰두하는 것은 섹스라는 것을 알게 되었다. 그들은 섹스를 하지 않을 때면 성적 경험이 거의 없었던것처럼 보이는 사전트에게 친숙하지 않은 방종한 방식으로 섹스에 대한 얘기를 했다.

모델이 포즈를 취하는 동안에도 방문객을 받도록 했던 - 그것은 친구들과 함께 있을 경우 좀더 편안해 했기 때문이다 - 사전트는 포지가 움직이는 것을 여러번 볼 기회가 있었다. 당시 포지와 아멜리의 연애는 정점에 이르러 있었다. 포지는 초상화를 위해 모델이 되는 동안 겉으로는 보호자의 감시를 받는 것 같으면서도 아멜리와 연애를 할 수 있었다. 그들의 관계에 대한 소문의 강렬함에 비춰볼 때 그들은 함께 있을 때면 눈에 띄게 열정을 드러낸 것이 분명하다. 하지만 자신의 어머니와 사교계 약속으로 바빴던 테레즈는 계속해서 남편이 바람을 피우는 것을 눈감아 주었다.

초상화 작업을 하는 동안 사전트는 포지의 친구로서 그와 자주 식사를 같이 했으며, 19세기 훌륭한 사냥꾼의 전형이었던 로베르 드 몽테스키우 페장삭을 많이 보았다. "유미주의자의 왕자"로 불린 도발적인 몽테스키우는 뭔가 대담한 것을 할 때마다 새로운 별난 짓을 했다. 가령 그는 자신의 응접실 벽을 회색으로 칠하고 그것과 어울리는 꽃을 진열했는데, 그가 그렇게 하자 파리의 나머지 사람들도 그를 따라했다. 그는 작은 바이올렛 꽃다발을 핀으로 고정시켜 넥타이처럼 목에 걸었으며, 사람의 눈물 한 방울이 든 반지를 꼈다. 카펫 위에 있는 애완용 거북이 너무 지루해지자 그는 껍데기에 금과 보석을 장식했다. 그는 글을 조금 쓰고 그림을 그렸으며, 나머지 시간은 쾌락을 좇는 데 보냈다. 몽테스키우의 자기탐닉은 「거꾸로 (자연에 반하는)」의 작가 조리스 칼 위스망스에게 영감을 주어 문학 속의 보다 퇴폐적인 인물들 중 하나인 데 제생트(「거꾸로」의 주인공 - 옮긴이)를 창조하게 했다.

그즈음 몽테스키우의 성 정체성에 관한 얘기가 나돌았다. 동성애자로 알려진 그는 사라 베른하르트와 열정적인 순간을 보냈을 때 그 사실을 알게되었다. 그는 그 순간이 너무도 구역질이 났고, 그 후 스물네 시간 동안 구토를 했다. 그는 여자를 관념과 이상으로 사랑했지 살과 피를 가진 실체로는 사랑하지 않았다. 하지만 포지에 대한 그의 애정은 무한한 욕망으로 물들어 있었다. 그들이 서로에게 보낸 쪽지 - 몽테스키우는 라벤더 잉크로 썼다 - 는 장난스러우면서도 에로틱했다. 포지는 자신의 친구가 가장 세속적인 소통을 사랑에 대한 열정적인 선언으로 바꾸려고 하는 경향을 눈감아주었다. 그들은 서로를 "나의 친애하는, 병적인 영혼"으로 불렀고, 편지 끝에는 "나는 자네의 모든 것이고, 자네만의 것이네"라고 썼다.

그 무렵 역시 눈에 띄는 인물이었던 쥐디트 고티에는 그 시기 사전트가 알게 된 포지의 또 다른 친구였다. 존경받는 작가이자 비평가였던 그녀는 동양 문화에 매혹되었고, 이 이국적인 세계의 요소들을 습관적으로 자신의 삶 속에 통합했다. 그녀는 자신의 소설과 희곡 속에 아시아에 관해 썼으며, 정기적으로 기모노를 입었다. 예술계의 고상한 인사들과 여행을 다닌 그녀는 자신이 예찬하는 예술가들에게 몸과 영혼을 모두 주는 여자라는 평판을 얻게 되었다.

고티에는 아버지인 작가 테오필 고티에를 통해 태어나면서부터 창조적인 세계에 발을 들여놓았다. 그녀는 보들레르 같은 지식인들의 모임 속에서 자랐으며, 그들의 보헤미안 같은 생활방식을 철저하게 받아들였다. 소녀가 된 고티에는 무척 조숙했고, 또래의 다른 아이들에 비해 훨씬 많은 자유를 누렸다. 고티에의 어머니와 결코 결혼하지 않음으로써 자신의 독립성을 증명한 그녀의 아버지는 딸이 진보적인 작가의 작품을 읽으며 비인습적인 삶을 선택하게 했다. 고티에는 무척이나 매력적인 아방가르드 작가인 카튈 망데스와 결혼함으로써 자신이 어떤 자유사상가인지 보여주었다.

망데스는 머리를 기르고, 낭만적인 영웅 행세를 하며, 자기 자신에 탐닉하는 파리의 새로운 세대의 시인들 중 하나였다. 그가 선정적인 운문을 쓴 로마의 작가와 황소의 머리를 가진 이집트의 신의 이름으로 자신의 이름을 지었다는 소문도 있었지만 망데스는 그의 가족의 이름이었다. 여자들은 망데스의 윤곽이 뚜렷한 얼굴을 보고 참지 못했다. 그는 "나쁜 천사만큼이나 아름다웠다."

포르노적인 색채가 넘치는 그의 시는 음란한 것으로 판결이 났고, 그는 대중의 도덕을 훼손한다는 죄로 징역을 살기도 했다. 그는 자신이 파리의 창녀들과 범죄자들로 이루어진 세계를 즐기는 엽색가라는 사실을 숨기지 않았다. 그는 자신의 여러 정부들 중 한 명으로부터 고약한 성병에 걸린 것으로 알려져 있다.

결혼 초기 고티에는 망데스의 행동을 무시하며 그와 함께 예술계의 총아들을 좇는 데 집중했다. 그들 부부는 빅토르 위고와 귀스타브 플로베르 같은 중요한 작가들과 친구가 되었으며, 둘 모두가 숭배한 리하르트 바그너와도 우정을 쌓았다. 하지만 남편의 일탈을 8년 동안이나 참아온 고티에는 그의 심해지는 부정을 더 이상 무시할 수 없었다. 1874년 그들의 결혼이 파탄나자 자유주의적인 성향인 그녀의 아버지 또한 안도했다.

이혼 전에도 바람기가 많았던 고티에는 이혼 후 자신과 망데스가 공통적으로 예찬했던 많은 남자들과 가까운 관계를 맺었다. 위고는 그녀에게 반했으며, 그녀가 유부녀였을 때와 똑같은 생활방식을 유지하는 것을 돕기 위해 정부로부터 연금을 받을 수 있게 하기까지 했다. 정부의 관리가 그렇게 하기를 주저하자 - 고티에는 그런 선물을 받을 만큼 훌륭한 예술가는 아니었다 - 위고는 분명하게 "내가 연금을 주라고 하면 그만이오"라고 말했다. 그는 그 정도의 힘을 갖고 있었고, 자신의 매력적인 친구를 위해 그런 일을 한 것에 기뻐했다.

바그너와 그의 아내 코지마 또한 고티에를 기꺼이 자신들의 영역 속으로 끌어들였다. 고티에는 예술가들로 하여금 자신들에게는 그녀가 없어서는 안 된다는 생각을 하게 할 줄 알았다. 그녀는 그들에게 아첨을 했고, 자신만이 그들의 작품과 그것의 중요성을 이해할 수 있다는 생각을 갖게 했다. 그녀는 누군가의 팬이 되는 일을 너무도 잘 했고, 그래서 때로는 그녀의 영웅들이 그녀의 예찬자가 되기도 했다. 그러나 고티에와 바그너 사이의 연애는 심각해졌고, 결국 눈이 날카로운 코지마는 그녀가 남편이 있는 곳에는 있지 못하게 하기에 이르렀다. 고티에와 바그너가 성관계를 가졌든 갖지 않았든 그녀는 지적으로도, 정서적으로도 그와 친밀한 존재였으며, 그것만으로도 그녀는 바그너의 측근들 속에서 고위층의 여사제가 되기에 충분했다.

1880년대에 리하르트 바그너는 파리에서 신적인 존재였는데 - 사전트가 특별히 좋아한 사람이기도 했다 - 그것은 그가 낭만주의 예술가의 정수였기 때문이다. 그의 삶과 음악은 전설과 열정, 신화와 상실, 그리고 구원과 선악 사이의 영원한 싸움이라는, 세계에 대한 그의 서사시적인 관념에서 나왔다. 그의 "니벨룽겐의 반지"는 당시 사람들이 본 가장 눈부시고, 상상력이 풍부하며, 가장 논쟁적인 공연이었다. 바그너는 "지그프리트의 죽음"을 비극적인 영웅의 인생 전체를 그 이상의 것들에 통합한 무용담으로 확장하며 그 걸작을 만드는 데 28년을 보냈다. 바그너는 신과 거인, 다른 신화적인 존재들에 대한 자신의 기념비적인 이야기를 무대에 올리는 일이 너무도 걱정된 나머지 자신의 구체적인 지시에 따라 "니벨룽겐의 반지"가 공연될 특별한 극장인 축제극장을 독일 바이로이트에 세우는데 돈을 아끼지 말라고 후원자들을 설득하기까지 했다.

주로 독학을 한 음악가였던 바그너는 복잡한 곡을 떠올린 후 몇 년에 걸쳐 그것을 구체화하곤 했다. 그는 거대한 자아를 갖고 있었고, 집에서도 지배적인 힘을 행사했다. 그의 첫 번째 아내는 여배우 크리스티네 빌헬르미네(미나) 플라너였다. 그들의 격정적인 결혼생활은 1836년에서 1860년까지 이어졌다. 그 사이 바그너는 유럽 전역을 여행하며 오페라를 작곡했고, 음악계에서는 논란을 야기 하기도 했다.

1861년 바그너는 그의 인생 최고의 연인이자 정서적으로도, 예술적으로도 동반자가 된 코지마 폰 뷜로우를 만났다. 코지마는 프란츠 리스트의 딸로 피아니스트이자 지휘자인 한스 폰 뷜로우의 아내였다. 바그너와 코지마는 함께 이사를 해 가정을 꾸려나갔으며, 미나가 1866년 죽고 나자 결혼을 했다. 그들은 바바리아의 "미친 왕" 루트비히 2세의 후원으로 경제적인 문제없이 살 수 있었다. 십대 때 바그너 음악의 마법에 걸린 루트비히는 자신의 가장 퇴폐적인 꿈을 실현하는 데 많은 돈을 쓴 괴짜였다. 그는 자신의 조국에 노이슈반슈타인 성(백조의 성 - 옮긴이)처럼, 동화 속에 나오는 것 같은 우아한 성들을 지었고, 바그너의 "로엔그린"에 나오는 백조들을 자신의 문장으로 사용했다. 루트비히는 터무니없이 꾸민 자신의 성 한 곳의, 사람들이 만든 초호에서 기이한 환상을 실연하기도 했다.

사람들은 루트비히처럼 바그너를 사랑하거나 싫어했다. 그의 지지자들은 그가 19세기 최고의 예술가 중 한 명이라고 믿었고, 정확히 그가 지시한 대로 "니벨룽겐의 반지"가 공연되는지를 보러 바이로이트로 순례를 가기도 했다. 하지만 프랑스와 프러시아 간의 전쟁이 있은 후 많은 프랑스인들은 그의 음악이 자신들의 끔찍한 패배를 떠올리게 하는 기분 나쁜 것이라고 생각했다. 그들은 감동적인 화음과, 독일의 역사와 민요에 대한 분명한 예찬을 들을 때면 자신들에게는 굴욕스런 기억으로 남아 있는, 프러시아의 승리를 생각지 않을 수 없었다. 오페라하우스들은 바그너의 작품을 공연할 때면 프로그램에 "바그너의 작품이 공연되는 동안 청중은 야유를 하거나 소리를 질러서는 안 됩니다!"라는 문구를 넣고 경비원을 고용해야 했다.

사전트는 포지와 그의 주위에 있는 매력적인 인물들을 보며 그들의 행동이 자신이 그림을 그리는 방식에 뚜렷한 영향을 끼치고 있다는 것을 알게 되었다. 포지는 그에게 새로운 도전 과제를 안겨주었다. 사전트는 빛과 그림자의 병치를 통해 형태와 모습을 포착하는 데 있어 대가였지만, 포지의 가장 두드러진 특징인 강력한 관능성은 미술학교에서 배운 기법만으로는 표현할 수가 없었다. 사전트는 붓을 사용해 그 강력함과, 그것에 대한 자신의 반응을 포착함으로써 지적으로뿐만 아니라 감성적으로도 그림을 그리는 법을 배워야 했다.

사전트는 자신의 재능을 보여주면서도, 대상에 대해 그가 느끼는 감정을 표현할 수 있는 대담한 이미지를 구상했다. 그는 초상화를 위해 포지에게 주홍색 화장복을 입으라고 설득했다. 그것은 여자의 속옷에 해당하는 남자의 옷이었다. 집에서 내밀한 순간에만 입는 그 옷은 포지가 욕실에 있다는 것을 암시하는 것이었다. 그런 다음 사전트는 의사에게 한 손은 심장에 대고, 다른 손은 술 장식이 달린 벨트를 풀려는 것처럼 그것을 슬며시 잡고 있는 포즈를 취하게 했다. 의사에게는 가장 중요한 도구인 그의 긴 손가락은 그림 속에서 우아하고 관능적이며 완벽했다. 그는 지각없는 행동을 하려고 자세를 취한 사람처럼 보였다.

사전트는 모든 미술적인 방법 - 의상과 포즈와 붉은색의 사용 - 을 동원해 이미 에로틱한 포지를 남성의 성적 상징으로 만듦으로써 더욱 에로틱하게 만들었다. 그리고 그 초상화는 호색적인 의사에 대해서만큼이나 사전트에 대해서도 많은 것을 말해주었다. 그 초상화를 그린 화가는 대상에 매혹된 것이 분명했다. 모든 화가가 포지를 전통적인 방식으로 그릴 수도 있었지만 그에게 매혹된 화가만이 그의 유혹하는 힘을 포착할 수 있었을 것이다.

사전트는 완성된 초상화를 1882년 런던 왕립 미술아카데미의 전시회에 보냈고, 그곳에서 그 그림은 "감히 그것의 이름을 부르지 못하는 사랑"으로 동성애를 표현한 오스카 와일드의 관심을 끌었다. 와일드는 대상에 대한 사전트의 깊은 감정을 알아보았고, 그 후 포지와 사전트의 관계를 「도리안 그레이의 초상」에서 불멸의 것으로 만들었다. 소설 속에서 화가 베질 홀워드는 자신의 모델인 도리안 그레이에게 놀라운 고백을 하며 다음과 같은 말을 털어놓는다. "나는 한 남자가 흔히 친구에게 줄 수 있는 연애 감정보다 훨씬 큰 감정으로 당신을 숭배했어요 … 당신의 인성은 내게 무척 놀라운 영향을 끼쳤어요. 나는 당신을 미친 듯이, 엄청나게, 터무니없이 숭배한다는 사실을 인정해야겠어요" 와일드는 실제 화가의 삶의 세부적인 것들을 자신의 소설 속에 사용하는 데 대해 아무런 망설임을 느끼지 않았다. 홀워드는 사전트와 마찬가지로 "캔버스 위로 붓을 재빠르게 움직이며" 열정적으로 그림을 그린 것으로 묘사된다. 또한 그는 사전트가 전시한, 파리와 런던의 화랑에서 그림을 전시했고, 사전트가 이따금 사용한 라일락색과 자주색을 좋아한 것으로 묘사되었다.

사전트가 포지에게 매혹되었을 수도 있지만 포지는 도달할 수 없는 욕망의 대상이었을 것이다. 포지는 남자들과도 장난 삼아 연애를 하기는 했지만 의문의 여지가 없는 여자 킬러였고, 그래서 둘의 관계는 - 포지와 몽테스키우의 관계와 마찬가지로 - 우정에 국한되었을 것이다. 사전트는 그러한 플라토닉한 유대 관계에 편안해한 것처럼 보이며, 쥐디트 고티에를 비롯한 포지의 친한 친구들 몇 명과 가까이 지냄으로써 그것을 더욱 확실하게 만들었다. 또한 그는 센 강 좌안의 여러 카페와 레스토랑에서 만난 예술가들과 우정을 쌓음으로써 나름의 서클을 만들기 시작했다. 사전트가 가장 좋아한 곳인 라브뉘의 출납원은 스케치북을 가져오지 않은 화가들이 사용할 수 있게 스케치북을 놓아두었다. 사전트는 팔과 다리에서부터 작은 초상화에 이르기까지 모든 것을 스케치하면서 그것을 독점했고, 그에 따라 그것은 일반적으로 "사전트의 스케치북"으로 불렸다.

1882년 어느 날 밤 사전트가 그림을 그리고 있는데 카롤뤼 뒤랑 아틀리에의 학생인 알베르 드 벨러로쉬가 그 레스토랑에 들어왔다. 뼈가 우아하고 귀족적인 풍모를 갖춘 아름다운 젊은이인 벨러로쉬는 열여덟이었고 파리의 미술계에서는 신인이었다. 그는 그 전에 한번, 매년 스튜디오에서 카롤뤼 뒤랑를 기리며 저녁 만찬을 드는 자리에서 사전트를 만난 적이 있었지만 서로를 잘 알지는 못했다. 레스토랑에서 스케치북을 본 벨러로쉬는 자신의 그림이 있는 것을 보고 놀랐다. 사전트는 그가 모르게 그를 스케치했던 것이다. 그 그림에 매혹된 벨러로쉬는 스케치북에서 그 페이지를 찢어 집으로 가져갔다.

사전트는 자신보다 젊은 남자에게 매혹되었는데, 처음에는 그의 용모에, 그 후에는 그의 성격에 그렇게 되었다. 그들은 함께 시간을 보내기 시작했고, 곧 친구가 되었다. 사전트는 벨러로쉬를 놀리듯 "아기 밀뱅크"로 불렀고 (벨러로쉬는 서른이 될 때까지 자신의 계부의 성인 밀뱅크를 사용했다), 그 별명이 그대로 굳어졌다.

벨러로쉬는 17세기 종교적 자유를 찾아 영국으로 건너간, 프랑스에서도 가장 오래되고 지체 높은 가문 중 하나인 위그노 가문 출신이었다. 벨러로쉬의 아버지로 벨러로쉬 후작인 에드워드 찰스는 아들이 아기였을 때 죽었다. 후작의 미망인 알리스는 빼어난 미인이었다. 여전히 젊었던 그녀는 결투에서 스무 명을 쏜 것으로 악명 높은 해리 베인 밀뱅크와 결혼했으며, 그들은 파리와 런던에 거주지가 있었다. 결혼한 지 몇 년 후 밀뱅크 부부는 코카인 중독자가 되었다. 그 때문에 모든 것을 잃은 그들은 결국 가난에 시달리게 되었다. 하지만 벨러로쉬가 미술을 전공하기 시작할 무렵 그들은 부유하고, 유행의 첨단을 걷는 파리의 부부 중 하나가 되었다.

벨러로쉬는 적당한 때가 되었을 때 새 친구를 자신의 어머니와 계부에게 소개시켜 주었다. 알리스의 남편은 그녀의 초상화를 그리고 싶어했고, 벨러로쉬는 사전트를 추천했다. 사전트는 그녀에게 옷이 아주 깊게 파인, 대담한 검정색 가운을 입혀 포즈를 취하게 했다. 그 그림을 시작했을 때 사전트는 원근법과 팔레트에 대한 새로운 생각을 시험하고 있었다. 하지만 그는 그 초상화의 결과에 대해 결코 만족하지 못했다. 그는 그림이 완성되기 전에 포기를 했고, 결국 그것을 벨러로쉬에게 주었다.

두 미술가는 오랜 우정을 유지했다. 그들은 파리에서, 그 후에는 런던에서 스튜디오를 같이 썼고, 자주 서로를 그리거나 스케치했다. 벨러로쉬는 이젤 앞에서 작업을 하는, 편한 옷을 입어 예외적으로 느긋해 보이는 사전트를 그렸다. 사전트는 다양한 포즈와 의상 차림으로 - 가령 제대로 된 근대적인 신사 또는 거대한 칼을 든 채로 중세풍의 옷을 입은 모습으로 - 벨러로쉬를 그렸다. 사전트의 스튜디오에서 찍은 사진 한 장은 벨러로쉬가 17세기 조신의 의상처럼 보이는 것을 입은 채로 포즈를 취하는 동안 잠시 작업을 멈추고 있는 그의 모습을 보여준다.

어느 하루 벨러로쉬는 머리에 모피 모자를 썼고, 사전트는 그를 스페인의 귀족으로 그렸다. 사전트의 초상화 속에 담겨있는, 벨러로쉬의 생각에 잠긴 듯한 모습과 로맨틱한 요소는 화가와 모델 혹은 스승과 학생 사이의 관계를 넘어서는 관계를 암시하고 있다. 그들이 친구로 지낸 처음 몇 달 동안 사전트는 포지와의 경우에서처럼 계속해서 상대를 유혹했다. 미술사가 도로시 모스는 "벨러로쉬를 그린 사전트의 초상화는 관능성과 감정의 강열함에 있어 그 시기 남자들 사이의 적절한 상호작용으로 여겨진 경계를 넘어서고 있다"고 쓰고 있다. 두 번째로 누군가에게 완전

♠ 존 싱어 사전트 | 〈엘 할레오〉 | 1882년
스페인의 무희를 극적으로 표현한, 폭이 11피트가 넘는 사전트의 그림은 에너지와 감정으로 충만해 있다. (이사벨라 스튜어트 가드너 미술관, 보스턴)

히 반한, 이 낭만적인 격통 속에서 사전트는 벨러로쉬를 그릴 때면 포지를 그렸을 때와 같은 열기로 표현했다.

이 두 남자와의 정서적으로 충만한 관계는 사전트의 작업에 충격을 주었으며, 그것은 1882년 그의 살롱 출품작인 〈엘 할레오〉에서 가장 잘 드러나고 있다. 규모가 거대하고, 극적인 분위기를 갖고 있는 그 그림은 음악의 힘에 자신을 맡긴채, 몸의 관능적인 움직임에 넋이 나간 스페인의 무희를 보여주었다. 사전트는 자신의 모델에 대한 정서적인 몰입의 새로운 수준을 보여주었다. 르 피가로는 〈엘 할레오〉를 "지금 열리고 있는 살롱에서 가장 독창적이고 강력한 작품 중 하나"라고 선언했다.

하지만 그는 여전히 미국인이었고, 그에 따라 그가 작품을 의뢰받아야 하는, 영향력 있는 파리 사람들에게는 국외자로 여겨졌다. 그들이 보기에는 자신들의 돈을 받을 자격이 더 있는 카롤뤼 뒤랑 같은 프랑스 출신의 초상화가들이 아주 많이 있었다. 살롱에서 좋은 평가를 받고, 포지 박사 같은 유명인사의 초상화를 그린 것은 사전트가 명성을 구축하는 데는 도움이 되었다. 하지만 진정으로 유명해지지 않을 경우 그의 국적은 계속해서 문제의 소지가 되는 부분이었다.

# 그의 걸작

1877년 살롱 데뷔 이후 사전트는 자신의 다재다능함과 기법의 훌륭함과, 작품의 폭이 아주 넓다는 것을 보여주었다. 그는 고객의 칭찬을 들었으며, 언론에 의해 떠오르는 별로 칭송되었다. 하지만 이제 파리 최고의 초상화가 중 하나라는 것을 입증하기 위해서는 재능 이상의 것을 보여주어야 했다. 그는 굉장한 아이디어가 필요했다.

하나의 살롱이 끝난다는 것은, 또 다른 살롱이 기다리고 있으며 그에 따라 새로 제출할 작품을 준비해야 하는 것을 의미했다. 1883년 초 자신의 위치를 확실하게 굳혀줄 이미지를 찾고 있던 사전트의 마음속에 분명하게 불타오르는 이미지가 하나 있었다. 그는 포지를 그리는 동안 아멜리 고트로를 만난 후로 그녀에 대한 생각을 해왔던 것이다.

사전트는 파리에서 갑자기 출세한 미국인이면서, 유명해지고자 하는 욕망을 똑같이 갖고 있던 아멜리를 자신과 동류로 생각했다. 또한 그는 그녀가 개인적으로도 매혹적이라는 것을 알게 되었다. 그는 그녀의 얼굴과 몸매와 지울 수 없는 우아함에 사로잡혔다. 십대처럼 사전트는 매력적인 남녀 모두에게 반했는데 그 가운데서도 아멜리는 가장 매혹적인 대상이었다.

사전트는 아름다운 여인의 초상화가, 다음 살롱에서 센세이션을 일으킬 수도 있다는 것을 알고 있었다. 결국 카롤뤼 뒤랑도 자신의 사랑스런 아내를 그린 그림 〈장갑을 든 여자〉를 보여줌으로써 자신의 명성을 구축했다. 사전트는 아멜리 고트로를 그린 자신의 초상화가 인정을 받게 되면 유행의 첨단을 걸으며 그녀를 뒤쫓는 파리 사람들이 자신에게 초상화를 의뢰하기 위해 줄을 설 거라고 추측했다.

또한 그는 에두아르 마네의, 아름다운 여자의 초상화 〈올랭피아〉가 1865년 살롱에서 전시된 후 뒤따른 스캔들을 잘 알고 있었다. 그 논쟁적인 그림은 아주 하얀 피부를 가진 알몸의 여자가 몸을 뒤로 기울이는 것을 묘사했는데, 그녀 옆에는 화환을 든 흑인 하녀가 시중을 들고 있다. 물론 살롱에 가는 사람들은 미술 속의 누드에 친숙해 있었다. 고전적이거나 역사적인 장면을 그린 그림들은 종종 알몸을 보여주었다. 하지만 〈올랭피아〉는 과거의 인물이 아니었다. 그녀는 19세기 파리 사람들이 동시대인으로 여길 만한 근대의 고급 매춘부였다.

〈올랭피아〉가 전시되었을 때 대중은 격렬한 반응을 보였다. 고급 매춘부가 인기를 얻은 것은 엄연한 현실이었지만, 프랑스인들은 그녀의 모습이 살롱에 전시되는 것에는 난색을 표했다. 비평가들은 너무도 적대적이었고, 그래서 마네는 "그들은 내게 모욕을 퍼붓고 있어"라고 불평을 했다. 살롱의 관람객들은 너무도 화가 나서 흥분했고, 심지어는 경비원들을 배치하여 그들을 통제해야 했다. 좋은 일인지 나쁜 일인지는 알 수 없지만 〈올랭피아〉는 그해 내내 사람들이 얘기를 한 그림이 되었다.

사전트는 미술가로서 매우 중요한 이 시점에 위험하지만 보상이 따를 수도 있는 뭔가를 보았다. 마네의 명성은 〈올랭피아〉가 물의를 일으켰음에도 불구하고 꺼지지 않았고, 오히려 시간이 지남에 따라 계속되는 논쟁에 의해 더 높아진 것처럼 보였다. 그리고 올랭피아와는 달리 아멜리 고트로는 고급 매춘부가 아니었다. 그녀는 사전트가 자신의 작품에 사람들의 주의를 끄는 데 이용할 수도 있는, 다소 모험적이긴 하지만 존경받는 유부녀였다. 그는 새롭고 도전적인 방식으로 묘사된, 새로운 유형의 아름다움에 관람객의 눈을 뜨게 하고 싶었다. 그는 관람객에게 헨리 제임스가 하퍼즈 뉴 먼스리 매거진에서 "기이한 광경"으로 묘사한, 극단적인 스타일의 현실적 취향을 선사하고 싶었다.

그것은 현명한 생각이었고, 사전트는 아멜리가 자신의 초상화를 그리는 것을 허락하도록 수를 썼다. 포지가 추천을 한다면 일은 쉽게 성사될 수 있었다. 그는 사전트가 그린 자신의 초상화에 무척 만족했고, 아멜리는 그의 얘기라면 받아들일 것이었다. 사전트의 친구 벤 델 카스틸로 역시 아멜리와 어린 시절부터 알고 지낸 가까운 사이였다.

사전트는 진지한 요청을 장난스럽게 건네며 벤의 도움을 요청했다. "나는 그녀의 초상화를 그리고 싶은 커다란 욕망을 갖고 있어. 그리고 그녀가 그것을 허락할 거라는 생각이 들어. 그녀는 누군가가 자신의 아름다움에 이런 식의 경의를 표하기를 기다리고 있을 거야. 그녀와 사이가 좋은 자네가 그녀를 파리에서 보게 되면 나야말로 천재적인 재능을 가진 남자라고 말해주게.”

사전트의 단어 선택이 많은 것을 말해주고 있다. 그는 “화가” 대신 “남자”라고 했으며, 덜 암시적인 “바람”이나 “희망” 대신 “욕망”이라는 말을 썼다.

사전트는 자신의 친구 알루아르 후안 부인에게도 자신을 위해 얘기를 잘 해달라고 부탁을 했다. 후안 부인은 브르타뉴에 있던 고트로의 저택에서 멀리 떨어지지 않은 곳에 집이 있었고, 고트로 집안과 친하게 지냈다. 그녀는 조각가 앙리 알루아르의 아내였으며, 쥐디트 고티에의 친구이기도 했을 것이다. 알루아르 후안 부인은 일찍이 1882년 사전트의 모델이 되었던 적이 있었다. 그녀의 초상화는 검정색 드레스를 입고, 깃털이 달린 모자를 드는, 훌륭한 스타일의 여자를 보여주고 있다. 그녀와 사전트는 몇 년 동안 활발하게 서신을 주고받았으며, 사전트는 자신이 쓴 한 편지에서 아멜리의 마음을 끌기 위해 집요한 시도를 하고 있다는 사실을 암시했다.

기적적으로 사전트의 노력은 성과를 거두었다. 아멜리는 그의 제안에 좋다고 했으며, 1883년 2월 초상화의 모델이 되는데 동의했다. 당시 성공가도에 있어 자신감이 넘치고, 미래에 대해 낙관적이었던 사전트는 주프르와가에 있는 아멜리의 집에서 가까운, 베르티에 대로의 좀더 크고 비싼 스튜디오로 옮겨갔다. 많은 화가들이 센 강 좌안에 있는 비좁은 방을 떠나 창문이 더 크고 빛이 사방에서 들어오는 건물의, 좀더 편안한 공간으로 옮겨갔다. 사전트의 새 스튜디오는 신흥 부자들이 좋아하는 동네에 있는 몽소 공원과도 가까웠다. 신흥 부자들이야말로 사전트가 조만간 작품 의뢰를 받고 싶어하던 사람들이었다. 사전트와 동시대 화가인 자크 에밀 블랑슈는 그의 새로운 위상에 대해 놀리며 "그가 좋든 싫든 사전트는 몽소 평원의 미술가야"라고 말했다. 그것은 그가 제도권 안에 들어가게 되었다는 것을 의미했다.

홍분한 사전트는 아멜리의 초상화에 대한 구상을 했다. 그는 버논 리에게 편지를 써 "온몸을 라벤더 색이나 압지 색으로 '분칠한' 사람에 대한 거부감을 갖고 있나? 그렇다면 내 모델은 마음에 들지 않을 거야. 하지만 그녀는 가장 아름다운 선을 갖고 있고, 라벤더나 가성칼륨 정제로 만든 염소산염 색이 그 자체로 아름다울 수 있다면 나는 무척 기쁠 거야"라고 말했다. "분칠한" 여자라고 부르는 것은 그녀가 화장에 친숙하다는 것을 의미했다. 사전트는 아멜리의 유명한 인공적인 피부 톤에 거부감을 느끼지 않을 거라는 것을 분명히 했다. 실제로 그는 자신의 그림으로 그것을 탐구해 보고 싶어했다.

아멜리의 아름다운 형태를 연구하고, 그녀의 의상들을 본 후 그는 아주 맵시 있고 노출이 심한 검정색 드레스를 입어야 한다고 결론을 내렸다. 사전트에게 검정색은 대상의 특징을 돋보이게 하는 색이었다. 그는 자신의 그림 속의 의상에 대해 늘 스스로 통제를 했고, 언제든 어딘가를 갈 때면 몇 트렁크 분량의 의상과 액세서리를 갖고 다녔다. 그로 인해 그는 모델을 위한 완벽한 의상과 보조물을 쉽게 쓸 수 있었다. 그런데 아멜리의 경우에는 수십 벌 되는 그녀의 드레스를 볼 수 있었다. 그는 나머지 것들과 구분되는 가운을 선택했다. 그는 그것이 아멜리의 정수를 포착하고, 자신의 거장다운 솜씨를 보여줄 거라고 믿었다. 유행의 첨단을 보여주는 그 옷은 당시 새장처럼 갑갑한 느낌을 주는 옷들보다 훨씬 세련된 것이었다.

드레스의 디자이너는 할스턴처럼 펠릭스라는 하나의 이름으로만 불린 펠릭스 푸시노였다.  그는 미용사로 인생을 시작한 사람이기도 했다. 그는 고급 부티크들이 있는 포부르 생토노레 가에 자신의 가게를 열었고, 당시 최고의 디자이너가 된 상태였다. 맵시 있고 우아한 그의 라벨은 검정색 새틴 바탕으로 그 위에는 노란 글씨로 그의 이름이 적혀 있었다. 당시의 패션계에서는 찰스 워스가 더 잘 알려져 있을 수도 있지만 그의 디자인은 지나치게 꾸민 것으로, 때로는 겉단을 짜깁기한 것처럼 보이기도 했다. 반면 몸에 더 밀착하는 펠릭스의 디자인은 자연스러워 덜 과시하는 것처럼 보였고, 그에 따라 어떤 여자들은 그것을 더 좋아했다. 단순하며, 종종 신고전주의적인 느낌을 주는 그의 스타일은 아멜리 같은 완벽한 몸매에는 그만이었다.

아멜리에게 검정색은 이례적인 것으로 보일 수도 있다. 정기적으로 그녀의 다양한 이브닝 가운을 묘사한 당시 신문 칼럼은 거의 항상 흰색과 파스텔 색에 대해서 얘기를 했다. 하지만 그때 사전트가 검정색을 선택한 것은 분명한 모순임에도 불구하고 적절한 일이었다. 한편으로는 하녀와 여자 점원, 그리고 사업가들이 점잖음을 보이기 위해 검정색 옷을 입었지만 다른 한편으로는 극적이거나, 두드러지고, 바이런적 의미에서 낭만적이고, 에로틱해 보이고자 하는 이들은 저녁이면 검정색 의상을 입었던 것이다.

그 무렵 제임스 휘슬러는 뫼욱스 양을 그린 상태였다. 발레리 수지 랭던이라는 이름의 전직 술집 여급이었던 뫼욱스 양은 부유하지만 아주 속물적인, 영국의 양조장 가문의 자제와 결혼을 했다. 그 결혼은 물의를 일으켰고, 뫼욱스 양은 계산적인 유혹자로 낙인찍혔다. 1882년 파리 살롱에서 전시된 휘슬러의 초상화 〈검정 넘버 5 속의 배열: 뫼욱스 양〉에서 그녀는 몸을 드러내는 검정색 이브닝 가운을 입고 있다. 미술사가 앤 홀랜더에 따르면 19세기말 검정색은 위험한 성적 요소의 상징으로 여겨지게 되었는데 휘슬러의 그림은 그 점을 분명히 나타낸 것이다.

아멜리에게 검정색 옷을 입혔을 때 사전트는 검정색 드레스가 루이즈 부르크하르트의 초상화에서처럼 눈길을 끄는 이미지가 될 거라는 생각을 했을 수도 있다. 하지만 루이즈의 성적 요소를 없애버린 세련되지 못한 옷은 아멜리의 매력적인 가운과 완전한 대조를 이루었다. 루이즈는 점원 또는 수녀처럼 차분하고 엄전해 보인 반면 드레스가 몸의 은밀한 부분을 더욱 강조하는 아멜리는 성적 요소를 발산했다. 사전트는 일부러 아멜리가 점잖은 동시에 점잖지 못하게, 양면적으로 보이게 하고 싶어했을 수도 있다.

모델이 의상을 갖춰 입자 사전트는 예비 스케치를 시작할 수 있었다. 하지만 아멜리는 참을성이 없었고, 여러 가지 사교계의 일들에 쉽게 마음이 산만해졌다. 젊고 고집이 세고 제멋대로인 그녀는 각광을 받고, 그것을 유지하기를 좋아했으며, 일로 여겨지는 모든 것은 싫어했다. 그녀는 가만히 앉아 있질 못했다. 겨울 사교계 시즌에 해야 하는 일들 - 디너 파티와 콘서트, 무도회 - 이 너무 빡빡했고, 그녀는 모델을 설 수 있는 시간을 낼 수가 없었다. 그래서 여러번 사전트와의 약속을 어긴 후 그녀는 좀더 조용한 여름에 브르타뉴에 있는 자신의 저택으로 오라고 했다.

그 초대는 자신의 초상화를 그리는 것을 연기하는 우아한 방법이었다. 사전트는 이를 수락했다. 그는 사소한 난관으로 인해 자신의 열정이 가라앉지 않기를 바랐다. 시간은 문제가 되지 않았다. 어쨌든 그는 국외에서 거주하는 보스턴 출신의 가족을 위해 그리고 있던, 무척 심리적인 그룹 초상화 〈에드워드 달리 보잇의 딸들〉을 1883년 살롱에 출품할 계획이었다.

롱샹의 6월 경마가 끝나고, 사교계 시즌이 공식적으로 끝난 후 사전트는 생말로행 열차를 탔다. 그 전에도 그는 여러번 그곳에 간 적이 있었다. 브르타뉴의 초록색 언덕 사이에 있는 레 셴느는 미술가가 여름을 보내기에는 이상적인 곳으로 보였다. 웅장한 벽이 둘러싼 저택은 멋진 대지와 정원, 우아한 개울, 그리고 줄지어 선 참나무로 유명했다. 여러 개의 창문과, 유리를 댄 문 덕분에 사층인 성의 모든 방에 빛과 공기가 들어왔다. 사전트는 공기가 잘 통하는 거실과 작은 응접실 등 몇 곳을 자신의 스튜디오로 정했는데, 방 내부에는 정원의 스페인산 자스민 향이 가득했다.

아멜리는 도무지 예측하기 어려운 여자였고, 그래서 앞으로 있을 몇 주에 대해 그는 다소 초조해 했다. 하지만 알루아르 후안 부인에게 보낸 편지에 쓴 것처럼 그는 성에서 보내는 시간이 생각했던 것보다 훨씬 즐겁다는 것을 알게 되었다. 아멜리는 그의 요청에 협조적인 것처럼 보였다. 낮에는 기분이 좋을 정도로 적당히 더웠으며, 마리 비르지니를 포함한 고트로 부부의 손님들이 델프트 블루(네덜란드의 도자기 산지로 유명한 델프트 특산 청회색 도자기 - 옮긴이) 태피스트리가 있는 식당에서 시간을 보내는 밤에는 온화했다.

연필과 유화물감과 수채물감으로 아멜리를 처음 스케치했을 때 사전트는 그녀의 형태와 얼굴, 그리고 특히 옆모습에 압도당한 것처럼 보인다. 그는 앉아 있거나 서 있거나, 심지어는 그에게 등을 돌리고 있는 그녀를 서른번쯤 그렸다. 한 스케치에서는 그녀가 무릎 위에 너무도 위태롭게 놓여 떨어질 것처럼 보이는 책을 읽는 척 하고 있다. 다른 스케치에서는 성숙한 척 하거나 오만한 기색 없이, 어머니의 옷을 입은 채로, 지루해하고, 참을성이 부족한 십대처럼 소파 위에서 몸을 구부정하게 하고 있다. 그리고 또 다른 스케치에서는 등을 사전트에게 돌리고 서 있는데, 가운의 주름이 우아하게 허리에서 흘러내리고 있다. 사전트는 자신의 캔버스에 완벽한 포즈를 찾는 과정에서 아멜리의 얼굴을 흐릿하게 처리하는 것을 포함해, 전혀 말도 안 되는 자세들도 생각을 해보았다. 그가 아멜리의 초상화를 준비하는 데 이례적으로 오랜 시간을 들인 것은 어쩌면 그녀의 초상화 작업이 끝나지 않기를 바라서였는지도 모른다.

초상화 작업 준비를 하면서도 사전트는 아멜리의 이미지에 매혹된 것이 분명하다. 사전 작업과정 내내 그는 모델이 꿈을 꾸는 것 같고 낭만적으로 보이도록 부드러운 파스텔 색상을 사용했다. 어느 날 밤 그는 살롱이 선호하는 모호한 포즈를 결정해야 한다는 압박감에서 벗어나기라도

**↑ 존 싱어 사전트 | 〈마담 고트로 (마담 X)〉 | 1883년**
사전트를 위해 여러 시간 동안 포즈를 취하느라 지쳐 소파 위에 쓰러져 있는 아멜리는 실제 나이인 스물넷보다 젊어 보인다. 초조하고, 참을성이 없고, 쉽게 지루해하는 그녀는 까다롭고, 때로 짜증 스런 모델임이 밝혀졌다. (포그 미술관, 하버드대학 미술관, 그렌빌 L. 윈스롭의 유산. 포토그래픽 서비스 사진. 이미지 저작권 ⓒ 하버드 칼리지 회장과 동료)

하듯, 저녁 식사 자리에서 재빨리 아멜리의 작은 유화 초상화를 그렸다.

〈건배를 하는 마담 고트로〉는 사전트 자신일 수도 있는, 누군지 알 수 없는 저녁 식사 초대 손님에게 장난스럽게 건배를 하며 손을 내밀고 있는 아름답고 관능적인 여자를 보여주고 있다. 이 그림을 그린 화가는 아멜리 안에 있는 단순한 내면의 아름다움을 보았으며, 아무런 어려움 없이 그것을 캔버스에 고정시켰다.

이 그림에서 아멜리의 살은 따뜻하고 부드럽다. 그녀는 거품 느낌이 나는 분홍색 숄 아래, 목이 많이 파인 검정색 가운을 입고 있으며, 그녀의 드러난 어깨는 아베뇨 가문 사람의 옆모습처럼 매력적이고 유혹적이다. 사전트는 눈부신 무대와 여주인의 매력에 흠뻑 빠져 있었다. 그는 그림에 아멜리의 어머니 마리 비르지니를 위해 "우정에의 증언"이라는 말을 넣었다.

목가적인 배경에서 우아하게 포즈를 취하는 아멜리의 모습에 약간 싫증이 나면서 사전트는 곧 그녀가 도시에서 그랬던 것처럼 시골에서도 주체스런 존재라는 것을 알게 되었다. 아멜리는 계속해서 꼼짝 않고 있어야 하는 지루한 일에 참을성을 발휘하지 못했다. 그녀는 사전트의 지시에 주의를 기울이는 데 어려움을 겪었으며, 하인과 마부와 정원사를 비롯해 네살 된 루이즈와 마리 비르지니 아베뇨와 여러 손님에게 맡겨진 집안 살림은 엉망이었다. 그리고 엄격한 사교계 일정 - 지역 카지노에서의 파티, 파리에서 온 친구들과의 재회, 경마, 연극, 그리고 다른 여흥과, 해변과 해변가 산책로에서의 산책 - 이 있었다.

게다가 그해 여름 지역 관리로 출마한 페드로는 부유하고 강력한 삼촌 샤를르 라 샹브르와 갈등을 빚어 집에서 더 많은 시간을 보내고 있었다. 페드로와 그의 동생은 라 샹브르 밑에서 구아노 수입 사업을 하고 있었다. 그런데 삼촌이 갑자기 회사를 매각했고, 그가 이윤을 공평하지 않게 분배해 가문 내의 심한 싸움을 부추겼을 수도 있다. 그 후 페드로는 지방 정부와 성의 가사에 관심을 돌렸다.

1883년 여름 그곳 지역구인 샤토뇌프 파우의 관료가 되려 했던 페드로의 노력은 실패로 돌아갔다. 브르타뉴의 신문 "르 살뤼"는 그에 대한 지역민의 불만을 사설에 실었다. 신문에 따르면 페드로 고트로는 그 자치구에 대해 몰랐고, 그곳 대표로서 어떻게 해야 하는지 이해를 못했다. 그는 그를 원치 않는 지역구의 관리가 되기 위해 돈을 쓰며 영향력을 행사했지만 결국 그 지역 출신의 정치가가 승리했다.

사전트는 계속해서 스스로 "그림으로 그릴 수 없는 아름다움과 마담 고트로의 대책 없는 게으름"이라고 말한 것과 싸웠다. 그는 앞으로 다가올 어려운 과제를 풀 기회가 없을 수도 있다는 사실을 깨달았다. 그리고 아무런 결과도 빚지 못할 수도 있었다. 그는 예쁜 스케치를 하고, 아멜리에 대한 연구를 할 수는 있었지만 정식으로 초상화를 그리려 할 때마다 몸이 마비되었다. 그는 막다른 골목에 이르렀다. 가장 기본적인 것, 즉 캔버스의 크기를 결정하는 일조차도 불가능했다. 그는 영감이 떠오르기를 기다렸지만 영감은 찾아오지 않았다.

그러는 동안에도 사전트는 유머 감각을 유지하려 노력했다. 최소한 알베르 드 벨러로쉬와 편지를 주고받을 때에는 그렇게 노력했다. "사랑스런 아기에게. 아이와 얘기를 주고받는 것이 우스꽝스런 일이긴 하지만 이렇게 답장을 하는 바네. 하지만 제발 더 이상 내게 편지를 보내지 말게! 오, 정말로. 나는 여전히 파라메에서 내 아름다운 모델의 용모가 뿜어내는 빛으로 일광욕을 하고 있네. 마담 고트로는 피아노에 앉아 있고, 내 모든 아이디어를 뺏어가고 있네." 사전트는 편지에 피아노 위로 아멜리가 머리를 내밀고 있는 삽화를 펜과 잉크로 장난스럽게 그렸다. 그 순간 아멜리는 아마도 짜증스런 곡을 연주하고 있었던 것 같다.

절망한 사전트는 풍경의 변화가 필요했다. 그가 성에서 아멜리를 그리기로 했을 때 기대한 일은 아무것도 일어나지 않았다. 몇 주간 잘못된 출발을 거듭한 그는 초상화에 대한 아이디어가 고갈되었다. 사전트는 아멜리가 자신의 뮤즈가 되기를 바랐지만, 그녀는 그에게도 그의 그림에도 특별한 관심이 없었다. 처음에는 영감을 주고, 도전적인 과제가 될 것처럼 보였던 그녀의 얼굴은 그리기 무척 어려운 외모라는 것이 드러났다. 머리를 맑게 할 생각으로 사전트는 7월 중순 파리로 돌아갔다.

파리는 프랑스 혁명 기념일(7월 14일 - 옮긴이) 축제에 온 사람들로 붐볐다. 사전트는 벨러로쉬와 다른 화가 친구 폴 엘뤼에게 하를렘(암스테르담 서쪽에 있는, 운하가 많고, 박공지붕의 민가가 줄지어 늘어선 전형적인 네덜란드 도시 - 옮긴이)에 같이 가서 프란스 할스의 그림을 보자고 설득했다. 파리에서 그곳으로 가는 야간열차가 있었다. 사전트는 전에도 그곳에 간 적이 있었는데 많은 도움이 되었다. 미술가들은 종종 자신이 읽은 작품을 보러 그 정도의 거리는 여행을 했고, 그런 여행은 그들의 교육 과정에서 중요한 부분이기도 했다. 사전트의 경우 여행은 어린 시절 그랬던 것처럼 그의 삶에서 자연스럽고 필요한 일부였다. 그의 편지들은 그가 다녀왔거나 계획하고 있는 여행에 대해 계속해서 언급하고 있다.

식당과 취침실을 완전히 예약한 야간열차는 낭만적인 이동 수단이었다. 벨러로쉬는 이단침대에서 자고 있는 사전트를 스케치했는데, 그 그림은 가장 방심한 상태의, 무방비로 노출된 사전트에 대한 무척 사적인

▲ 존 싱어 사전트 | 〈건배를 하는 마담 고트로〉 | 1883년

사전트의 이 드로잉은 〈건배를 하는 마담
고트로〉를 위한 예비 스케치로 여겨졌었
다. 하지만 리처드 오먼드와 일레인 킬머레
이는 욕망의 두 대상인 남자와 여자를 하나
의 이미지로 합쳐 아멜리를 알베르 드 벨러
로쉬로 바꿔놓았다고 주장하고 있다.
사전트는 아멜리를 스케치하고 그리면서
도 벨러로쉬에 대한 생각을 했다.
마담 고트로 : (P2w41). ⓒ 이사벨라 스튜어
트 가드너 미술관, 보스턴. 옆머리 : 예일대
학 미술관, 뉴헤이븐, 커네티컷, 에밀리
사전트 양과 프랜시스 오먼드 부인의 선물
[토마스 A. 폭스를 통해], 1931년 2월 18일

▲ 존 싱어 사전트 | 〈젊은이의 옆에서 본 머리〉
| 1883년으로 추정됨

묘사였다.

　사전트는 지난 몇 달간 아멜리의 이미지와 성격에 완전히 빠져 있었지만 벨러로쉬가 그의 마음을 떠난 적은 없었다. 사람의 머리를 펜과 잉크로 그린 사전트의 작은 드로잉 한 점이 있는데, 그것은 오랫동안 〈건배를 하는 마담 고트로〉를 위한 스케치로 여겨졌었다. 머리는 〈건배를 하는 마담 고트로〉 속의 아멜리의 머리와 같은 각도로 기울어져 있다. 하나의 이미지는 다른 이미지와 완벽하게 들어맞는다. 하지만 최근의 이론에 따르면 그 스케치 속의 머리는 알베르 드 벨러로쉬의 것이다. 사전트는 종이에 희미한 자국으로 아멜리를 그리기 시작한 후, 귀와 코를 짧게 만들고 좀더 남성적인 느낌을 가미해 그녀를 벨러로쉬로 바꿨다.

　실제로 아멜리를 그릴 때 사전트는 벨러로쉬를 생각하고 있었다. 몇 번 재빨리 연필로 흔적을 만들어 그는 하나의 강박적인 대상을 다른 강박적인 대상과 합쳤다. 실제로 아멜리와 벨러로쉬 사이에는 분명 육체적인 유사성이 있는데, 최소한 사전트가 그들을 스케치하고 그린 방식에 있어서는 그렇다. 두 사람은 과장되긴 하지만 섬세한 용모를 갖고 있었고, 포즈를 취한 그들은 꿈을 꾸는 듯하며, 수수께끼 같은 인물로 보인다. 이 논쟁적인 이론에 따르면 1883년 여름 사전트는 정서적인 혼란을 겪었다고 주장하고 있다. 두 이미지를 합친 것은 단순한 드로잉 연습이 아니었다. 미술사가 도로시 모스가 말한 것처럼 사전트는 "남자 속의 여자와 여자 속의 남자"를 보았고, 자신이 가장 원한 두 사람에 대한 강박증을 미술로 표현하면서 아멜리와 벨러로쉬를 거듭해서 그렸다.

　사전트가 욕망 사이에서 갈등을 겪은 것이 사실이라면 하를렘으로의 여행은 그를 벨러로쉬에게로 더 기울게 했을 것이다. 파리에서 벨러로쉬와 헤어져 레 셴느에 있는 아멜리에게 돌아왔을 때 그녀에 대한 그의 감정은 바뀌어 있었다. 낭만적인 몽롱함은 걷히고, 막다른 골목은 사라졌다. 사전트는 자신을 수습했고, 그녀의 초상화를 어떻게 그릴지 정확히 구상함으로써 그것을 시작할 준비가 되어 있었다.

# 방황하는 화란인

✽ 이제 사전트는 잃어버린 시간을 벌충하기로 했다. 그는 아멜리의 초상화를 82 1/8 × 43 1/4인치 크기로 그리기로 마음을 먹었다. 그보다도 작은 그림은 살롱의 벽들을 장식한 수천 점의 출품작들 속에 파묻혀버리게 될 것이었다. 규모가 큰 작품이 눈에 띌 가능성이 더 컸고, 그에 따라 근래 들어 사전트가 살롱에 출품한 작품들은 크기가 거대했다. 〈에드워드 달리 보잇의 딸들〉은 87 3/8 × 87 5/8인치였고, 〈엘 할레오〉는 94 1/2 × 43 137인치였는데 그것들은 사람들 눈에 띄지 않을 수 없었다. 사전트는 최근작 역시 눈에 잘 띄기를 바랐다.

그림 속 아멜리의 자세는 그녀가 소파 위에 예쁘게 앉아 있거나 창가에 장식처럼 서 있는 예비 스케치와는 전혀 다르게 그렸다. 그는 꼼짝 않고 있는 것을 싫어하는 아멜리에게 미술의 역사상 가장 힘든 자세 중 하나를 취하게 했다. 그는 편안한 지지대가 되기에는 조금 짧게, 테이블 위로 오른팔을 긴장되게 기울인 채로 서 있게 했다. 그녀는 몸은 앞쪽을 향한 채로, 훌륭한 옆모습에 주의가 쏠리게 얼굴을 옆쪽으로 돌렸다. 머리를 거북한 각도로 유지한 탓에 그녀의 목 근육은 긴장되어 있다.

사전트의 평직 캔버스는 당시 그의 초상화들 대부분이 그랬던 것처럼 회색 유성 페인트가 칠해져 있었을 것이다. 그 특정한 회색 음영은 상아 빛 검정색과 연백색을 아마인유에 혼합해 만든 것이다. 그 배합은 그 위에 색채가 더해진 후에도 그림에 시원한 느낌을 주었다. 사전트는 물감을 아낌없이 썼고, 팔레트에는 다양한 착색제와 혼합한 안료를 두텁게 채웠다. 흰색과 다른 연한 색상들은 양귀비씨유와 혼합되었는데 그것은 좀더 어두운 색에 쓰인 아마인유만큼 빨리 양귀비씨유가 노란색으로 되지 않았기 때문이다.

사전트는 〈해리 베인 밀뱅크 부인〉과 〈건배를 하는 마담 고트로〉에서 그랬던 것처럼 아멜리의 형상을 어둡고 단순한 배경으로 둘러쌀 계획을 세웠다. 하지만 아멜리의 하얀 피부를 살리는 배경 색을 찾기가 어려웠다. 사전트는 상아 빛 검정색과 마스 브라운(밝고, 다소 노란빛이 도는 갈색 - 옮긴이)과 많은 양의 착색제를 섞기로 했다. 그는 그 배합이 반 데이크와 다른 거장들의 작품 속에 있는 갈색을 닮은 배경을 만들어낼 거라는 것을 알고 있었다.

아멜리의 놀라울 정도로 창백한 피부는 다른 기술적인 문제들을 야기했다. 그의 작품은 그가 그녀의 피부를 얼마나 잘 표현했는가에 의해 주로 평가될 것이었다. 사전트는 아멜리의 하얀 살을 현실적으로 그리고 싶었지만 그녀의 살은 어떤 빛 속에서는 진주처럼 하얗고, 다른 빛 속에서는 흐린 라벤더색이었다. 촛불은 그녀의 화장을 부드럽게 만들긴 했지만 너무 희미했다. 사전트는 강한 빛이 필요했지만 그것이 너무 노골적으로 표현될까 두려워했다. 그는 연백색과 주홍색, 골탄, 로즈 매더(투명도가 높은 선명한 적색 - 옮긴이), 그리고 심지어는 청록색까지 사용하며 피부 톤에 대한 과거의 접근법을 시도해보았다. 그림의 어두운 배경 위로 아멜리의 피부는 시체처럼 보였고, 붉은 귀 끝은 불이 붙은 것처럼 빨갛게 되었다.

아멜리가 언제 끝날지 모르는 동안 포즈를 유지하려고 애를 쓰는 사이 사전트는 해결책을 찾아 물감으로 소동을 벌였다. 어느 날 보석을 한 그녀의 드레스 끈이 긴장된 어깨에서 미끄러졌다. 그녀는 어깨를 움직여 그것을 제 위치에 갖다놓으려 했을 것이다. 하지만 대상의 정수를 드러내는 몸짓이나 신호를 파악하는 데 천재였던 사전트는 이브닝드레스를 입은 아름다운 여인을 그린 다른 그림과 구분되기 위해 그 초상화가 필요로 하는 것이 바로 그것이라는 것을 아멜리에게 설득시켰다. 포지의 초상화에서도 이는 드러나는데, 벨트에 있는 포지의 손가락은 그의 내부의 심한 바람기를 드러냈으며, 가슴에 있는 손은 그가 아름다움을 숭배한다는 것을 말해주었다. 비슷하게, 아멜리의 흘러내린 어깨끈은 위쪽의 우아한 어깨에 관심을 집중시키는 매혹적인 것이었다. 그녀의 옆모습과, 먼 곳을 향해 있는 눈은 그녀가 도달할 수 없는 존재라는 것을 말하고 있었다. 그녀는 사전트의 대담한 표현에 대해 어떻게 생각한 것인가? 또한 그녀는 사람들이 그 그림을 외설적이라고 생각할까 걱정한 것인가? 어쟀든 그녀는 〈올랭피아〉 스캔들에 대해 알고 있었을 것이다. 아멜리가 스캔들을 일으키고 싶었는지는 모르지만 명성과 악명 사이에는 분명한 선이 있었고, 아멜리를 포함한 누구도 그것을 넘어서고 싶어하지는 않았을 것이다.

하지만 아멜리 자신의 말에 따르면 그녀는 자신의 초상화를 무척 높이 샀다. 아멜리는 사전트에게 그들의 친구 알루아르 후안 부인에게 보내는 편지에 포함시키라고 한 쪽지에서 "사전트 씨는 걸작 초상화를 만들었습니다. 그가 그 이야기를 당신에게 하지 않을 게 분명해 내가 얘기하는 바입니다"라고 썼다. 그녀는 사전트가 걸작을 만들었다고 확신했으며, 친구들에게 그것을 말하고 싶어했는데 사전트가 직접 그 이야기를 하지 않을 거라고 확신했기 때문이다. 아멜리는 완성되지 않은 상태에서도 초상화를 사랑했다. 그녀는 사전트의 접근법이 대담하고 외설적이기까지 하다는 것을 알고 있었지만, 과거에도 이와 같은 계산된 모험이 그녀에게 덕이 된 적이 있었다.

이제 사전트는 아멜리의 피부색 같은 몇 가지 문제를 해결하고 있었지만 초상화의 전체적인 모습은 확실히 파악하고 있었다. 그는 근처 생 테노가에서 휴가를 즐기고 있던 쥐디트 고티에가 도착하면서 유쾌한 시간을 가졌다. 고티에는 아멜리 또한 알고 지냈고, 두 여자는 파리와 브르타뉴의 사교 모임에서 여러번 만난 적이 있었다. 그들은 포지와도 아는 사이였다. 사전트는 레 셴느에서 두 여자를 스케치했는데 그 그림 속에서 두 사람은 서로의 어깨에 팔을 두른 채로 아주 가까이 서서 뭔가 비밀스런 얘기 - 어쩌면 포지에 대한 - 를 주고받고 있다. 사전트는 그 드로잉에 〈속삭임〉이라는 제목을 붙였다.

그녀의 바닷가 집 르 프레 데좌조 (새들의 들판)를 방문한 사전트는 레 셴느와는 무척 다른 환경을 발견했다. 난간이 있는 돌계단에 의해 해변과 분리되어 있는 아담한 별장인 고티에의 집은 그녀의 성격을 잘 반영하고 있었다. 집 구석구석에 그녀가 여행에서 구해온 기념품과 많은 친구들이 준 선물이 있었다.

거실 한쪽 벽에는 그녀의 저명한 아버지가 디자인한 스테인드글라스 창문이 있었다. 거실을 포함한 앞쪽의 방은 해변을 굽어보고 있었고, 뒤쪽에 있는 일광욕실에서는 멋진 정원이 내다보였다. 저택의 가장자리에는 고티에의 많은 손님들을 사로잡은, 나무로 지은 작은 정자가 있었다. 로베르 드 몽테스키우는 그것을 "시가 상자"로 불렀다. 일본에서 방문한 한 미술가가 정자 내부의 벽을 우아한 꽃 그림으로 장식한 상태였다. 르 프레 데좌조는 온갖 환상으로 넘치는 곳이었다.

고티에가 그 집을 얻게 된 경위 또한 환상적인 이야기로 가득했다. 그녀의 출판업자 알베르 라크루아는 그녀의 원고 하나를 잃어버리는 용서할 수 없는 죄를 범한 것처럼 보인다. 그는 사과를 하기 위해 생테노 가에 있는 자신의 집에 그녀를 초대했다. 고티에는 그곳에서 너무도 좋은 시간을 보냈고, 그래서 충동적으로 그 일대에 있는 저택을 사는 데 관심 있는 사람들의 명단에 자신의 이름을 올렸다. 그 사실을 잊고 있었던 그녀는 그로부터 얼마 후 그 부지에 집의 기초가 세워졌으며 돈을 지불해야 한다는 통고를 받았다. 르 프레 데좌조는 그녀의 생애 중 많은 시간 동안 그녀의 집이 되었으며, 그녀는 그 지출에 대해 한번도 후회한 적이 없었다.

**↑ 존 싱어 사전트 ㅣ 〈속삭임〉 ㅣ 1883-1884년**

왼쪽에 있는 여자의 특징적인 코와 오른쪽에 있는 여자의 머리 선은 그들이 아멜리 고트로와 쥐디
트 고티에임을 암시하고 있다. 이 드로잉은 아멜리가 〈마담X〉 를 위해 레 셴느에서 포즈를 취하고
있는 동안 그들이 내밀한 순간을 갖고 있는 것을 보여주고 있다. (회색이 도는 흰색 괘선 종이 위에
목탄과 흑연, 13 9/16 × 9 11/16 [34.4 × 24.7cm]. 메트로폴리탄 미술관, 프랜시스 오먼드 부인
의 선물, 1950 [50,130,117]. 메트로폴리탄 미술관)

1883년 고티에가 서른여덟이었을 때 사전트는 스물일곱이었으며, 그는 그 나이차가 매력적이라고 생각했다. 통통하고 풍만한 모습에 검은 눈이 많은 표정을 담고 있는 그녀는 이국적인 자태였다. 그녀는 머리를 느슨하게 묶고 관능적인 직물로 만든 동양풍의 옷을 입었다. "어떤 나이에 이른" 그녀는 세속적이고 경험이 많았으며, 그녀를 예찬한 누군가에 의해 "예술적인 수녀"로 묘사되었는데, 그것은 예술과 예술가를 위해 사는 여자라는 의미였다. 그 전에도 예술적인 남자들에게 여러번 그랬던 것처럼 고티에는 사전트에게 관심을 집중했고, 그가 그전에 자신에게 왔던 남자들만큼이나 흥미로운 존재라고 믿게끔 만들었다.

바그너의 열렬한 추종자였던 사전트는 자신의 우상과 무척 가까웠던 여자와 함께 있으면서 고무되었다. 그들 사이에는 어쩔 수 없는 마음의 전이가 이루어졌다. 사전트에게 고티에는 바그너와 거의 물리적으로 연결되게 하는 매개였고, 그들이 단둘이 있을 때면 바그너가 강박적으로 사로잡혔던 여자 중 하나인 그녀는 사전트의 여자가 되었다.

생테노 가에서 고티에가 머무는 동안 사전트가 그녀를 스케치하고 그린 횟수에 비춰볼 때 그들은 종종 단둘이 있었던 게 분명하다. 활기가 넘치지만 완전히 믿을 수는 없는, 사전트의 전기 작가인 찰스 마운트는 사전트가 르 프레 데좌조를 방문한, 설득력은 있지만 증명할 수는 없는 이유를 제시했다. 그의 주장에 따르면 사전트와 고티에는 그해 여름 연애를 했다는 것이다. 마운트는 사전트가 르 프레 데좌조를 찾아간 것을 소극 속의 장면처럼 묘사하고 있다. 그의 묘사에 따르면 사전트는 시간이 날 때마다 레 셴느에 있는 성의 뒷문으로 뛰쳐나가 언덕을 달려 고티에와 단둘이 잠시 있기 위해 그녀의 집으로 갔다.

하지만 이것은 사실일 가능성은 크지 않다. 생테노가는 벽으로 둘러싸인 도시인 생말로에서 몇 마일 떨어져 있고 (생말로 역시 파라메와 레셴느에서 상당히 떨어져 있다), 따라서 1883년 당시 말이나 배로 갔을 경우 시간이 꽤 걸렸을 것이다. 어쨌든 사전트가 르 프레 데좌조에 도착했을 때마다 고티에는 그가 머물기를 바랐을 것이다. 그리고 당시 그는 아멜리의 초상화 작업에 좀더 박차를 가하고 있었고, 그럴 수 있는 시간이 있었다. 그는 영감이 찾아오면 빠르게 작업을 하는 것으로 알려져 있었고, 아멜리가 팔월의 바쁜 사교계 일정으로 모델을 설 수 없는 시간을 효과적으로 활용했다.

마운트에 따르면 사전트는 고티에에게 자신을 위해 모델을 서 달라는 구실로 그녀에게 접근했다. 그것은 아멜리에게도 무척 잘 먹혀든 방법이었다. 그는 고티에의 아름다움에 대한 열렬한 예찬자였다. 그리고 고티에는 아멜리와 마찬가지로 다른 화가들의 모델 의뢰를 거부했으며, 가만히 앉아 있는 것을 싫어했다. 그럼에도 사전트만큼은 예외로 했다. 고전적인 느낌과 독창성을 결합할 줄 아는 그의 예외적인 재능은 그녀의 모습을 돋보이게 만든 것이다.

고티에를 가장 낭만적으로 표현한 사전트의 그림은 그녀를 처음으로 그렸을 수도 있는 〈돌풍〉이라는 제목의 그림이다. 그 그림 속에서 그녀는 자신의 트레이드마크인 기모노를 입고, 집에서 해변으로 이어지는 계단의 꼭대기에 서 있다. 젊고 날씬하며 아름다운 그녀는 밝은 풍경 속의 신선한 꽃 같다. 하지만 고티에는 젊지 않았고, 전혀 날씬하지 않았으며,

아름다움은 그녀를 그린 사람의 눈에 비친 것이었다. 〈건배를 하는 마담 고트로〉에서처럼 대상에 사로잡힌 사전트는 자신의 그림 속에서 고티에의 매력의 정수를 포착했는데 그것은 다름 아닌 유혹하는 힘이었다. 고티에를 예찬한 포지와 바그너, 빅토르 위고와 다른 사람들을 매혹할 수 있었던 그녀만의 매력이 사전트의 캔버스에서 묘사되었는데 그것은 바로 이상화된 쥐디트 고티에였다.

사전트에게 고티에는 아멜리를 대신할 수 있는 매혹적인 존재였다. 아멜리는 날씬했지만 고티에는 과체중이었다. 아멜리가 경험이 미숙하면서도 태도가 오만한 젊은 여자였다면, 고티에는 풍부한 경험에 어울리는 도도함을 지닌 여자였다. 고티에의 성숙한 이국적인 느낌은 아멜리의 까다로운 성적 요소와 대조를 이루었다. 아멜리가 스스로 포장을 한 "전문적인 미인"이었다면 고티에의 아름다움은 그녀의 개성에서 나온 것이었다.

사전트는 고티에와 보내는 시간을 즐기며 그녀와 체스를 두거나 음악과 미술에 대해 얘기를 나누거나 그녀를 그리거나 스케치했다. 전해져 오는 얘기에 따르면 어느 날 그녀의 전신 초상화를 그릴 수 있을 만큼 큰 캔버스가 없었을 때 사전트가 바로 그 순간에 그림을 시작해야 한다고 고집을 부리며 부엌 테이블을 부순 적이 있다고 한다. 그러나 그는 대체로 창조적인 과정을 지연하지 않기 위해, 가구를 부술 사람으로는 여겨지지 않았다. 하지만 그때는 "사랑의 여름"이었고, 어쩌면 그는 자신의 인생에서 처음이자 마지막으로 열정과 충동이 이성적인 행동을 지배했는지도 모른다.

그러나 아멜리와의 경우에서처럼 고티에에 대한 사전트의 열정은 식고 만다. 그는 그녀에 대한 이상적인 시각을 보다 현실적인 재현으로 대체했다. 그 후 그려진 한 그림은 피아노 앞에 앉아 있는 고티에의 전신을 보여주고 있는데, 그 그림 속에서 그녀는 더 이상 소녀 같지도, 매혹적이지도 않지만 성숙된 모습을 지니고 있다. 그는 생테노가에 가는 일을 피로한 의무로 생각하기 시작했다. 알루아르 후안 부인에게 보낸 편지에서 그는 피렌체로 가고 있어야 하는 순간에, 그곳에 머물러야 하는 것에 대해 불평을 하면서도 자신이 떠날 경우 "야만적으로" 여겨질 거라고 털어놓기도 했다.

　　가을이 가까워지면서 사전트는 실제적인 것이건 상상 속의 것이건 낭만적인 관계들로부터 자유로워져 보다 집중되고 구조화된 삶으로 돌아가고자 했다. "여름은 확실히 끝이 났고, 그것과 함께 레 셴느에 있는 즐거움도 끝이 났다고 인정해야 할 것 같아요" 하고 그는 알루아르 후안 부인에게 털어놓았다. 그는 한 낭만적인 강박증의 대상에서 다른 대상으로 옮겨 다니며 그곳에서 여러 주의 시간을 보낸 것이다. 마치 그는 자신을 외로움이라는 저주로부터 구해줄 진정한 사랑을 찾아 한 항구에서 다른 항구로 영원한 여행을 하는 수수께끼 같은 선원같았다. 이는 바그너의 "방황하는 화란인"의 역할을 무척 의식적으로 자임하며 대상을 찾아다닌 듯하다.

　　그 화란인과 마찬가지로 사전트는 혼자였고, 뿌리가 없는 유목민 같았다. 하지만 그는 그 편이 자신에게 더 낫다는 생각을 하기 시작했다. 지난 몇 달 사이 그는 자신이 금방 누군가에게 매혹되었다가도 그 매혹이 곧 식으며 좌절로 끝이 나기도 한다는 것을 알게 되었기 때문이었다. 연인보다는 미술가로서 더 성공했던 그는 실제 삶에서보다는 캔버스에서 대상을 훨씬 더 쉽게 포착할 수 있었다.

그 후 사전트는 보다 실제적인 문제에 관심을 돌렸다. 그는 모델 없이도 작업을 할 수 있을 정도로 아멜리의 초상화 작업을 마친 상태였다. 그는 아멜리가 더 이상 필요 없었다. 이제 캔버스를 말고 - 그는 늘 그렇게 미완성 그림을 갖고 갔다 - 그림들을 싸 파리의 스튜디오로 돌아갈 때가 된 것이다.

# 마무리 작업

1883년 10월 아멜리가 새로운 사교계 시즌을 보내러 파리로 가면서 레 셴느는 그해 나머지 시간 동안 문을 닫았다. 집으로 돌아온 사전트는 완전한 혼란에 직면했다. 다른 미술가들과 다락방을 함께 써온 사전트는 베르티에 대로에 있는 커다란 스튜디오를 관리하는 데 익숙하지 않았다. 그곳은 수입이 불확실한 화가에게는 비싼 곳이었다. 사전트는 집세와 미술 재료를 사는 데 쓸 돈이 필요했을 뿐만 아니라 요리사와, 그가 미래에 대해 낙관적이었던 봄부터 고용한 이탈리아인 "집사"에게 봉급을 줘야 했다. 그런데 하인은 골칫덩어리였다. 하인은 술을 마시고 요리사를 울게 만들었고, 그들의 익살스런 짓은 정신을 산만하게 했다. 더군다나 새로운 지출은 그의 수입보다 많았는데, 수입 역시 그가 희망했던 것만큼 빨리 들어오지 않았다.

하인을 해고하고, 다른 문제들을 처리한 후 사전트가 가장 먼저 해야 했던 일은 3월의 마감일 전에 마담 고트로의 초상화를 끝내는 것이었다. 그는 너무 여러번 그림을 칠하고 긁어 이제 표면은 금이 가고 고르지 않은 상태가 되어 있었다. 테이블 위에 어색하게 기대고 있는 아멜리의 오른팔은 만족스러워질 때까지 많은 작업을 해야 했다. 실수로 인해 캔버스가 너무 거칠게 될까봐 그는 복제본을 그리기로 했다. 원본 옆에 깨끗한 캔버스를 놓고 사전트는 완벽한 복제본을 만들고자 했다.

복제본을 만들면서도 사전트는 자신이 그린 미래에 대한 전망을 잃지 않았다. 그는 미국 외교관의 아내인 헨리 화이트 부인의 그림을 의뢰받은 상태였다. 친구들에게는 "데이지"로 알려졌던 마가렛 화이트는 외모가 훌륭한 여자였고, 사전트의 그림에서 위엄 있고 당당하게 보일 것이 틀림없었다. 그녀는 외교관들과 자주 어울렸고, 파리와 런던에 훌륭한 연줄을 갖고 있었다. 작품 의뢰는 일반적인 방법으로 이루어졌다. 그녀의 남편이 사전트에게 와서 적당한 비용을 제시한 것이다. 사전트는 포지와 아멜리와 카롤뤼 뒤랑과 루이즈 부르크하르트를 그렸을 때처럼, 그리고 살롱 출품을 위해 다른 사람들을 그렸을 때처럼 누군가를 그리기 위해 캠페인을 한 적이 없었다.

아멜리와 화이트 부인을 그린 사전트의 초상화들은 사회적으로 저명한 여자들을 다루었지만 그 유사성은 거기에서 끝났다. 아멜리의 노출이 심한 드레스와 흘러내린 어깨끈은 팜므 파탈의 의상으로 유혹적이었고 물의를 일으켰다. 반면 화이트 부인의 반짝이는 하얀 실크 가운은 거의 신부의 옷처럼 순수해 보였다. 화이트 부인은 고결함과 풍요로움을 발산했다. 그녀를 도금시대(미국의 19세기 후반을 지칭하는 사회과학 용어로 마크 트웨인이 처음 썼다. 당시 미국이 달성한 화려한 산업화의 이면에 부정과 타락이 도사리고 있다는 것을 암시하는 의미로도 쓰인다 - 옮긴이)의 상징으로 제시한 사전트는 앞으로 나타날 잠재적인 고객에게 자신의 기술과 다재다능함을 보여주고, 자신이 요부와 마찬가지로 부유한 부인 역시 예술적으로 잘 그릴 수 있다는 것을 증명하고자 했다. 두 그림이 그가 원하는 만큼의 관심을 끌 경우 그는 자신이 감당할 수 있는 것 이상의 수수료를 받을 수도 있었다.

사전트는 화이트 부인의 그림을 완성해 런던에 있는 그녀에게 보낸 다음, 1884년 초반에야 아멜리의 초상화 복제본의 마지막 작업에 박차를 가했다. 가운 하단을 마무리하고, 테이블에 칠을 하고, 흘러내린 어깨끈을 더하기 전 그는 자신감을 잃었다. 그림이 사람들의 눈길을 끌 것인가? 그림이 대상만큼 매혹적인가? 그것은 그가 바라는 만큼 살롱에서 성공을 거둘 것인가?

사전트는 복제본을 더 다듬어야 하는지 아니면 원본으로 다시 돌아가야 하는지 고민했다. 그는 카롤뤼 뒤랑에게 작업 중인 작품에 대한 솔직한 평가를 내려달라고 했다. 사전트는 과거 스승이었던 뒤랑이 많은 정보를 주고, 공정하며, 믿을 수 있는 심사위원이라고 생각했다. 뒤랑은 사전트의 능력과 강점과 약점을 다른 누구보다도 잘 알고 있었고, 초상화에 있어 전문가였다. 또한 뒤랑은 살롱을 지배하는 미술가들과 친한 사이였다. 뒤랑은 살롱의 복잡한 정치학을 알고 있었고, 심사위원들이 좋아하는 것과 싫어하는 것을 훤히 알고 있었다.

그림을 본 카롤뤼 뒤랑은 곧 사전트의 두려움을 씻어주었다. 그는 자신감을 갖고 마담 고트로의 완성된 초상화를 살롱에 보내라고 충고하며 좋은 평가를 받을 거라고 장담했다.

사전트는 카롤뤼 뒤랑의 격려에 기뻐했고, 그의 정직성을 의심하거나 그가 그토록 격려를 하는 것에 나름의 동기가 있다고는 생각지 않았다. 파리의 가장 성공한 화가이자 스승이자, 대중적인 취향을 잘 알고 있는 사람 중 하나였던 카롤뤼 뒤랑은 사전트의 이례적인 그림이 물의를 빚을 거라는 것을 감지했을 것이다. 그런 얘기를 하지 않았다 하더라도 그는 자신의 야망으로 인해 충격을 받았을 것이다. 그와 사전트는 거의 십년 간 같이 일을 했지만 과거 제자를 성공하게 만드는 것은 그의 가장 큰 이익에 부합하는 것은 아니었다. 사전트는 대중적인 명성과 수수료에 있어 그의 경쟁자가 되어가고 있었다. 사전트의 붓질 하나 하나가 스승의 자리를 위협하고 있었다. 사전트가 화가로서 후퇴를 할 경우 뒤랑에게는 덜 무서운 경쟁자가 될 것이었다.

2월이 되었을 때 사전트는 초상화 복제본은 포기하기로 마음을 먹었다. 카롤뤼 뒤랑에게서 칭찬을 들은 후 그는 원본을 제출하는 데 자신감을 느꼈다. 그는 복제본은 미완성으로 남겼다. 그 그림에서 흘러내린 어깨끈이 있었을 수도 있는 어깨는 맨살이었다. 원본을 준비하며, 불확실한 미래에 대해 여전히 고민을 하던 와중에 사전트는 헨리 제임스를 만났다. 미국 소설가이자 기자인 마흔살의 헨리제임스는 런던에 살고 있었으며 당시 파리를 방문하고 있었다. 그는 여행 관련 작품과 국제 미술계에 대한 취재로 잘 알려져 있었지만, 그와 동시에 끔찍한 속물로도 유명했다. 그의 인맥은 아주 적었고 배타적이었다. 그는 아주 높은 지적 기준을 갖고 있었고, 그 기준에 부합하지 않는 사람들은 무시했다. 그런 그가 낯선 사람에게 열렬한 반응을 보이는 일이 드물었지만 스물여덟 살의 사전트에게는 깊은 인상을 받았다. 제임스는 한 친구에게 보내는 편지에서 "프랑스와 미국 출신으로 유일하게 중요한 인물로 여겨지는 사람은 젊은 존 사전트뿐이다. 그는 예술적으로도 개인적으로도 대단한 재능과 매력적인 성격을 갖고 있으며 무척 문명적인 사람이다"라고 썼다. "나는 그가 너무도 마음에 들어 (이것은 내게는 드문 일이다) 그를 지나치게 많이 판단하려 들지 않는다" 사전트의 스튜디오에서 아멜리의 초상화를 본 제임스의 느낌은 미온적이었지만 - 그는 한 친구에게 "반쯤 마음에 들었다"라고 털어놓았다 - 사전트가 대단한 재능을 갖고 있다고 확신했으며 자신의 얼마 되지 않는 친구 중 하나로 받아들이고 싶어했다. 제임스는 사전트를 현실에 등장한 자신의 작품 속의 한 인물이라고 생각했다. 그리고 그 인물은 신세계의 정신과 에너지와 구세계의 우아함과 세련미를 모두 갖춘 축복받은 젊은이로 국외에 거주하는 미국인의 정수를 보여주는 존재였다.

사전트에게서 영감을 받은 제임스는 「제자」라는 제목의 소설을 썼다. 그것은 화가의 인생 초기의 어두운 현실을 암시하고 있다. 예술적인 재능을 타고난 조숙한 소년인 주인공은 이기적이고 천박하며, 종종 무책임한 부모의 처분에 맡겨지며 끝내는 그들의 무관심 때문에 죽음에 이르게 된다. 제임스는 젊은 사전트 (그리고 어쩌면 비슷하게 유목민 같은 어린 시절을 경험한 제임스 자신 또한)가 거의 이십 년 동안 가족이 부과했던 혼돈과 예측 불가능성과 불안으로 인해 고통을 받았다는 것을 암시하고 있다.

몇몇 비평가들은 사전트가 제임스가 쓴 대로 그림을 그렸다고 주장하기도 했다. 즉 그가 통찰력 있는 시각으로 똑같은 도금된 세계를 묘사했다는 것이다. 두 사람 모두 대단한 관찰력을 갖고 있었지만 동시에 무척 조심스러웠다. 그들은 자신들의 감정을 표현하는 데 예술을 이용했지만 사적인 삶의 세부적인 것들, 특히 자신들의 성적 취향에 대해서는 극도로 비밀스러웠다. 그들은 서로의 관계의 진정한 성격에 대해서는 아무런 단서도 남기지 않았다. 그들의 관계는 육체적인 것이었을까, 아니면 동성인 예술가와 지식인 사이의 흔한 매혹에 지나지 않았던 것일까?

지리적으로 떨어져 있었음에도 불구하고 제임스는 계속해서 사전트를 찾았다. 그는 사전트가 자신의 누이 에밀리를 보러 런던에 올 경우 자신의 집에 머물라고 했고, 안내를 자처했다. 누군가에 대해 강박적으로 사로잡힌 사람이 아니라 강박증의 대상이 되는 것에 익숙지 않았던 사전트는 처음으로 "명민한 존재"의 역할을 해야 했다. 스탠리 올슨은 제임스가 "누군가가 이국적인 꽃에 사로잡히듯" 사전트에게 사로잡혔다고 묘사했다. 사전트에 대한 제임스의 감정은 사전트가 포지와 아멜리와 쥐디트 고티에와 알베르 드 벨러로쉬에게 매혹되었던 것을 떠올리게 해주는 것 같다.

런던으로의 여행을 생각하기 전에 사전트는 아멜리의 초상화의 세부에 전념해야 했다. 그림을 액자를 하는 사람에게 보낼 준비를 하면서도 그는 벤 델 카스틸로에게 말한 것처럼 수정 작업을 했다. "하루는 그림이 마음에 들지 않아 어두운 배경 위에 밝은 장미 색조를 칠했어. 그리고 그림을 뒤집은 후 스튜디오 반대쪽으로 가서 팔 아래로 쳐다보았어. 많이 나아진 것 같아."

살롱 출품작은 중요한 그림처럼 보여야 했고, 그래서 사전트는 그 초상화에 어울리는 프랑스산 액자를 골랐다. 여러 겹으로 된 금박 표면에는 서로 겹치는 나뭇잎과 매듭 디자인이 있었는데 그림을 압도하기보다는 보완했다. 스튜디오에 돌아온 사전트는 늘 그랬던 것처럼 액자를 한 그림에 니스를 칠했다. 당시 〈마담 ***의 초상화〉로 불렸던 (그것은 존경받는 여자의 실제 이름을 알지 못하게 하는 정중한 제스처였다) 〈마담X〉는 살롱을 위한 준비가 되어 있었다.

사전트가 아멜리를 스케치한 지 일 년이 지나갔다. 그는 너무 오랫동안 그녀의 이미지와 더불어 살았고, 그래서 삼월에 그녀의 그림을 살롱에 보냈을 때 거리낌과 안도감을 동시에 느꼈을 게 분명하다. 사전트는 이전에 수상을 한 적이 있어 그 초상화는 살롱에서 받아들여질 것이었다. 하지만 작품이 받아들여지는 것과 큰 상을 받는 것은 다른 문제였다.

사전트는 런던으로 떠났고, 그곳에서 제임스가 완벽한 집주인이라는 것을 알게 되었다. 제임스는 한 주 동안 두 사람이 하게 된 모든 일을 조율했다. 사전트를 영구적으로 자신의 집 가까이 오게 하기 위해 제임스는 그에게 영국의 가장 성공한 미술가들 몇 명을 소개시켜 주었다. 그는 자신의 연줄로 그를 놀라게 했으며, 하루는 에드워드 번 존스를 위시한 영국의 저명한 화가 아홉 명과 미국인 일러스트레이터 에드윈 오스틴 애비의 스튜디오에 방문할 수 있게 주선하기도 했다.

사전트는 단테 가브리엘 로세티와 다른 사람들에 의해 창시된 미술 운동인 라파엘전파의 회원들에게 특히 매혹되었다. 로세티는 이국적이며 상상력이 넘치는 여자들의 초상화로 가장 잘 알려져 있었는데, 사전트는 그 그림들에 특별한 관심을 보였다. 이 여행은 예술적으로도 많은 영감을 주었을 뿐만 아니라 경제적으로도 도움이 되었다. 사전트는 여름에 그릴 작품 몇 점을 의뢰받았는데 그 가운데는 군수품으로 돈을 번 기업가인 토머스 비커즈 대령의 세 딸의 초상화도 있었다. 파리에서 부유하고 아름다우며 똑똑한 사람들 속에서 자신의 명성을 구축한 사전트에게 그들은 다른 유형의 의뢰인들이었다. 비커즈의 딸들은 똑똑하지도 아름답지도 않았고, 사전트는 그들을 "지저분한 구멍" 속에서 사는 "세 명의 못생긴 여자들"이라고 묘사했다. 그 작업으로 인한 수입에 대해서는 기뻤지만 그것은 파리에서의 명성과 부를 꿈꾸는 일에서는 한 단계 후퇴하는 일이었다.

그러던 어느날 사전토는 프레데릭 스피처의 집에서 열리는 리셉션에 참석하기 위해 파리로 돌아왔다. 스피처는 오스트리아 출신으로, 당시 파리에 거주하고 있었으며, 아주 다양한 골동품 갑옷과 대규모의 미술품을 수집하는 부유한 인물이었다. 장의사의 아들인 스피처는 열여섯 살 때 렘브란트의 그림 한 점을 발견하면서 돈을 벌었다. 귀족들은 신흥부자 냄새를 많이 풍기는 그를 불쾌한 벼락부자로 생각했다. 그래서 좀더 생각이 자유로운 사람들이 주로 그의 파티에 참석하여 그의 관대한 접대를 즐겼다.

"릴뤼스트라시옹"의 기사에 따르면 사전트와 아멜리는 스피처의 칼과 철모가 있는 갑옷 화랑에서 연 파티에 함께 참석했다. 아멜리는 여느 때처럼 언론으로부터 찬사를 받았지만 그 후 있는 가장 흥미로운 소문은 페르디캉에게서 나왔다. 페르디캉은 자신의 주간 칼럼에서 사전트의 최근 살롱 출품작이 아름다운 고트로의 초상화가 될 거라는 뉴스를 흘림으로써 두 사람을 연결시켰다. 그는 아멜리가 "살롱에서 더욱 더 찬사를 받을 것이다"라고 썼으며, 그로 인해 그 그림을 그린 화가와 모델을 둘러싼 얘기들이 난무했다. 〈마담X〉는 아직 공개되지 않았음에도 불구하고 초미의 관심사가 된 것처럼 보였다.

# 화산 위에서 춤추기

🌿 3월 말 사전트는 다시 런던으로 가 헨리 제임스를 봤다. 그곳에서 그는 지난 달에 만난 사람들과의 관계를 더욱 확실하게 했고, 에드윈 오스틴 애비와 다른 새 친구들과 함께 시간을 보냈다. 그는 화가들의 스튜디오를 방문했고, 전시회에도 참석했다. 그는 그로스버너 갤러리에서 열린 조수아 레이놀즈 경의 그림 전시회에도 참석했다. 사전트는 18세기 명사들을 그린 레이놀즈 경의 초상화를 높이 평가했는데 그것은 그 그림 속의 강렬한 빛의 효과 때문이었다. 그럼에도 아멜리 고트로의 초상화에 대해 초조해하고 있던 사전트는 빠르게 다가오는 살롱에 대한 생각으로 가득했다.

그는 살롱 관계자들이 전시회 그림들을 처음으로 본 4월 29일에 파리로 돌아왔다. 그날 밤 사전트는 초조함을 달래기 위해 친구를 찾아 클럽에 갔다. 그는 먼 친척으로, 역시 유럽에서 외국인으로 살며 여행을 하고 미술을 공부하고 있던 랠프 커티스를 만났다.

사전트와 커티스는 사전트의 스튜디오에서 함께 저녁을 먹었다. 아멜리의 초상화가 더 이상 그 방을 지배하고 있지 않았음에도 그녀는 그들의 대화를 주도했고, 사전트는 이튿날 아침에 대한 여러 가지 시나리오를 상상했다. 사전트와 그의 위치에 있던 다른 사람들이 느꼈을 두려움은 역시 살롱에서 작품을 전시하고 있던 젊은 러시아 화가인 마리아 바쉬키르체프의 일기에서 완벽하게 표현되었다. 그녀는 초조해했던 모든 미술가들을 대변하듯 말했다. "내일은 전람회 개회 전날이다 … 사람들은 나에 대해 뭐라고 말할 것인가? 그들은 좋은 얘기를 할 것인가, 나쁜 얘기를 할 것인가, 아니면 아무 말도 하지 않을 것인가?" 어떤 그림은 중요하지 않은 것으로 치부되거나, 그보다도 더 나쁜 것으로, 완전히 무시될 것이다.

지난 삼 년 동안 사전트는 살롱에 작품을 전시했고, 나쁜 경험은 없었다. 그의 출품작은 늘 찬사를 받으며 수상을 했다. 하지만 앞으로 며칠 동안 그의 작품을 판단할 수천 명의 사람들은 예측 불가능한 행동으로 유명한 파리 사람들이 대부분이었다. 1884년 그들은 특히 모순적이었다.

프랑스와 프러시아 사이의 전쟁이 끝난 후 프랑스인들은 스스로를 확대경에 비춰보았고, 어디에나 있는 자신들의 유약한 모습에 겁에 질렸다. 프랑스의 사망률은 출산율보다 높았다. 프랑스인들의 평균 신장은 오히려 줄어들었고, 농장은 생산성이 떨어지고 있었다. 사회적으로도 문화적으로도 퇴행하는 조짐들이 있었다. 하지만 인쇄물에 대한 검열은 완화되었고, 그에 따라 졸라와 위스망스 같은 작가들은 알코올 중독자와 창녀와 쾌락주의자 같은 프랑스의 가장 비천한 사람들을 그릴 수 있었다. 무대에서는 누드가 허락되었고, 포르노그래피 시장이 성행했으며, 알코올 중독이 만연했는데, 그 모든 것이 프랑스를 지배하고 있던 퇴폐성의 징후였다. 위대한 사상가들은 프랑스와 쇠퇴하고 있던 로마 제국 사이의 유사성을 보았으며, 프랑스 역시 비슷하게 몰락할 거라고 예언했다.

파리의 극심한 도덕적 타락에 대해 염려하고 있던 종교 지도자들은 파리 어디에서나 볼 수 있는 교회를 생각해냈다. 그 교회는 시민들에게 하나님이 파리와 그곳에 사는 모두를 지켜보고 있다는 사실을 상기시켜 줘 제대로 처신하게끔 할 계획이었다. 1875년 몽마르트르 언덕에 위치해 파리의 나머지 지역을 굽어보고 있는, 인상적인 하얀 바실리카 교회인 사크레쾨르 공사가 시작되었다.

하지만 적응력이 뛰어난 프랑스인들은 사악한 행동을 멈추지 않았다. 그들은 사악함을 좀더 세련되게 표현할 수 있는 방법을 알아냈다. 프랑스인들은 대중적 도덕성과 사적 도덕성이라는 두 가지 도덕성을 완벽한 것으로 만들었다. 결혼한 남자들은 경제적으로 가족을 부양하면서도 정부를 위한 독립된 공간을 유지했다. 그리고 결혼한 여자들은 딸들의 미덕을 좀더 엄하게 보호하며, 늘 그들의 뒤를 따라다녔지만 실제로는 연인과의 정사를 얼마든지 즐길 수 있었다. 레스토랑들은 밀실을 만들어 연인들이 밀회를 할 수 있게 했으며, 공공장소에서 이루어질 경우 간통으로 여겨지지 않는 관계라는 법의 허점을 이용해 돈을 벌었다.

1884년 도덕적인 타락과 더불어 파리의 거리에는 악취가 풍겼다. 어떤 사람들은 그것이 무엇인가를 불에 태우는 냄새라 여겼지만, 다른 사람들은 그것을 썩고 있는 냄새라 믿었다. 몇 달 동안 그 악취의 근원은 추적할 수가 없었다. 졸라가 그것을 은유처럼 만들었을 수도 있지만 그것은 사실이었고, 신문에서 길게 다뤄졌다. 한 지역 신문이 지하에서 일을 하던 사람들이 셍드니 근처에서 유황을 내뿜는 활화산의 증거를 발견했다는 사실을 보도하면서 거리 밑에 화산이 있다는 이론이 설득력을 얻었다. 하지만 파리 사람들은 그 뉴스에 무관심했다. 언제라도 폭발해 현대의 폼페이를 파묻어버릴 수도 있는, 베수비오 같은 화산이 발 밑에 있다면 그들이 할 수 있는 가장 좋은 것은 그 위에서 춤을 추는 것이었다.

퇴폐적인 것이건 그렇지 않은 것이건 쾌락은 실제로 많은 파리 사람들에게 새로운 관념이었다. 가난한 사람에게는 병적이며 적대적이기까지 한 도시에서 생존을 위해 계속해서 투쟁해야 하는 하층민들에게는 삶이 늘 음울하고 어려운 것이었다. 파리 사람들은 분명한 사회적 집단으로 구분되었다. 하인과 비숙련 노동자 같은 일용직 노동자들은 하루하루 번 돈으로 살았고, 장인과 서기와 외판원들은 작지만 일정한 수입을 즐겼다. 물론 부자들은 쾌락을 위해 살았고, 그럴 수 있는 돈이 있었다.

1880년대는 완전한 변화를 가져왔고, 모든 경제적 집단에게 새로운 번영을 안겨주었다. 1852년과 1882년 사이 사람들의 임금은 평균 84퍼센트가 상승했으며 생활비는 감소했다. 전후의 파리에는 모두에게 충분한 돈이 있었고, 이미 부유한 사람들에게는 충분한 것 이상으로 훨씬 많은 돈이 있었다. 제 3공화정의 엘리트들은 성공한 사업가와 정치가들로 그들은 자본주의와 진보를 예찬했으며, 파리의 증권 거래소에서 많은 돈을 벌었다. 보잘 것 없는 사람들 또한 새로운 파리에서 성공할 수 있는 가능성이 커졌다. 그들은 돈을 잘 관리하고 위생과 영양과 교육에 신경을 씀으로써 중산층이 될 수 있는 꿈을 키울 수 있었다.

가처분 소득이 제한적인 사람들 역시 당시 파리에서 가장 큰 성장 산업인 오락을 즐길 수 있었다. 신기하게도 현실로부터 도피하고자 했던 사람들은 종종 현실에 기초한 오락에 의지했다. 타블로이드 신문들은 이제 예외적인 상황에 처한 평범한 사람들에 관한 이야기인 잡보를 제공했다. 그 중 일부는 범죄의 희생자들이었고, 다른 사람들은 범죄자들이었다. 신문들은 두 경우 모두에 선정적인 문안과 대담한 삽화를 곁들여 그들에 관한 흥미로운 이야기를 자세하게 보여줌으로써 이 같은 진부하고 일상적인 삶을 잘 팔리는 뉴스거리로 만들었다. 강에서 신원이 밝혀지지 않은 아기의 사체가 발견될 경우 신문에는 며칠 동안 그에 관한 기사가 실렸다. 독자들이 그 사건에 관한 더 많은 정보 - 혹은 잘못된 정보 - 를 열렬히 원했기 때문이다. 1869년 한 남자와 그의 임신한 아내와 아이 여섯을 죽인 젊은 기계공 장 바티스트 트롭망의 범죄에 관한 기사가 "르 프티 파리지엥"에 실렸고, 그 기사가 실린 신문은 매일같이 500,000부가 팔렸다.

현실에 기초한 최신 오락거리를 경험하고자 했던 파리 사람들은 파리에서 처음으로 성공한 밀랍 박물관인 그레벵 박물관을 찾아갔다. 그레벵이 문을 열었을 때에는 모든 계층의 사람들이 그곳을 찾아왔다. 그레벵은 인기 있는 바리에테 극장 - 이 극장 역시 특석을 구입하는 사람들로부터 사층 발코니의 값싼 좌석을 차지하는 사람에 이르기까지 다양한 관객들을 맞았다 - 바로 건너편에 있었고, 패션을 선도하는 주프르와가에 인접해 있었다. 멋지게 디자인된 박물관 건물에는 대리석 계단과 장식적인 샹들리에와 벨벳 커튼이 있었다. 과거와 현재의 유명한 사람들을 밀랍으로 만든 작품들은 무척 현실적이었다. 실물 모양의 피부에는 조심스럽게 유화물감이 칠해졌고, 사람을 꿰뚫어보는 듯한 눈은 의료용 유리로 만들어졌다. 그레벵은 역사적인 사실을 묘사하는 데도 충실했다. 가령 프랑스 혁명가 장 폴 마라의 밀랍 인형은 그가 살해된 실제 좌욕 욕조에서 전시되었다. 관람객들은 그전에는 그런 것을 본 적이 없었다.

언론에 의해 "진정한 구경거리"로 불린 그레벵은 스스로를 "살아 있는 신문"으로 포장하고 홍보했으며, 관람객들이 직접 경험할 수 있도록 신문 헤드라인에 실린 장면들을 재현하겠다고 약속했다. 뉴스의 전개에 따라 전시된 작품은 주기적으로 바뀌며 업데이트되었으며, 그에 따라 관람객들은 새로운 인물과 최신 장면들을 보러 계속해서 박물관을 찾아왔다. 그레벵의 가장 인기 있던 초기 전시물 중 하나는 "범죄의 역사"였는데 그것은 당시 인기 있던 연재소설을 흉내 내 범죄를 처음부터 끝까지 묘사했으며 범법자가 처형당하는 것으로 끝을 맺었다.

하지만 매일같이 많은 사람들을 끌어 모은 것은 작품의 주제만이 아니었다. 중요한 것은 그것들이 전시된 방식이었다. 실물 크기의 투시화인 그것들은 진짜 사람들을 엿본다는 느낌을 줌으로써 구경꾼의 원초적인 훔쳐보기 충동을 이용했다. 그레벵은 "자연에 충실한 복제와 아주 사소한 것 속에 있는 진실에 대한 존중"을 자랑하면서 파리 사람들의 삶을 엿볼 수 있게 했다. 박물관의 가장 큰 방 중앙에 있는 교황의 행렬 같은 전시는 구경꾼이 그 장면의 일부가 된 것처럼 만듦으로써 한 걸음 더 나아가기도 했다.

그레벵 박물관이 전시실에 들어선 수천 명의 사람들에게 "현실적으로" 보이긴 했지만, 그곳의 포장된 그럴 듯함은 파리의 또 다른 인기 있던 곳인 시체안치소에서 매일같이 펼쳐지는 구경거리에 비할 바가 아니었다. 시체안치소는 그레벵이 흉내만 낼 수 있는 뭔가를 제공했는데 그것은 다름 아닌 진짜 범죄의 희생자들의 진짜 사체였다. 시체안치소의 인기는 현실적인 오락에 대한 사람들의 강박증을 극단적으로 보여주는 것이었다.

뭔가를 본다는 관념은 임시로 죽은 자들을 수용하고 있는 그 건물에 주어진 이름에서도 명백하게 드러났다. 시체안치소를 의미하는 모르그(morgue)는 "눈을 고정시키고 보다"를 의미하는 오래된 프랑스어 모르게(morguer)에서 나온 것이다. 시체를 전시하는 공공장소를 만든 본래의 목적은 신원 파악을 용이하게 하는 것이었다.

어느 시기에 시체안치소는 순수하게 기능적인 공공건물에서 파리에서 사람들로 가장 많이 들끓는 극장 같은 곳이 되었다. 오스망은 낡은 시체안치소를 허물고 노트르담 뒤에, 사람들이 좀더 쉽게 접근할 수 있는 곳에 새 건물을 지었다. 입장료는 무료였고, 전날 밤 사망 사건에 따라 "쇼"는 매일같이 바뀌었다. 주변 거리에서 행상들은 과일과 과자를 팔았고, 사육제 분위기를 한층 돋우었다. 매년 백만 명에 이르는 사람들이 전시실에서 두려움 또는 전율 - 혹은 두 가지 모두 - 을 느끼며 걸어 다녔다.

가장 인기 있는 시체는 아이와, 해결되지 않은 범죄의 희생자들의 시체였다. 층계참에서 사체가 발견된 네 살짜리 "베르 브와가의 아이"처럼 사체가 널리 홍보되었을 때에는 사라 베른하르트 같은 유명인사들도 그곳을 방문했다. 사람들은 죽은 아이를 둘러싼 수수께끼에 흥미를 느끼며 시체안치소로 몰려왔지만 신문에서 장황하고 생생하게 보도된 선정적인 기사의 주인공인 또 다른 시체가 들어오자마자 아이는 곧 잊혀졌다.

파리 사람들은 이제 일상적인 오락 속의 현실성은 환영했지만 현실적인 미술에 대해서는 열광하지 않았다. 사람들이 인상주의에 반대한 가장 큰 이유 중 하나는 인상주의 화가들이 아카데미의 원칙에 따라 자연을 아름답게 표현하고 고전적인 주제를 발전시켜야 함에도 자신들이 삶에서 본 것을 그대로 그린다는 데 있었다. 진지한 미술은 사진과 혼돈되어서는 안 되었다. 초상화든 풍경화든, 역사적인 장면을 그린 것이든 모든 그림은 대상을 고양시키고, 숭고하게 만들며 빛을 발하게 해야 했다. 그림은 현실을 모사하거나, 어떤 점에서 드러내는 것이 되어서는 안 되었다.

파리의 살롱은 이러한 미학을 지지했다. 심사위원들은 아카데미의 보수적인 전통과 기준에 부합하고, 프랑스 관람객들에게 그들이 원하는 것으로 여겨지는 것을 보여주는 그림들을 골랐다. 그들은 항상 역사 속의 흥분되는 장면이나 예쁜 목가적인 풍경, 고전적인 누드, 그리고 대상을 잘 살린 초상 등을 포함시켰다. 초상화는 아카데미에서 높은 평가를 받지 못했다. 초상화는 교실에서 가르치지 않았고, 그에 따라 진지하게 받아들여지지 않았다. 미술가들은 알아서 혹은 개인 아틀리에에서 초상화를 그리는 법을 배워야 했다.

살롱의 심사위원들은 초상화를 무시하는 경향이 있었지만 대중들에게 너무도 인기가 있어 그것들을 받아들여야 했다. 매년 가장 인기 있고, 가장 논쟁적인 살롱 출품 초상화들이 드로잉실과 박물관에서 흔히 전시되고 복제되었으며, 그것들을 신문에서 전면에 실어 살롱 관람객들은 완고하게 초상화를 원했다.

그해 전시회 개회 전날의 날씨는 화창하고 아름다웠다. "오늘 이상으로 봄 같은 날씨에 햇살로 가득한 하늘을 기대하기는 어려울 것이다"라고 레벤느망은 보도했다. 나무들 역시 봄의 싱그러움을 축복하는 것처럼 보였다. 산업 궁전으로 이어지는 거리에 서 있는 밤나무는 꽃을 피웠고, 파스텔 칼라는 거대한 건물 바깥에 있는 사람들에게 부드러운 차양 역할을 했다. 아름다운 여자들이 도착하면서 말이 끄는 마차들이 거리에 가득했다. 참석자들은 몇 달 전에 미리 디자이너에게 의뢰한 최고의 옷을 입었는데, 기자들이 자신들의 일거수일투족을 보도할 거라는 것을 알고 있었기 때문이다.

전날 밤 사전트와 어울렸던 랠프 커티스는 일찌감치 도착한 사람 중 하나였다. 그는 기분이 좋은 상태였다. "르 골르와"가 전시회 개회 전날을 다룬 기사에서 사전트의 그림에 대해 우호적인 평을 실었기 때문이었다. 비평가 루이 드 푸르코는 여러번를 "놀라우며 드물게 돋보이고 흥미로운 그림"이라고 소개했다. 커티스는 전날 밤 사전트의 불안이 근거가 없는 것이기를 바라며 거리의 군중들과 어울렸다. 유명인사와 사교계의 여자들과 미술 비평가와 한량들 - 계속해서 변하는 파리의 광경에 민감한 사람들 - 이 웅장한 계단을 올라갔다.

매년 그랬던 것처럼 아멜리도 그곳에 왔다. 그날 아침 그녀는 파리를 지배하는 미의 화신이라는 자신의 명성에 신경을 썼고, 올해에는 그 어느 때보다 큰 관심을 받을 거라고 확신했다. 사전트와 달리 그녀는 자신의 초상화에 대해 확신이 있었다. 그녀는 그 그림이 친구들로부터 질투 어린 축하를 이끌어내고, 칼럼니스트와 비평가로부터 칭찬을 받을 것으로 기대했다. 사전트의 성공은 곧 그녀의 성공이 될 것이고, 파리가 그의 재능과 그녀의 아름다움을 공식적으로 인정하게 되면 그들은 함께 승리의 순간을 누리게 될 것이라 믿었다.

산업 궁전 안에는 사교계 인사들과 관광객, 미술상, 그리고 잠재적인 고객들이 사다리와 작품 옆을 지나다녔고, 그들은 니스와 테레빈유의 코를 찌르는 냄새를 참아야만 했다. 그 사이 미술가들은 군중들 가운데서 마지막으로 니스를 칠하고 있었다.

사방에서 먼지가 일었고, 바깥의 기온은 쾌적했음에도 산업 궁전 안의 방들은 곧 열기로 가득했다. 열기로 인해 코르셋을 꽉 죄게 입은 몇몇 여자들은 의식을 잃기도 했다. 사방에서 구경꾼들은 한 방에서 다른 방으로 가며 바닥에서 천장까지 여러 위치에 걸린 그림들을 잘 보기 위해 목을 뺐다.

가장 잘 눈에 띄는 작품들은 아주 큰 것이거나, 최고의 출품작을 위해 예약된, 눈높이의 위치에 걸린 것들이었다. 경험 많은 살롱 관람객들은 모든 작품을 보는 것이 불가능하며 - 수천 점의 작품이 전시되었다 - 비평가와 구매자들이 가장 유망한 출품작을 찾기 위해 살롱의 카탈로그를 참조하며 작품에 대한 반응을 보인다는 것을 알고 있었다. 다른 참석자들과 마찬가지로 그들은 몇 주 동안 뜨거운 논쟁 속에서 높은 평가를 받거나, 많은 논의가 되거나, 악평을 받게 될 중요한 작품들을 찾았다. 살롱의 전시는 계속되지만 한 작가의 명성이 굳어지거나 허물어지는 것은 전시회 개회 전날의 첫 한 시간 혹은 반 시간 동안이었다.

1884년 살롱에서는 서른한 개의 방에 회화가 전시되었고, 나머지 방들에는 파스텔화와 판화, 조각품 그리고 건축물이 전시되었다. 너무 큰 그림들은 결국 커다란 작품들을 위한 방에 전시되었지만 대부분의 작품은 미술가의 알파벳순으로 그룹이 지어졌다. 관람객들은 한 방에서 다른 방으로 옮겨가며 자신들이 가장 좋아하는 작가와, 미술 아카데미에서 강력한 위치에 있는 성공한 사람들의 최신작 앞에서 걸음을 멈췄다. 4번 방에서 그들은 장 레옹 제롬의 그림 두 점을 발견했다. 좀더 웅장한 작품인 〈로마의 노예 시장〉은 고대의 노예 시장을 그린 역사적인 그림이었다. 그림 가운데에는 정숙하게 얼굴을 가린, 알몸의 아름다운 여자가 있었다. 살롱 카탈로그에 단 주석에서 한 미국인 방문객은 그 누드화가 "불쾌하다"고 말했다. 그는 제롬의 다른 출품작인 〈사막의 밤〉에 대해서는 더 불만이었고, 그것의 "이상하고 불쾌한 빛"에 대해 비난을 하기도 했다.

8번 방에는 붉은 머리에 크림색 살결을 한 매혹적인 여자의 누드화로 유명한 장 자크 에네르의 그림 두 점이 전시되어 있었다. 〈울부짖는 님프〉는 제롬의 그림 속 노예처럼 얼굴을 손으로 가리고 있는 여자를 보여주었다. 에네르의 다른 작품인 〈무덤 속의 예수〉는 예수의 반라의 몸을 극적으로 묘사했다.

11번 방의 초상화들은 사람들의 눈길을 많이 끌었다. 카롤뤼 뒤랑의 〈M.Z. 전하의 초상화〉는 그의 이전의 성공 때문에 관심을 끌었지만 그것은 그의 최고의 작품은 아니었다. 그 방에서 진짜로 관심을 끈 것은 프랑스 화가 샤를르 샤플렝의 그림이었다. 잊혀진 사교계 여인들을 그린 그의 초상화 두 점은 아주 비슷했다. 두 여자는 깃털이 달린, 목이 많이 파인 가운을 입고 있었다. 한 여자는 목둘레에 실크 나비 매듭을 덧대고 있었다. 그들의 공허한 표정과 친숙한 포즈는 그들을 에어브러시로 처리한, 잡지의 한가운데에 접어 넣는 페이지에 등장하는 누드 사진처럼 개성 없고 김빠진 것처럼 보이게 만들었다. 그럼에도 비평가들은 그 그림에 매혹되었고, 샤플렝을 "그의 시대의 여성의 우아함을 가장 잘 표현한 화가"라고 칭찬했다. 또한 그의 작품은 "미술의 최고의 교리를 이해한 위대한 화가의 작품"으로 칭송되었다.

12번 방에서는 또 다른 흥미로운 작품인, 페르낭 코르몽의 〈곰 사냥에서의 귀환〉이 선사시대의 곰 사냥을 다채롭게 재현해 구경꾼의 마음을 사로잡았다. 코르몽의 그림 속의 인물들은 빅토리아 시대 사람들이 생각하는 혈거인답게 옷을 모두 입고 있었다. 같은 방에는 살롱이 좋아하는 작가인 윌리엄 아돌프 부그로의 대형 그림이 전시되어 있었다. 그리고 〈바쿠스의 젊음〉은 포도주의 신을 숭배하는 젊은이들을 기리는 고전적인 그림이었다. 그림 속의 젊은 남녀들은 대부분 알몸이었다.

14번 방에서는 방문객들은 장 루이 에르네스트 메소니에의 〈여행하는 음악가들〉을 볼 수 있었다. 메소니에는 19세기 후반 파리에서 가장 높은 평가를 받고 가장 성공한 화가였고, 그래서 관람객들은 그의 작품에 친숙했다.

옆방인 15번 방에서는 아라비안 나이트에 나오는 것 같은 화려한 무대를 보여주는 벵자멩 콩스탕의 〈아라비아의 왕자들〉이 전시되었다. 이 그림은 무대 속을 어슬렁거리고 있는 알몸의 여자와 고유한 의상을 입은 족장을 표현한 이국적인 장면으로 관람객의 만족할 줄 모르는 욕구를 충족시켜 주었다. 15번 방에서는 자신의 일기에서 전시회 개회 전날의 두려움을 털어놓은 마리아 바쉬키르체프의 눈에 띄는 소품인 〈모임〉을 보고 관람객들은 걸음을 멈췄을 것이다. 살롱이 개최된 처음 며칠 동안 바쉬키르체프는 한 동료와 함께 그림 근처에 있는 소파에 앉아 지나가는 사람들의 얘기를 엿들었는데, 그들 중 누구도 근처에 앉아 있는 젊은 여자가 살롱에 작품을 출품한 화가라고는 생각지 못했다.

여자들은 살롱에서 작품을 전시할 수는 있었지만 에콜 데 보자르에서 공부하는 것은 허락되지 않았다. 미술 교육을 받고자 할 경우 그들은 로돌프 쥘리앙이 운영하는 것 같은, 들어가는 것이 자유로운 개인 아틀리에에 다녀야 했다. 파리에서 여러 아틀리에를 운영한, 기업가 같았던 선생인 쥘리앙은 젊은 여자들을 위한 특별 교실을 열었고, 미국과 영국, 그리고 바쉬키르체프의 경우처럼 러시아 출신 학생도 받았다. 진보적인 방식으로 잘 알려져 있던 카롤뤼 뒤랑 역시 일주일에 한 번 여자들을 가르쳤다.

대형 작품들을 위한 좀더 큰 방인 21번 방은 피에르 퓌비 드 샤반느가 그린 벽화 같은 그림이 압도하고 있었다. 메소니에와 마찬가지로 퓌비는 프랑스에서 확고한 명성을 누리고 있었고, 프랑스인들이 가장 사랑하는 화가 중 하나였다. 사람들은 그가 직접 그린, 대형 벽화의 소형 복제품을 구입했다. 하지만 오늘날에는 메소니에와 마찬가지로 그의 이름을 아는 사람이 드물다.

퓌비는 대중에게도 인기가 있었으며 동료 예술가들에게도 높은 평가를 받았다. 사전트는 그의 우아한 구성과 고전적인 태도를 예찬했다. 퓌비의 1884년 살롱 출품작인 〈신성한 작은 숲〉은 목가적인 풍경 속에 있는 아홉 명의 뮤즈를 그렸는데 그들 중 몇몇은 가슴을 드러내고 있다. 신화적인 주제는 친숙했고, 예측 가능한 것이기도 했지만 그 작품은 신선한 매력이 없지 않았다. 그 그림 속에서 퓌비는 공간과 깊이를 실험해 의도적으로 원시적이면서도 현대적인 평면적인 느낌을 만들어내고 있다. 자신의 걸작 〈그랑드 쟈트의 일요일 - 1884〉을 시작하기 전 〈신성한 작은 숲〉을 본 조르주 쇠라는 그 그림에서 영감을 얻었을 수도 있다.

쇠라와는 달리 미국의 한 방문객은 퓌비의 최근작에 실망했다. 그는 자신의 카탈로그 속의, 〈신성한 작은 숲〉에 대한 작품 설명 옆에 "나의 놀라움을 자극하는 엄청난 크기의 그림"이라고 칭찬으로 시작되는 메모를 적지만 그 작품의 결함을 지적했다. "그 작품은 색채에 있어 나를 극도로 불쾌하게 만든다. 전혀 아무런 질감이 없는 그것은 색이 바랜 태피스트리처럼 보이고 느껴진다."

사전트의 그림이 전시된 31번 방에 들어선 관람객들은 살롱 출품작들을 실컷 본 상태였고, 그래서 두 가지 결론에 이르렀을 것이다. 그것은 즉 "올해는 최고의 회화 작품들이 나온 해가 아니며, 1884년의 전시에는 누드화가 무척 많다"라는 것이다. 마리아 바쉬키르체프는 살롱을 실패작으로 치부하며 "볼 것이 아무것도 없다. 아무런 생각도 영혼도 없는 이 그림들 덩어리는 끔찍하다"라고 썼다.

누드화가 압도적으로 많은 탓에 살롱 참석자들은 알몸의 여인들을 예술적으로 표현한 것을 보는 데 익숙해져 있었으며, 실제로 그들은 누드화를 보기를 기대했다. 누드화는 고대 그리스인들이 그 미술 형태를 발명한 이후로 서구 미술가들의 레퍼토리가 되었다. 1880년대의 대부분의 직업 화가들은 학교에서 해부학을 공부하고, 실물을 연구하는 교실에서 누드 모델들을 그렸으며, 포르노로 여겨지는 것으로부터 미술을 구분하는 규칙에 대해 배웠다. 미술적인 표현 속에서 알몸의 여자는 체모가 없어야 했다. 그리고 성기는 늘 매끈하고 성적이지 않도록 표현해야 했고, 손이나 천 조각으로 신중하게 가려져 있어야 했다. 그림 속 알몸의 인물은 고대의 입상을 닮아 실제적인 해부학적 세부가 빠져 있어야 했다. 리얼리즘의 지지자인 귀스타브 쿠르베는 체모와 주름이 있고, 실제처럼 보이는 알몸의 여자들을 그려 관람객들을 충격에 빠트렸다. 기이하게도 미술 속의 해부학적 실체는 시체안치소에서 사체를 보기 위해 줄을 서는 남녀들에게 끔찍한 개념이었다.

아카데미의 전통 속에서 그림에 등장하는 알몸의 여자는 역사적이거나 신화적이거나, 아니면 익명의 인물이어야 했다. 에네르의 장난스럽지만 에로틱한 님프처럼, 알몸의 이브나 고다이버 부인(11세기 영국에서 나체로 말을 타고 거리에 나서 세금에 허덕이는 주민들을 구한 것으로 유명한, 영주의 어린 부인 - 옮긴이) 또는 아라비아의 공주는 수용되었는데, 그것은 그들이 신화나 먼 시간과 공간 속에서 존재했고, 고전주의적이거나 이국적인 옷을 걸쳤기 때문이다. 1865년 살롱에서 전시된 에두아르 마네의 〈올랭피아〉가 관람객의 비위를 상하게 한 것은 그림 속에서 묘사된 여자가 현대적인 인물로, 그 그림을 본 남자 관람객들 일부가 개인적으로도 알았을 수도 있는 고급 매춘부였기 때문이다.

〈누드〉에서 케네스 클라크는 "누드"와 "알몸" 사이의 중요한 차이점을 정립하고 있다. "알몸은 옷이 벗겨진 상태로 그 단어는 그런 상태에 처한 대부분의 사람들이 느끼는 창피함을 어느 정도 암시한다"고 클라크는 설명한다. 하지만 누드는 "교양 있는 사람들이 사용하는 말로 불편한 느낌은 갖고 있지 않다." 클라크의 구분은 이론적으로는 그럴 듯하지만 누드가 그가 암시하는 것처럼 항상 순수한 것만은 아니었다.

무척 이상화되긴 했지만 가장 "고전적인" 누드화 역시 살롱의 관람객들에게는 에로틱하게 보였을 것이다. 19세기 여자들은 공공장소에서 단추를 위까지 채우는 장갑에서 바닥까지 끌리는 옷단에 이르기까지 여러 겹의 옷으로 살갗을 가리는 경향이 있었다. 한데 살롱의 그림들은 일상생활의 일부가 아닌 성적 이미지에 쉽게 접근할 수 있게 했다. 그리고 미술가들은 자신들의 누드화가 제아무리 건전하고 장식적이라 하더라도 사람을 감질나게 한다는 것을 알고 있었다. 그들은 종종 숲이나 법정 같은, 모델이 알몸이어야 할 이유가 전혀 없는 배경 속에 자유롭게 누드를 배치했다. 매년 살롱 기간 동안 신문들은 전시회의 누드 삽화를 실었는데 모델은 젖가슴이 엄청나게 컸고, 저속하고 요염한 포즈를 취하고 있었으며, 제목 또한 음란했다.

살롱의 관람객들은 31번 방에 이르렀을 때 온갖 종류의 누드 - 몸을 구부리거나 앉아 있거나, 서 있거나, 춤을 추는, 그리고 앞과 뒤와 옆에서 보여진 - 를 보았을 것이다. 1884년 가장 높은 평가를 받은 네 명의 화가들 - 부그로, 에네르, 퓌비, 그리고 뱅자맹 콩스탕 - 은 자신의 그림 속에 누드인 여자를 넣었다. 하지만 그들은 누드와 관련된 인습에 신경을 썼고, 그래서 누구도 그들의 작품을 보고 눈살을 찌푸리거나 하지 않았다.

랠프 커티스는 그림들을 보며 사전트를 찾아 살롱의 전시실을 돌아다녔다. 그는 사방에서 사람들이 "고트로의 초상화는 어디 있는 거지?" 하고 묻는 소리를 들었다. 마침내 그는 복도에 있는 사전트를 발견했다. 사전트는 자신이 아는 사람과 마주치는 것을 피해 문 뒤로 숨으려 하고 있었다. 그는 아무런 설명도 없이 커티스를 31번 방으로 데려갔다.

그 방에는 이렇다 할 다른 작품은 없었다. 명성을 꿈꿨지만 그것이 실현되지 못한 화가들이 그린 몇 점의 초상화와 풍경화와 종교적 그림이 전부였다. 하지만 그곳에 흥미로운 다른 작품이 있었다 하더라도 그것을 알아차린 사람은 거의 없었을 것이다. 31번 방에 들어간 모두는 단 한 가지 목적밖에 없었는데 그것은 사전트를 - 혹은 그녀가 그보다 더욱 유명해 고트로라고 부른 작품을 - 보는 것이었다.

한쪽 벽 중간쯤에 걸린 아멜리의 이미지는 거의 실물 크기였고, 그녀는 얼굴을 옆으로 돌려 왼쪽을 보고 있었지만 무척 실제적으로 보였다. 그녀의 머리는 쪽을 지은 상태였는데 머리칼 몇 올이 백조 같은 목덜미로 내려와 있었다. 장밋빛 귀와 양홍색 입술만이 캔버스에서 유일하게 색을 띠고 있었다. 아멜리의 코는 실물처럼 컸지만 이상하게도 세련되어 보였다. 윤곽이 뚜렷한 그녀의 옆모습은 카메오(양각으로 아로새긴 보석이나 조가비 - 옮긴이) 또는 고대의 동전을 떠올리게 했다. 작고 불분명한 테이블이 그녀의 오른팔을 지지하고 있었다. 세부 묘사가 결여된 어두운 배경은 그녀의 살을 더욱 하얗게 만들었고, 액자 속의 그녀를 더욱 압도적인 존재로 보이게 했다.

아멜리의 어깨와 팔은 조각처럼 단단해 보였고, 몸에 딱 달라붙는 가운의, 심장 모양의 보디스 아래에 있는 그녀의 젖가슴은 높고 풍만했다. 보석이 달린 한쪽 어깨끈은 드레스의 왼쪽을 제자리에 붙들고 있었지만 다른 쪽 끈은 위태롭게 떨어져 한쪽 젖가슴이 어깨가 드러난 옷에서 나올 것처럼 보이게 했다. 아멜리의 가는 허리는 그녀의 풍만한 젖가슴과 엉덩이를 강조했다. 그녀의 매끈하고 단순한 가운은 오늘날 우리에게는 우아하게 보이지만 몸에 딱 달라붙는 그것은 19세기 후반의 관람객들에게는 정숙한 젊은 여성이 반드시 입어야 했던 필수적인 옷인 속옷, 즉 페티코트를 입고 있지 않은 것처럼 보이게 했다. 당시 사교계의 여자들을 그린 많은 초상화들에는 가문 소유의 보석이 과시하듯 장식되어 있었지만 이 그림에는 그런 것이 거의 없었다. 아멜리는 머리에 초승달 모양의 다이아몬드 장식을 하고, 미묘한 느낌을 주며 반짝이는 결혼반지를 하고 있을 뿐이었다. 그리고 아멜리의 멋진 형태에서 주의를 딴 데로 돌리는 장식적인 터치는 거의 없었다. 그녀의 몸매는 너무도 눈에 띄었는데, 특히 어깨끈이 없는 어깨 주위가 더욱 그랬다. 그 점이 너무도 두드러져 그녀는 누드가 아닌 알몸으로 보일 정도였다.

대중의 판단은 요란하고 재빠르고 분명했다. 사람들은 이렇게 끔찍할 수가, 하고 소리쳤다. 어떤 사람들은 그녀가 부패한 괴물처럼 보인다고 말했다. 그 그림은 추잡했다. 아멜리의 노출된 하얀 어깨와 어깨가 드러난 옷 - 젖가슴이 보이지는 않지만 - 은 사람들에게 구역질을 일으켰다. 그리고 흘러내린 어깨끈이라니! 그것은 섹스의 서막인가 아니면 섹스가 끝난 후인가? 그녀가 관람객에게서 눈을 돌리고 있다는 사실 또한 단정치 못한 차림만큼이나 그녀 자신을 무심해 보이도록 만들었고, 이와 같은 그녀의 파렴치한 모습은 관람객의 관심을 불러일으켰다. 여자들이 특히 그 그림에 대한 악평을 하는 데 목소리를 높였는데, 그들은 마치 자신들의 도덕적 우월성을 주장하며 파리의 유명한 미인을 중상하려는 것 같았다.

사전트와 커티스는 그 그림에 대한 나쁜 소식을 직접 들었다. 31번 방의 스캔들에 대한 얘기는 빠르게 퍼졌고, 두 사람은 산업 궁전의 다른 곳에서 사람들이 하는 얘기를 들었다. 그들이 31번 방에 가까이 가기 훨씬 전에 많은 관람객들은 한 가지 견해에 도달해 있었다.

몇몇 미술가만이 칭찬을 하며 - "최고야" 또는 "멋져"라고 말하며 - 대중들에게 도전했고, 사전트의 스타일과 대담함을 높이 샀다. 하지만 사전트의 그림에 대한 지배적인 반응은 극도의 불만으로, 그리고 심지어는 혐오감으로 나타났다. 앞에서 인용한 미국인 방문객은 동포에 대한 애정에도 휘둘리지 않았다. 그는 카탈로그의 〈마담X〉 작품 설명 옆에 "그것은 마음에 들지 않아"라고 썼다.

사전트는 가장 어둡고 불안한 순간에도 그토록 압도적일 정도로 부정적인 반응은 상상해본 적이 없었다. 아멜리 역시 초상화에 대한 반응에 충격을 받았다. 어쩌면 그녀가 사전트보다도 더 충격을 받았는지도 모른다. 사전트가 대중의 반응에 대해 얼마간 두려워하고 있었던 반면 그녀는 팬들이 긍정적인 반응을 보일 거라고 너무도 확신하고 있었던 것이다. 야유꾼들은 화가와 모델을 똑같이 통렬하게 공격하며 사전트는 솜씨가 없으며, 아멜리는 혐오스럽다고 주장했다.

마리아 바쉬키르체프의 친구인 마들렌 질하르트는 그 끔찍한 날 아멜리의 절망을 목격한 사람이었다. "풀이 죽은 모델은 상처받은 아름다운 얼굴에 에나멜을 칠하고 있었지만 구석에서 진짜 눈물을 흘렸다"고 썼다. 바쉬키르체프는 자신의 일기에서 "대낮의 빛 속에서 아름다운 마담은 끔찍해 보였다 … 백악질의 페인트는 어깨를 시체처럼 보이게 했다"고 썼다.

그 전시회에서 폭풍의 눈은 분명해졌다. 그날 아침 31번 방에서 요란한 소리가 계속해서 흘러나오면서 더 많은 사람들이 그토록 경멸을 받고 있는 그림을 보러 달려갔다. 몇 시간 후 사람들이 흩어지기 시작했다. 사전트와 커티스는 전시실을 나와 매년 있는 전시회 개회 전날 점심 식사를 위해 "르드와"에 가서 친구들과 합류했다.

식당에서 그들은 살롱에서 온 더 많은 사람들을 보았다. 다른 테이블에는 작품 경매를 주도하는 사람들도 있었다. 오랫동안 살롱의 유명인사였던 카롤뤼 뒤랑 또한 식당으로 들어가는 길에 사람들을 밀치고 나아가야 했다. 특별석은 바깥에 있었고, 사람들을 보거나 혹은 사람들에게 보여지고자 하는 식사 손님들은 기꺼이 햇살을 참았다. 차양이나 파라솔 밑에 있지 않았던 손님들은 신문이나 냅킨으로 모자를 직접 만들었다. 레벤느망은 "임시로 만든 주방장 모자들이 물결을 이루었다"고 보도했다.

사전트와 커티스는 테이블에 앉았고, 전시회 개회 전날 "르드와"에서 전통적으로 내놓는 메뉴에 따라 그린 소스를 친 연어와, 그 식당의 특선 요리로, 고전적인 영국 스타일의 구운 쇠고기와 요크셔 푸딩이 나왔다. 하지만 사전트가 특유의 식욕을 보였는지 또는 즐거워하는 사람들 틈에 끼었는지는 알 수 없다. 사람들이 자신들이 가장 좋아하는 - 혹은 가장 마음에 들지 않는 - 살롱의 그림들에 대한 견해들을 얘기하면서 그의 주위는 열띤 대화로 시끄러웠다. 코르몽의 혈거인과 샤플렝의 사교계 인사와 부그로의 몽상가에 대한 높은 평가들이 있었다. 한데 사전트의 아멜리에 대해서는⋯⋯.

랠프 커티스는 오후의 관람객들은 좀더 친절할 거라며 사전트를 달래려고 애를 썼다. 그들은 점심식사 후 전시장으로 돌아갔고, 사전트는 그림 앞에 선 사람들이 "이상하게도 놀라워!"하고 좀더 솔직하게 말하는 것을 들었다. 하지만 그는 또한 초상화 근처에서 우물거리는 신사들이 젊은 여자들이 들어와 충격적인 영상을 보고 창피한 나머지 순진한 얼굴에 홍조를 띠는 것을 보기 위해 기다리고 있는 것을 보았다. 〈마담X〉가 성공작이 된다 하더라도 마네의 〈올랭피아〉처럼 스캔들을 일으키는 데 있어 성공한 작품이 될 것이 분명했다.

사전트와 커티스는 살롱이 문을 닫을 무렵의 늦은 오후에 산업 궁전을 떠났다. 사전트는 그가 생각하기에 자신이 경험한 일에 대해 연민을 보일 것 같은, 친구이자 후원자인 보잇 부부를 찾아가고 싶었다. 커티스는 사전트의 스튜디오로 갔는데 그것은 현명한 결정이 아니었다. 얼마 있지 않아 상심한 아멜리와 화가 난 그녀의 어머니가 그곳에 나타난 것이다. 아멜리는 "눈물로 목욕을 한 상태였고" 마리 비르지니는 분노로 길길이 날뛰었다. 마리 비르지니는 딸에게 너무도 많은 것을 투자했는데, 결국 붓질 몇 번에 그녀의 명성이 파괴된 것이다. 그녀는 그 즉시 사전트와 얘기를 해야만 했다.

커티스는 스튜디오에 자기 혼자밖에 없다며 그들을 돌려보냈다. 하지만 쉽게 물러서지 않는 아베뇨 부인은 몇 시간 후 다시 와서 사전트에게 따지며 살롱에서 초상화를 철거할 것을 요구했다. "내 딸은 신세를 망쳤고, 파리 사람 모두가 그녀를 조롱하고 있어요. 내 쪽 사람들은 싸울 수밖에 없어요"하고 그녀는 그에게 말했다. 고트로 가문 사람들은 누군가가 그들 중 한 명에게 모욕을 줄 경우 결투를 신청하는 것이 관습이었다. 당시 결투는 불화를 해결하는 흔한 방법이었고, 종종 언론에도 보도되었다. 마리 비르지니의 다음 말에는 엄청난 무게감이 실렸을 것이다. 그녀는 사전트가 즉시 살롱에서 그림을 제거하지 않을 경우 자신의 딸이 "슬픔으로 죽을 것"이라고 했다.

사전트는 그녀의 비난도, 간청도 받아들이지 않았다. 그는 마리 비르지니를 싫어하게 된 상태였고, 한 친구에게 보내는 편지에서 그녀를 추하게 스케치함으로써 그 감정을 분명하게 표현했다. 게다가 그는 그녀가 그 그림을 증오하는 것이 그날 대중이 보인 부정적인 반응 때문일 뿐이라는 것을 알고 있었다. 그전에 그녀는 스케치와 회화 작업 등의 오랜 과정을 지켜보았지만, 자신의 딸과 마찬가지로 불만스런 말이나 좋지 않은 반응을 전혀 보이지 않았었다.

하지만 이제 아멜리가 사람들의 조롱을 받으면서 모든 것이 변해버렸다. 다른 사람들이 그 초상화를 비난하자 아멜리와 그녀의 어머니 또한 그렇게 해야 한다고 느꼈다. 아멜리는 부정적인 반응은 예상하지 않았었고, 그래서 훼손된 명성을 되찾기 위해 신속하고도 조심스럽게 행동을 해야 했다. 가장 손쉬운 해결책은 그림을 없애는 것이었다.

사전트는 그 문제에 대해 분명한 생각을 갖고 있었고, 전혀 망설임 없이 그 의견을 아멜리의 어머니에게 표현했다. 그는 자신이 그녀의 딸을 그렸을 때 자신이 본 그대로 그렸다고 말했다. 사전트는 "인쇄된 그녀의 모습 이상으로 화폭에 실린 그녀의 모습에 대해 나쁜 얘기를 할 수는 없다"고 주장했다. 모델이 인공적인 창백함을 갖고 있고, 양식화된 포즈를 취하고 있는 〈마담X〉는 실제 여자의 정확한 반영이었다. 사전트는 물러서지 않았고, 마리 비르지니는 불만과 화를 터트리며 스튜디오를 떠났다.

사전트와 커티스는 밤새 얘기를 했다. 사전트는 표면적으로는 아베뇨 부인의 비난에 아무런 영향을 받지 않은 것처럼 행동했지만, 그녀의 말에 자신의 예술가로서의 자존심이 상처를 입었다고 커티스에게 말했다. 더 나아가 그는 한동안 파리를 떠나고 싶다고 말했다. 하지만 커티스는 그러한 도피는 필요 없을 수도 있다고 말했다. 이튿날 신문에 평이 실릴 것이고, 그의 그림에 미래가 있을 수도 있다는 희망은 아직 있었다.

◀ 존 싱어 사전트
〈자화상〉 1886년,
애버딘 화랑 & 박물관 소장.
존 싱어 사전트는 복잡하지 않은
사람으로 보였을 수도 있지만 그의
그림과 마찬가지로 편안해 보이는
표면 아래에 크나큰 복잡함을 숨기
고 있었다. 그가 서른이었을 때 그
린 이 자화상에서 그는 얼굴의 반
은 빛 속에, 다른 반은 그림자 속에
배치함으로써 자신의 모호함을 암
시했다.

▶ 아멜리(왼쪽)과 발랑틴 아베뇨
1864년경, 역사적인 뉴올리언스 컬렉션의
윌리엄스 리서치 센터,
아멜리와 그녀의 여동생을 찍은 이 사진은
남북전쟁 동안 뉴올리언스에서 촬영되었다.
발랑틴은 그 후 오래지 않아 열병으로 죽었다.

♠ 존 싱어 사전트
〈집에 있는 포지 박사〉 1881년, UCLA 햄머 박물관, 로스엔젤레스
아름다운 시절의 파리의 유명한 부인과 의사이자 바람둥이를 그린
이 초상화에서 사전트는 르네상스 시대의 왕자를 보았다.
포지의 인생 속의 여자들, 사라 베른하르트를 포함한 많은 여자들이
그를 "신 박사"와 "사랑 박사"로 불렀다.

▲ 존 싱어 사전트

〈건배를 하는 고트로 부인〉 1883년, 이사벨라 스튜어트 가드너 박물관, 보스턴

아멜리 고트로를 처음 그렸을 때 사전트는 모든 붓질에서 자신의 아름다운 모델에 대한 매혹을 표현했다.

그는 촛불을 밝혀 그녀의 모습을 낭만적이며 부드럽고, 사랑스러우며 유혹적으로 보이게 했다.

↟ 존 싱어 사전트

〈고트로 부인〉(마담 X), 1883년경, 포그 미술 박물관, 캠브리지, 매사추세츠

이 수채화 습작 속에서 아멜리는 완성작에서와 똑같은 멋진 검정색 가운을 입고 있지만 책과 함께 소파에 앉아 있는 그녀의 포즈는 사전트가 궁극적으로 그린 것이 아니다. 그는 몇 달간 실험을 한 후 아멜리를 탁자 옆에 서게 했다.

↑ 고트로 부인의 사진

1884년, 메트로폴리탄 미술관, 뉴욕

1884년 파리의 살롱에 등장한 사전트의 그림. 아멜리 고트로의 어깨끈이 흘러내린 모습은 스캔들을 야기했고, 그로 인해 화가는 놀라게 되었으며, 모델은 눈물을 쏟게 되었다.

↑ 존 싱어 사전트

〈마담X〉(피에르 고트로 부인) 1883-1884년, 메트로폴리탄 미술관, 뉴욕

살롱이 끝난 후 사전트는 흘러내린 어깨끈을 적당한 위치에 놓아 〈마담X〉를 다시 그렸다. 그는 그 초상화를 그 후 삼십 년간 자신의 스튜디오에 보관하다 아멜리가 죽은 후 메트로폴리탄 미술관에 팔았다.

🔺 존 싱어 사전트
〈돌풍〉 1883-1885년경, 개인 소장
쥐디트 고티에는 보헤미안 작가이자 예술가로 빅토르 위고와 리하르트 바그너를 포함해
당대의 가장 유명한 남자들을 좋아했다. 사전트는 그녀를 그렸고, 브르타뉴에서 〈마담X〉
를 그리면서 그녀를 좋아하게 되었다.

◀ 존 싱어 사전트
〈알베르 드 벨러로쉬〉 1883년경, 테일러 박물관 소장, 콜로라도 스프링스 미술관
알베르 드 벨러로쉬는 사전트의 친구이자 동료 화가이었으며 어쩌면 연인이었을 수도 있다. 그를 "아기 밀뱅크"라고 애정을 담아 부른 사전트는 벨러로쉬를 서른 점 넘게 스케치하거나 그렸다.

▶ 존 싱어 사전트
〈카네이션과 백합, 백합, 장미를 위한 공부〉
1885년, 개인 소장
〈마담X〉의 스캔들이 있은 후 사전트는 자신의 미래에 대해 확신이 없었다. 어린 시절의 순수함을 환기시키는 장면인 〈카네이션과 백합, 백합, 장미〉는 그의 명성과, 자신에 대한 믿음을 회복시켜 주었다.

🔺 귀스타브 쿠르투아

〈고트로 부인〉 1891년, 오르세 미술관

〈마담X〉의 스캔들이 있은 지 칠년 후, 쿠르투아는 어깨끈이 흘러내린 하얀 가운을 입은 아멜리를 그려 사전트의 논쟁적인 초상화에 장난스런 경의를 표했다. 하지만 이번에는 사람들은 대부분 아무런 반응도 보이지 않았다.

# 스캔들

&#x273F; 5월 1일, 목요일에 잠에서 깬 사전트는 최초의 나쁜 평을 접했다. "레벤느망"에 기고를 한 비평가는 주저 없이 〈마담X〉를 혹평했다. "사전트 씨가 자신의 모델의 눈부신 아름다움을 표현했다고 생각한다면 실수를 한 것이다 … 그림이 갖고 있는 몇 가지 훌륭한 점이 있긴 하지만 우리는 모호한 표현과 인물의 저속함에 충격을 받는다." 모호함과 저속함이라는 비판은 작품이 "멋지고" "뛰어나다"라는 얘기를 듣는 데 익숙한 사전트에게는 절망적인 것이었다.

또 다른 좋지 않은 비평이 이어졌다. 살롱 개최 전 "르 골르와"를 통해 사전트에 대해 우호적으로 썼던 루이 드 푸르코는 이제 그림을 본 관람객들이 한 비난으로 열 페이지를 채울 수도 있다고 말했다. "역겹다!", "지루하다!", "괴물 같다!"는 그가 얘기한 몇 가지 사례에 지나지 않았다. 사전트의 상황은 곧 불안정하게 되었다. 화가로서 그는 - 대가처럼 빛을 사용하고, 거장처럼 붓질을 하는 재능으로 - 늘 찬사를 받아왔지만 이제 비평가들은 그를 공격했다. 과거에 사전트의 작품에 열광적이었던 앙리 우세이예는 〈마담X〉가 테크닉이 부족하다고 불평했다. 그는 사전트가 상을 받은 직업 화가는 물론이고 학생이 저질렀다 해도 받아들여질 수 없는 중대한 실수를 범했다고 비난했다. 우세이예는 "옆모습은 노골적이며, 눈은 아주 작고, 입은 알아볼 수가 없으며, 색채는 창백하고, 목은 우악스러우며, 오른쪽 팔은 명확한 표현이 부족하고, 손은 뼈가 없는 것 같다. 노출이 심한 보디스는 상체와 닿지 않는다. 그것은 살과 전혀 접촉하지 않는 것처럼 보인다"고 썼다. 아마추어 아트의 비평가 역시 화가로서 사전트의 기술에 대해 비슷한 모욕적인 말을 했다. "무례할 정도로 추하며, 미술의 모든 규칙을 무시하고 있는 이 초상화는 마음을 상하게 만든다. 화가가 이전에 성공한 적이 있어 자동적으로 통과되지 않았다면 심사위원들은 이 작품을 받아들이지 않았을 것이다."

가장 놀랍고, 가장 치명적인 비판은 사전트가 모델을 잘 살리는 초상화를 그리지 않았다는 데 집중되었다. 사전트는 자신이 본 대로 그렸다고 주장했지만 대부분의 비평가들은 아멜리의 실제적인 아름다움과 캔버스 위의 매력적이지 않은 모습 사이에 커다란 차이가 있다는 데 동의했다. 모델을 실제보다 못하게 그린 초상화는 화가의 평판뿐만 아니라 수입도 위협하는 것으로 화가에게는 죽음의 키스 같은 것이었다. 비평가들은 잠재 고객들이 샤를르 샤플렝 같은 초상화가들에게 작품을 의뢰할 경우 자신을 매력적이면서도 기분 좋게, 실제 모습과 비슷하게 그려줄

텐데 왜 사전트의 손에 자신을 맡겨 추하고 역겹게 보이도록 만들겠냐고 물었다. "르 프티 주르날 드 파리"는 "샤플렝은 예쁜 여자들이 찾는 화가이다. 올해 사전트에 대해 같은 얘기를 할 수 없는 것이 유감이다"라고 썼다. 어떤 비평가들은 전성기에도 평범한 화가였을 뿐인 샤플렝을 모델을 잘 살린다는 이유만으로 더 나은 화가로 보았다.

한 비평가는 사전트가 과도한 야심을 부렸는데 그것이 약점으로 작용해 그토록 실망스런 작품이 나왔다고 했다. 클로드 필립은 자신의 비평에서 실제로 〈마담X〉를 〈올랭피아〉에 비교하지는 않았지만 두 그림 사이의 유사성을 암시했다. "많은 논의가 되고 있는 사전트 씨의 초상화는 스캔들에 힘입어 성공을 거두었다. 그의 의도는 소설 같은 효과를 가진 작품을 만드는 것이 분명했다. 그는 세련됨과 대담함으로 미술계의 찬사와 대중의 놀라운 반응을 이끌어내려고 계산을 했다. 그리고 이 작품을 통해 작가는 자신이 원한 것 이상으로 성공을 거두었을 수도 있다."

비평가들은 여러 잡지에서 계속해서 부정적인 평을 썼다. 사람들의 심한 반감에 놀라고 절망한 사전트는 살롱에서 그림을 철수하는 문제에 대해 생각했다. 그는 첫 단계로 좀더 나이든 심사위원 중 하나인 부그로에게 초상화를 가져와 다시 손질을 해 살롱의 관람객들이 좀더 받아들일 수 있는 것으로 만들 수 있도록 허락해달라고 했다. 그는 관람객들이 가장 큰 반감을 표하는 부분인 흘러내린 어깨끈을 수정하고자 했다. 당시 부그로는 바쿠스와 장난을 치고 있는 알몸의 로마인들을 그렸지만 누구도 반감을 갖지 않았고, 오히려 찬사를 받고 있었다.

그런 그는 사전트의 제안에 격분했다. 살롱 출품작은 결코 벽에서 떼

어내거나 어떤 식으로든 수정할 수 없었다. 그는 사전트에게 그 규칙에 도전하는 것은 심각한 결과를 낳을 수도 있다고 엄중하게 경고했다. 그것은 살롱의 정체성 자체를 위협하는 것이었다. 그런 일은 받아들여질 수 없었고, 〈마담X〉는 살롱이 끝날 때까지 아무런 수정 없이 그 자리에서 그대로 보여지게 될 것이었다.

이 주째 접어들었을 때 사전트의 그림은 전시회 전체가 실패라는 상징이 되었다. "레벤느망"의 사설은 화가들의 작품이 형편없다는 주장을 하며 사전트의 그림을 예로 들었다. 사설은 아멜리의 피부색 같은, 초상화의 눈에 띄는 점들을 지적하며 그림이 "끔찍하며" "구역질이 난다"고 했다. 그 사설은 사전트 같은 화가들이 사람의 얼굴 대신에 "초록빛과 회색빛이 돌며, 시체 같고 곰팡이가 핀 것 같은, 겉과 속을 뒤집은 토끼 가죽을 그렸다 … 그림은 이십 미터 떨어진 지점에서 보면 뭔가 있는 것처럼 보인다 … 사람들은 그것을 인상주의라고 부른다. 하지만 좀더 가까이 다가가 3초만 주의를 기울이면 끔찍할 뿐이라는 것을 깨닫게 된다"고 주장했다. 가혹한 평과 함께, 사전트와 아멜리와 그림에 대한 악의적인 만화와 삽화도 등장했다. 르 샤리바리는 아멜리의 젖가슴을 카드 위에 아주 큰 하트로 바꿔놓은 삽화를 실었는데, 그 그림 속에서 그녀의 흘러내린 어깨끈은 유난히 눈에 띄었다. 삽화가는 아멜리의 코를 실제보다 훨씬 길게 만들어 그녀의 추한 모습에 관심을 기울이게 했다. 삽화의 표제는 "새로운 모델 - 카드 게임 - 을 위한 하트 에이스"였다.

장난스러우며 상스런 "라 비 파리지엔느"는 그 그림을 모조 광고에서부터 모방 편지에 이르기까지 모든 점에서 풍자를 했다. 한 기사는 너무도 하얗고, 모공이 없는 아멜리의 피부가 흑두병 치료제를 광고하는 데 사용될 수도 있다고 했다. "사전트 씨는 잘 알려진 향수업자가 그림을 사용할 수도 있게 했다. 그 그림은 흑두병의 치료 전과 후로 불리게 될 것이다." 성적 요소에 초점을 맞춘 또 다른 기사는 자신들의 그림을 변호하는 화가들의 허구적인 편지를 실었다. 그 편지에서 사전트로 여겨지는 화가는 "사람들은 내가 아름다운 마담 G를 본래보다 덜 아름답게 만들었으며 … 그녀의 얼굴에 모두가 알아볼 수 있는 눈부신 투명함이 없다고 하고 있다. 한데 잠깐만! 내 그림은 기계적인 화폭이다. 여섯시면 운이 좋은 소수의 사람들을 위해 보디스를 지탱하고 있는 체인이 떨어져 드레스가 내려가서 상상할 수 있는 가장 완벽하고 가장 멋지며, 가장 우아하고 가장 부드러운 리놀륨 하단을 드러내준다. 질문 사항이 있다면 미술관 관리인에게 보내기 바란다."

  "라 비 파리지엔느"는 성적으로 암시적인 삽화를 다루는 데 전문적이었고, 살롱에 대한 기사를 다루면서 전시장에 있는 사랑스런 육체를 독자들이 자세히 볼 수 있도록 만들었다. "살롱의 작은 기념품들을 부탁하라! 다양한 정도로 옷을 벗은 귀여운 여자들이 다양하게 있다. 삽화가 들어간 팸플릿에는 모델들의 주소가 있다. 돋보기를 달라고 부탁하라." 유부녀였음에도 불구하고 아멜리는 거의 알몸인 모델로 소개되었다. 한 삽화는 젖가슴이 드러나고, 그 유명한 어깨끈이 흘러내린 그녀를 보여주었다. 그 아래에 있는 표제의 첫 문장은 그녀에게 직접 "멜리, 당신의 드레스가 흘러내리고 있어요!" 하고 소리치고 있었다. 그녀의 가상의 대답은 "그건 일부러 그런 거예요 … 그냥 나를 내버려둬요"라는 짧은 말이었다.

풍자에 있어 좀더 지적인 "르 골르와"는 아멜리가 사전트에게 할 말을 시로 표현했다. 그 시는 모나리자와 마담 레카미에(자크 루이 다비드가 그린 〈레카미에 부인의 초상〉의 주인공 - 옮긴이) 같은 모델들이 자신을 그린 사람을 예찬하는, "과거의 대단한 미인들과 그들을 그린 화가들, 그리고 아름다운 마담 고트로의 경우"라는 기사의 일부였다. 시 속에서 아멜리는 사전트에게 자신이 창피스러우며 화가 났다고 말했다.

**아름다운 마담 고트로가 사전트 씨에게 보내는 글**

오 친애하는 화가여,
맹세컨대 나는 온 마음을 다해 당신을 사랑합니다.
한데 그것은 정말로 이상한 표현이군요!
색채도 무척 이상하고요!

정말이지 나는
매일 살롱에서
얼굴에 연민을 담고 나를 머리에서부터 발가락까지
훑어보는 내 친구들을 보는 것이 부끄러워요.

"정말 그녀야?" - "아냐." - "내가 어떻게 알겠어?"
"그녀가 맞아, 카탈로그를 봐!"
"정말 그렇다면 이건 신성 모독이야!"

"나가! 정말 그녀야! 그렇게 보여!"

한데 전혀 그렇게 보이지 않았어요.
하늘에 맹세컨대 나는
당신이 내 초상화를 그렸을 때
보다 나은 어떤 것을 꿈꿨어요.

그것은 내가 속죄를 해야 하는 실수였어요.
하지만 그건 그냥 너무 나빴어요!
매일 나는
내 그림 옆에 가서 서 있을 거예요 …
그렇게 하면 내가 입은 해가 사라질 거예요.

1884년 여름 내내 파리의 신문에 글을 쓴 사람들은 보다 재치 있는 모욕을 가하느라 경쟁을 했다. "르 프티 주르날"은 "무도회 가운 차림의 나쁜 스케치보다 화장복 차림의 훌륭한 초상화를 갖는 것이 낫다"고 썼고, 페르디캉은 "사전트가 그 초상화를 그린 후오 우리는 그녀를 이상한 마담 고트로라고 부르고 있다"고 했다. 또한 "르 피가로"에서 알베르 볼프는 "한 번만 더 애를 쓰면 부인은 자유롭게 될 것이다"라고 아멜리의 젖가슴에 대해 말했다.

그러나 이러한 비난과 조롱의 쇄도 속에서도 몇몇의 긍정적인 목소리가 들렸다. 몇몇 비평가들은 자신이 그 그림을 미덕의 안목으로 본 것에 대해 찬사를 표했다. 그들은 실물을 비슷하게 포착하는 사전트의 능력이나 기분 좋은 이미지를 구성하는 그의 재주에 대한 논쟁 너머를 보았다. 그 그림이 검정색 가운을 입은 창백한 여인을 피상적으로 묘사한 것 이상의 것이라는 사실을 알아본 그들은 사전트가 복잡하고, 야심적이며, 상징적이고, 심리적인 초상화를 그렸다고 칭찬했다. 그들의 눈에 〈마담 X〉는 한 여자의 초상에 지나지 않는 것이 아니었다. 그것은 사교계 전체를 묘사한 것이었다. "이런 그림은 하나의 기록이다"라고 "라 누벨 르뷔"의 비평가는 주장했다. "지금부터 한 세기 후면 우리의 증손자들은 1884년을 떠올리며 이 이상의 최고의 여자를 상상할 수 없을 것이다." 이 비평가는 사전트가 아멜리를 우아함의 궁극적인 상징으로 묘사했다고 믿었다.

앙드레 미셸은 「미술」이라는 잡지에서 그 그림의 도상학적인 측면에 대해 비슷한 얘기를 했다. 그는 "다음 세대의 비평가들은 이 말 많은 작품에 대해 좀더 자유롭게 평을 하게 될 것이다. 그들은 이 그림에서 1884년 '상류층의 삶의 기록'을, 그리고 신선하고 건강한 개화보다는 규방의 꽃에 더 관심이 있는, 과열되고 부자연스런 문명이 기꺼이 유행으로 만든 한 여자의 이미지를 찾을 것이다. 그리고 각각의 세대들이 나름대로 자연스런 작품에 대한 이미지를 다시 만드는 것이 사실이라면 미래의 비평가들은 여기서 이상적인 형태로 구현된 파리 사람들의 국제주의를 보게 될 것이다." 이 비평가들은 아멜리를 그린 사전트의 그림이 파리 사교계에 대한 진정한 초상 - 그리고 어쩌면 비난 - 이라는 것을 이해했다. 오만하고 자기도취적인 그녀의 이미지는 벨 에포크를 특징지어준, 화산 위에서도 춤을 춘다는 태도를 표현했다.

이십 년 동안 미술 비평을 써온 사전트의 친구 쥐디트 고티에는 "르 라펠"에 쓴 살롱에 대한 평에서 그를 "미술의 대가"라고 칭찬했다. 그녀는 〈마담X〉가 "한 화가가 조각가처럼 그린 현대적인 여성의 정확한 이미지"라며 그것의 "환상적인 아름다움"을 높이 샀다.

하지만 사전트의 논쟁적인 작품을 예찬한 고티에와 다른 사람들은 소수인 게 분명했다. 여러 잡지에서 비난과 조롱을 당한 사전트는 수그러들 줄 모르는 스캔들의 한가운데에 갇히게 되었다. 실제로 외국의 언론들이 그가 실패한 소식을 자국에 전하면서 사태는 더욱 나빠졌다. 얘기가 프랑스에서 영국과 미국과 다른 나라들로 전해지면서 사전트는 힘들여 구축했던 명성이 훼손당했다.

또한 사전트는 당장의 문제에도 직면하게 되었다. 살롱이 개최되기 전 그는 그 초상화를 아멜리와 그녀의 남편에게 상당한 돈을 받고 팔 수 있을 것으로 기대했었다. 하지만 대중들의 조롱이 쇄도하자마자 고트로 부부는 그 그림은 원치 않는다는 것을 분명히 했다. 사전트는 미술가로서 처음으로 실패를 맛보았다. 최고의 초상화가가 되겠다는 목표를 이루는 대신 그는 자신이 하룻밤 사이에 실패한 인물이 될 수도 있다는 치명적인 가능성에 직면하게 되었다.

# 계산된 조처

※ 사전트가 화가로서 자신의 생명을 구하려고 즉시 행동하지 않는다면 파리에서 명성을 얻고 성공을 거두겠다는 꿈은 끝이 날 수도 있었다. 살롱이 끝나자마자 그는 〈마담X〉를 회수해 스튜디오로 가져왔다. 한 번도 그곳을 떠난 적이 없는 것처럼 아멜리는 또다시 그 방을 지배했다. 하지만 이제 사전트는 그 초상화를 자신이 원하는 대로 할 수 있었다. 그는 더 이상 외부의 압력은 받고 있지 않았다. 아멜리와 그녀의 가족은 자신들이 소유하지 않은 초상화에 대해 어떤 영향력도 행사하지 못했다. 그는 그 그림을 자신의 생각대로 수정할 수 있었다. 사전트는 자신이 부그로에게 그 작품을 다시 손질하게 해달라고 했을 때 생각했던 것을 다시 떠올렸다.

사전트는 몇 번 그림을 긁고 붓질을 해 눈에 거슬리는, 흘러내린 어깨끈의 흔적을 모두 없앴다. 그런 다음 마찬가지로 민첩하게 아멜리의 어깨에 적절하게 앉아 있는 새 어깨끈을 그렸다. 그 단순한 수정을 통해 드레스의 보디스는 안전한 것처럼 보였다. 그리고 그녀의 포즈 또한 덜 암시적으로 되었고, 그녀의 태도는 덜 저돌적으로 되었다. 마치 흘러내린 어깨끈은 존재한 적이 없었던 것처럼 보였다.

사전트는 다시 손질을 한 그 그림을 전시할 계획은 전혀 없었다. 그의 스튜디오에 갇혀 있는 그것은 오로지 그를 위해서만 존재했다. 하지만 그 그림을 볼 때마다 그는 살롱에서의 뼈아픈 실패를 떠올렸을 것이다. 그리고 그것은 그가 아멜리에게 매혹되었던 일과, 그들의 협력이 불운한 결과로 이어진 불행한 기억을 떠올리게 해주었다. 그는 그것을 바꾼 후에야 - 어떤 의미에서 역사를 다시 쓴 후에야 - 자신의 인생을 되찾을 수 있었다.

실제로 그는 다음 단계로 나아갔다. 그는 얼마간의 전망을 회복하기 위해 파리를 떠나고 싶었다. 그는 7월에 영국의 농촌에서 비커즈 대령의 딸들을 그리기로 되어 있었지만 필요 이상으로 프랑스에서 더 시간을 보내고 싶지 않았다. 그는 유월 초에 헨리 제임스에게 공손하면서도 아부를 하는 편지를 보내 자신과 더 가까워지고자 하는 그의 명백한 욕망에 부채질을 했다. 사전트는 "런던으로 가는 것은, 특히 파리를 떠나는 것은 유쾌할 겁니다. 나는 이곳 사람들에게 진력이 났어요 … 당신이 조만간 런던을 떠나지 않기를 바래요. 그곳에서 내가 행복해지는 데는 당신이 꼭 필요해요"라고 썼다.

사전트는 6월 10일 런던에 도착했고, 다음 한 달 동안 제임스는 사람들을 만나며, 사전트가 파리에는 완전히 등을 돌렸다고 설득했다. 프랑스의 소문을 퍼트리길 좋아하는 사람들과는 대조적으로 런던에 있는 사전트의 친구들은 고트로의 초상화에 대해 무척 우호적이었다. 살롱에서의 스캔들에 대한 소식이 영국 해협을 건너왔음에도 불구하고 사전트가 동료라고 생각한 오스카 와일드와 같은 반항적인 예술가들에게는 전혀 문제가 되지 않았다.

하지만 잠재 고객들은 사전트에게 쏟아진 비판에 좀더 민감했다. 그는 새로 작품을 의뢰받는 데 어려움을 겪었지만 다행히도 비커즈 대령은 작품 의뢰를 철회하지 않았다. 대령은 여전히 사전트가 자신의 딸들을 그려주기를 바랐으며, 그를 자신의 셰필드 저택에 초대하며 환영했다.

사전트는 비커즈 대령의 딸들을 그리는 일에 대담하게 접근했다. 그는 세 자매를 반원형으로 배치했는데 둘은 함께 있고, 나머지 한 명은 따로 떨어져 있게 했다. 그리고 그들의 창백한 얼굴은 어두운 배경 속에 부조처럼 만들었다. 그 대담한 구도는 보잇 가문의 네 자매를 그린 그의 그림을 떠올리게 하는 것이었다. 자신의 딸들의 그림에 무척 기뻐한 비커즈 대령은 자신의 아내와 두 아들 또한 그려달라고 했다. 비커즈 가문의 다른 친척들도 초상화를 의뢰했고, 결국 사전트는 열세 명의 초상화를 그렸다.

비커즈 가문 사람들은 아멜리 고트로와 사뮈엘 포지처럼 다채롭고, 극적이며, 매혹적이지는 않았지만, 경제적으로 안정된 수입이 있는 유쾌한 사람들이었다. 사전트는 그들과 어울리는 것을 즐기게 되었고, 그들 가족의 무도회와 소풍에 기쁘게 참가했다. 그는 8월에 그들과 함께 잠시 바닷가로 휴가를 가기도 했다.

하지만 그가 영국에서 보낸 몇 달은 태평스러운 것만은 아니었다. 그는 영국 해협 양쪽에서 어중간한 위치에 있었다. 비커즈 집안사람들을 제외한 대부분의 영국인들이 그가 자신들의 취향에는 지나치게 프랑스적인 화가라고 생각했다. 그들은 그의 표현적이며, 화려한 그림 스타일이 경박한 느낌이 난다고 생각했다. 그리고 프랑스인들은 뚜렷한 이유 없이 그를 계속해서 거부했다. 살롱에서의 재앙은 결국 외국인일 뿐인 한 화가에 대한 그들의 뿌리 깊은 적대감을 드러냈다. 비평가들이 예측한 것처럼 그는 더 이상 사교계의 인사들로부터 작품 의뢰를 받지 못했다. 언어적인 재능과 국제주의적인 생각을 갖고 있던 사전트는 어디에서나 그곳을 자신의 고향처럼 느꼈었다. 하지만 프랑스인처럼 말한다고 해서 프랑스인이 되는 것은 아니었다. 그는 어디에도 속하지 않는 것처럼 보였다.

여름 내내 사전트는 미래에 대한 불확실함과 절망감을 느꼈다. 그는 그해 말 파리에 돌아가는 대로 직업을 바꾸는 문제에 대해서도 고민을 했다. 어쨌든 그는 많은 재능이 있는 사람이었다. 그는 한 친구에게 음악을 공부하거나 사업을 해볼 수도 있다고 말했다. 물론 그는 그 얘기를 반은 농담으로 한 것이었다.

그 시기 동안 작품 의뢰는 거의 들어오지 않았지만 그는 빈둥거린 적이 없었다. 그는 계속해서 그림을 그리며 자신의 기법을 실험하고 다듬었다. 수입이 적은 것이 그림을 그리는 그의 능력에는 영향을 끼치지 않았지만 일상생활은 더욱 힘들어졌다. 12월에 파리로 돌아간 그는 어려운 시기를 겪고 있는 화가보다는 잘 나가는 화가에게 더 어울리는 비싼 스튜디오의 임대료를 지불하는 데 어려움을 겪었다. 사전트는 교양 있는 사람이자 예술 후원자였던 집주인 폴 프와송의 아내와 딸의 초상화를 그려주는 것으로 집세를 내는 것을 대신하는 데 동의했다.

1885년 초 경제적으로 심각한 상황에 처하게 된 사전트는 과거 친구이자 애인과 비슷한 존재였던 루이즈의 어머니 에드워드 부르크하르트 부인으로부터 초상화를 그려달라는 부탁을 받았다. 그 일로 인해 그는 루이즈와 다시 만나게 되었다. 부르크하르트 부인은 둘을 결합시키려는 노골적인 의도를 드러내며, 사전트가 전체적인 구성을 끝냈을 때 루이즈를 그림 속에 넣어달라고 했다.

루이즈는 지난 몇 년 사이 달라져 있었다. 그녀는 더 이상 상냥하고 정숙한 숙녀가 아니었다. 〈에드워드 부르크하르트 부인과 그녀의 딸 루이즈〉 속에서 머리에서 발가락까지 진홍색 옷을 입고 있는 그녀는 전혀 다른 이미지를 발산하고 있다. V자형으로 파진 그녀의 이브닝드레스는 목과 팔을 드러내고 있다. 그리고 팔에 두른 진홍색 리본은 창백한 살갗과 놀라운 대조를 이루고 있다. 유행을 따라 위로 빗어 올린 그녀의 머리에는 진홍색 깃장식이 달려 있다. 검정색 옷을 입고 안락의자에 앉아 있는 부르크하르트 부인은 옆쪽을 응시하고 있는 반면, 그녀의 뒤에 있는 루이즈는 자신감을 드러내듯 관람객과 화가를 똑바로 쳐다보고 있다. 기도를 드리듯 의자 위쪽에 모아져 있는 루이즈의 두 손은 자신에게 다시 한 번 기회를 달라고 화가에게 간청하고 있는 듯하다.

사전트는 이제 부르크하르트 부인이 둘을 결합시키려 한 1881년 여름

보다 마음이 더 약해져 있었다. 그 작품의 의뢰가 부르크하르트 부인이 사전트를 딸과 맺어주려 한 마지막 시도였는지는 모르지만 그는 그것에 저항할 수 있었다. 그는 그 그림을 완성한 후 앞으로 나아갔다.

사전트는 부르크하르트 집안 사람들 같은 친구들의 지원은 고맙게 생각했지만 이따금 하나의 작품을 의뢰받은 후 또 다른 작품을 의뢰받는 것에 만족하지 않았다. 그는 화가는 가난해야 한다는 논리를 받아들인 적이 없었다. 그는 늘 분명한 사업 계획을 갖고 있었고, 화가로서 어떻게 앞으로 나아갈지에 대한 전략도 있었다. 한데 이제는 어떻게 해야 좋을지 잘 알 수 없는 것처럼 보였다.

봄에 사전트는 살롱에 그림을 전시할 수 있는 권리를 이용해 〈비커즈 집안의 딸들〉과 〈알베르 비커즈 부인〉을 제출했다. 그것들은 받아들여졌고, 전시되었지만 비평가들은 기껏해야 미온적인 반응을 보였을 뿐이다. 실제로 그 그림들은 거의 주목을 받지 못했는데, 그것은 전에 작품들이 신문의 일면에 실리기도 한 작가에게는 모욕적인 일이었다. 다른 많은 관람객들 또한 미온적인 반응을 보였다. 그리고 버논 리 역시 살롱에서 사전트의 그림 옆에 걸린 휘슬러의 〈아치볼드 캠벨 양의 초상화〉가 "존을 흠뻑 두들겨주고 있다"고 말했다. 그의 친한 친구는 휘슬러의 그림이 훨씬 훌륭하다고 생각한 것이다.

1885년 여름 사전트는 영국으로 돌아가 에드윈 오스틴 애비와 함께 시골에서 보트 여행을 했다. 그 여행은 기분 좋게 시작되었다. 날씨는 좋았고, 사전트에게 풍경은 신선하고 흥미로웠다. 그가 템스 강에서 시간을 보낸 것은 그때가 처음이었다. 그는 저녁 하늘을 배경으로 강둑에서 빛을 발하고 있는 중국의 등을 보고 그것에 매료되었다.

하지만 사전트가 목가적인 풍경에 안전함을 느끼며 흐린 강물 속에 머리부터 다이빙을 했고, 바닥에 있던 대못에 머리를 박으면서 불행한 일이 일어났다. 심한 상처를 입었음에도 불구하고 그는 계속해서 부주의하게 행동했고, 다시 머리를 박았으며, 상처가 깊어졌다.

애비는 친구의 육체적인 상태와 마음 상태에 대해 걱정을 했다. 그는 사전트가 또 다른 상처를 스스로에게 입히기 전에 쉴 수 있는 안전하고 조용한 곳이 필요하다고 생각했다. 그의 머릿속에 곧 떠오른 곳은 워즈워스와 다른 사람들이 목가적인 매력을 지닌 곳이라고 예찬한 지역인 코츠월드에 있는 마을인 브로드웨이였다.

문학 작품에는 인생의 어려운 시기에 마술 같은 샹그리라에 매혹된 방랑자들에 대한 전설로 가득하다. 브로드웨이는 사전트에게 그런 샹그리라처럼 다가왔다. 그는 미국과 영국의 매력적인 미술가들과 삽화가들이 머무는 - 동화에나 나올법한 마을에 살고 있는 - 자신을 발견하게 되었다. 그들은 모두 애비의 친한 친구들로, 무리의 중심에는 카리스마가 넘치는 미국인 부부 프랭크와 릴리 밀렛이 있었다.

프랜시스 데이비스 밀렛은 글쓰기와 그림과 흥미로운 사람들을 모으는 데 뛰어난 재능을 보인, 정력적인 르네상스 인간이었다. 본래 이름이 엘리자베스 메릴인 릴리는 기운과 상상력이 넘치고, 매력적이고 지적이며, 무척 배려가 깊은 여자였다. 그들은 두 아이 케이트와 로렌스와, 밀렛의 누이 루치아와 더불어 근처에 살거나 연중 끊임없이 찾아오는 손님들과 함께 공동체적인 삶을 살아가고 있었다. 애비와 밀렛 가족 외에도 브로드웨이에 있었던 사람들 가운데는 삽화가 프레데릭 바너드와 그의 가족, 그리고 시인이자 비평가인 에드먼드 고스와 그의 아내와, 화가 로렌스 알마 타데마와 결혼한 그의 처제가 있었다. 헨리 제임스 역시 그곳을 자주 방문했다.

1885년 밀렛 가족은 16세기에 돌로 지은 이상한 구조물인 판햄 하우스에 살고 있었다. 그곳은 예술가 촌의 본부였고, 공동체 활동의 중심지였다. 예술가들은 자신의 집을 엘리자베스 시대의 물건들로 장식해 그 시대의 분위기를 만들었고, 여자들은 종종 과거를 환기시키는, 길게 늘어지는 드레스를 입었다.

사전트가 브로드웨이에 도착했을 때 판햄 하우스는 밀렛 가족과 손님들로 꽉 찬 상태였고, 그래서 그는 근처 여인숙에 머물렀다. 하지만 그는 많은 시간을 밀렛 가족의 집에서 보냈다. 그는 이야기책에 나오는 것 같은 그 집의 분위기를 좋아했고, 드로잉과 그림으로 그것을 자세하게 기록했다. 그는 프랑스에서보다도 더 따뜻하고, 더 잘 스며드는 특이한 금색 빛을 보았다. 그는 커다란 백합과 장미와 양귀비로 가득한 야생 정원을 산책했으며, 특별한 목적지로 연결되지 않는 오솔길들을 따라 걸었다. 그는 허브 냄새로 가득한 깨끗한 공기를 들이켰으며, 그곳 시골과 파리의 차이점을 예리하게 인식했다.

그는 주위 환경에 기분이 좋았고, 또한 그것에서 영감을 받았다. 예술가 촌 사람들은 가족을 대신하는 존재가 되었다. 여러 점에서 그들은 사전트가 어렸을 때 피츠윌리엄과 메리 사전트가 그랬던 것 이상으로 그에게 도움을 주었다. 릴리 밀렛은 매력 있는 존재였고, 그는 파리와 브르타뉴에서 그랬던 것처럼 그녀에게 반했다. 하지만 이번에 그의 애정의 대상은 아멜리처럼 팜므 파탈도, 알베르 드 벨러로쉬처럼 금지된 열정의 대상도 아니었다. 릴리 밀렛은 가정적인 여신이었다. 그녀는 아이들과 정원에서 시간을 보냈으며, 공동체 내에서는 사람들의 원동력이었다. 정서적인 도움이 필요했던 사전트는 그녀를 무척 매력적인 존재로 느꼈다.

그는 여러번 릴리의 초상화를 그려 그녀에 대한 애정을 표현하려 했지만 자신의 시도에 대해 실망했다. 어느 날 그는 어깨에 라벤더 숄을 황급히 걸친 채로 편지를 부치러 집을 달려 나오는 그녀를 보았다. 그 모습에 반한 그는 그녀를 설득해 하려던 일을 멈추고 자신의 모델이 되게 했다. 그 즉시 그는 꿈을 꾸는 것 같으면서도 차분하고 만족스런 그녀의 사랑스런 얼굴을 포착했다. 숄을 걸친 그녀의 풍만한 몸은 통통하고 부드럽고 유혹적이었다. 그녀는 선이 날카로운 마담X와는 전혀 달라 보였다. 〈프랭크 D. 밀렛 부인〉이라는 제목의 초상화에는 사전트가 쓴 "내 친구 밀렛 부인에게"라는 간단한 말이 적혀 있다.

릴리 밀렛은 사전트에게는 안전한 매혹의 대상이었다. 그녀는 행복한 결혼생활을 영위하고 있었고, 자신의 가족에게 전념하고 있었다. 그는 그녀를 예찬하고, 그녀와 시간을 보내며, 그녀의 가까운 친구가 될 수 있었다. 아멜리의 경우에서처럼 환멸을 느낄 위험도, 쥐디트 고티에의 경우에서처럼 내밀함을 느낄 위험도 없었다.

브로드웨이에 있는 사전트의 친구들은 재미있는 놀이와 게임을 무척 좋아했다. 그들은 잔디밭에서 테니스를 치고, 아이들과 요란스럽게 술래잡기 놀이를 했으며, 떠들썩한 생일 파티에서 춤을 췄다. 사전트는 그들 사이에 껴 특이한 의상을 입고 월계수 관을 쓰고 연극과 활인화를 공연하기도 했다. 그러한 오락을 통해 그는 어린 시절 누리지 못했던 경험을 할 수 있었다. 저녁이면 사람들은 매일 밤 다른 사람이 계획한 다른 활동들을 하러 모였다. 자신의 차례가 되었을 때 그는 다른 사람들에게 시트에 그림자를 만들어 실루엣을 도려내는 법을 가르쳐주었다. 사전트는 자유롭게 피아노를 연주하며 바그너의 작품을 노래하며 그해 여름 모두가 불렀고, 뮤직홀에서 인기 있었던 노래인 "카네이션, 백합, 백합, 장미"와 같은 좀더 가벼운 곡을 원하는 청중들에게 차례차례 독일 가극을 부르게 했다.

그 노래와 정원에서 노는 아이들의 모습과 석양 무렵 템스 강에서 본 중국의 등에 대한 기억에서 영감을 받은 사전트는 브로드웨이에서의 경험을 그림으로 표현하고자 했다. 그는 아이들이 꽃밭에서 등을 들고 있고, 그들의 얼굴이 산란하는 금빛에 비치는 모습을 떠올렸다. 그 요소들 중 일부 - 늦여름의 빛과 시들고 있는 꽃과, 어려서 예측할 수 없는 아이들 - 는 통제하기가 어려웠다.

그에 굴하지 않고 그는 밀렛의 정원의 한 지점에 이젤을 설치했다. 그는 처음에 머리가 갈색인, 어린 케이트 밀렛을 모델로 썼지만 그녀에게는 실망스럽게도 그녀를 바너드의 아이들로 바꾸었다. 그들은 케이트보다 조금 더 나이가 많았으며, 기운이 더 넘쳤고, 사전트는 그들의 좀더 밝은 머리칼 색을 더 좋아했다. 사탕으로 유혹한 그들은 하얀 가운을 입은 채로 꽃과 등 가까이에서 자세를 취했다. 어른들은 사전트의 조수들과 배경 장식가, 그리고 관객 역할을 했다.

↑ 존 싱어 사전트 I ⟨프랭크 D. 밀렛 부인⟩ I 1885 - 1886년

사전트가 브로드웨이를 방문한 동안 그린 릴리 밀렛의 초상화는 그녀를 상냥하며, 정신적인 도움
을 주는 존재로 표현하고 있다. (개인 소장품)

몇 주 동안 매일 사전트는 석양이 지기 직전에 테니스 라켓을 놓고 캔버스와 물감을 챙기고 어린 모델들을 데리고 정원으로 갔다. 그는 늦은 오후가 저녁으로 바뀌는 마술적인 순간을 포착하기 위해 빛이 짧지만 완벽한 이십 분 동안 작업을 했다. 해가 지면 사전트는 친구들과 함께 커다란 캔버스를 들여놓고 다시 황혼이 질 때를 기다렸다. 그는 그 그림을 〈카네이션, 백합, 백합, 장미〉라고 불렀다.

그해 여름 사전트는 그 그림을 완성하지 못했다. - 어쩌면 완성하고 싶지 않았는지도 모른다 - 어쨌든 표면적으로는, 약해지는 빛 때문에 작업을 할 수 있는 시간이 줄어들고, 추위 때문에 아이들이 가운 아래에 바지를 입고 부츠를 신어야 해 그림을 완성할 수 있는 충분한 시간이 없었다. 하지만 마찬가지로 중요한 사실은 사전트가 브로드웨이에서의 한가한 시간이 끝나지 않기를 바랐다는 것이다. 그는 그곳과 그곳의 사람들과, 삶의 리듬에 매혹되었고, 이듬해 다시 그곳을 다시 올 이유를 찾고자 했다. 사전트는 기운을 회복시켜주는 브로드웨이에서의 이러한 경험에 의해 바뀌게 되었다. 아멜리와 포지와 다른 똑똑한 인물들의 세계는 뒤로 물러나며 영국의 완벽한 시골에 의해 대체되었다. 그럼에도 그는 런던으로 돌아가고 싶은 마음이 간절했다.

사전트와 달리 아멜리는 살롱이 끝난 후 도피를 하지 않았고, 파리에서 당시 상황을 가장 잘 이용하고자 했다. 그녀는 살롱이 끝난 후 몇 달간 힘든 시간을 보내긴 했지만 그녀의 어머니가 예측한 것처럼 수치심 때문에 죽지는 않았다. 신문 가십 칼럼에는 그 초상화에 대한 얘기가 끊임없이 등장했다. 한 남작부인의 집에서 열린 무도회에 대한 "레벤느망"의 기사에서는 "목선이 고트로 같은 자모이스카 공작부인은 검정색 벨벳 소매에 가는 다이아몬드 줄만 걸치고 있었다"고 했다. 그리고 페르디캉은 "릴뤼스트라시옹"에서 사라 베른하르트에 대한 얘기를 하면서 "그것은 존 사전트가 그린, 많은 논란을 빚어 유명해진 마담 고트로의 검정색 드레스를 지지하고 있는 - 또는 지지하고 있는 것처럼 보이는 - 혹은 슬립을 흘러내리게 하고 있는 그 유명한 체인이 아니었다"라고 표현하는 교묘한 방법으로 아멜리의 일화를 암시했다.

아멜리는 사람들이 자신을 우상화하는 것에 익숙해 있었고, 이런 종류의 관심은 굴욕적인 것이었다. 살롱이 열리기 전 몇 달 동안 그녀는 파리의 모든 무도회와 디너파티와 콘서트에 참석했었다. 이제 단호하게 체면을 유지하고자 한 그녀는 사교 모임에도 선택적으로 참석했고, 가장 중요한 행사에만 모습을 나타냈다. 그녀는 유월에는 롱샹 경마장의 그랑프리에만 참석했다. 하지만 기자들은 그녀가 경마장의 중앙이 아닌, 옆쪽에, 말들의 무게를 재는 곳에 서 있는 것을 보았다. 한 공작이 연 파티에서도 그녀는 이브닝드레스를 입지 않았다. 그녀는 누군가가 자신을 보고 검정색 가운을 떠올려서는 안 된다는 것을, 특히 기자들이 그래서는 안 된다는 것을 알고 있었다. "라 가제트 로즈"에 글을 쓴 사람은 아멜리가 "하얀 새틴 드레스를 입고 그물 모양의 진주 장식을 해 무척 아름다웠다"고 말했다.

경마와 다른 행사들이 끝나며 사교계 시즌이 끝나자 아멜리는 다시 여름을 보내러 브르타뉴로 갔다. 그녀는 파리에서 받은 굴욕을 잊고 쉬고 싶었다. 하지만 고트로 집안에는 나쁜 소식이 이어졌다. 지역 정치가가 되던 피에르의 두 번째 시도 또한 실패로 끝났다. 지역 신문 "르 살뤼"에 따르면 경쟁은 치열했고, 피에르는 유세를 하며 "가지 않은 데가 없었지만" 파라메의 유권자들은 그에게 등을 돌렸다. 생말로와 디나르는 파리에서 〈마담X〉에 대해 소문을 퍼뜨렸던 많은 사람들이 휴가를 보내는 곳이었고, 그래서 아멜리는 불쾌한 만남을 피하기 위해 조용히 지냈다. 생말로의 카지노 무도회를 다룬 기사에서도 그녀의 이름은 오르지 않았고, 그녀는 경마장에도 모습을 나타내지 않았다.

그해 여름 남부 프랑스에서 콜레라가 발생하면서 아멜리는 처음으로 공식적으로 모습을 드러냈다. 9월에 열린 자선 콘서트는 전염병의 희생자들을 위한 기금을 조성하기 위한 것이었다. 그 행사는 아멜리 자신이 조직했으며, 그것이 성공하면서 그녀의 명성과 사회적 위상은 손상을 받긴 했지만 여전한 것이 증명되었다.

아멜리는 사교계 모임에 가는 것을 즐겼으며, 영원히 숨어 지내고 싶은 마음이 없었다. 하지만 사전트와 마찬가지로 그녀는 스캔들의 후유증을 해소할 수 있는 전략이 필요했다. 그녀가 사람들이 얘기할 수 있는 다른 뭔가를 마련해줄 경우 소문은 잦아들 것이었다. 이제 머리를 치켜들고, 스포트라이트 속으로 들어가 새로운 이미지를 드러낼 시간이었다.

아멜리는 한 가지 목적을 갖고 파리로 돌아갔다. 그녀는 새 사교계 시즌을 맞아 디너파티와 전시회 개막과 자선 무도회에 대한 모든 초대를 받아들이고, 〈마담X〉 사건 따위는 없었던 것처럼 처신할 작정이었다. 다행히도 그 그림은 사전트의 스튜디오 안에 갇혀 있었고, 그녀는 사람들이 그것에 대해 잊어버리도록 그 안에 있기를 바랐다. 한편 그녀의 본

능은 - 이전에 그녀에게 커다란 도움을 주었던 - 그녀의 아름다움을 잘 살린, 정확한 그림을 그릴 수 있는 다른 화가에게 자신의 그림을 그릴 것을 위임하라고 그녀에게 말하고 있었다. 초상화 작업은 시간이 걸리고 - 완성까지는 몇 달 혹은 몇 년이 걸리기도 했다 - 힘이 드는 것이었지만 - 이번에는 제대로 하고 싶었고, 기꺼이 참을성을 발휘할 작정이었다.

그녀는 우리에게는 이름이 잊혀졌지만, 그녀의 지시를 따르고, 자신의 독창성을 증명하려고 애쓸 위험이 없는 화가를 발견했다. 그녀는 그에게 토마스 게인즈보로를 떠오르게 하는 방식으로 그려달라고 했다. 18세기 영국의 화가였던 게인즈보로는 〈파란 소년〉 같은 작품을 통해 귀족들을 형식적으로 묘사해 당대의 초상화를 주도했다. 1885년 혹은 1886년 그려진 이 초상화 속에서 멋진 승마복을 입은 아멜리는 경마장에서 쓰는, 깃털이 달린 모자를 쓰고, 한 손으로 가슴을 가리고 서 있다. 그리고 눈에 띄는 그녀의 코가 얼굴을 압도하고 있으며, 단추를 채우고 목에 리본을 한 그녀의 재킷과 셔츠는 얌체처럼 보일 만큼 얌전하다. 이름 없는 그 화가는 그녀를 매혹적으로 보이게 만드는 데는 실패했다.

놀라운 일은 아니지만 이 보잘것 없는 그림과 그것을 그린 화가는 아무런 관심을 끌지 못했다. 그 그림은 아멜리가 의도한 관심을 끄는 데 실패했으며, 그녀에게 아무런 도움도 되지 못했다. 비평가들은 아무런 할 말이 없었으며, 가십 칼럼에는 그림에 대한 언급이 전혀 없었다.

〈마담X〉 사건 이전에는 아멜리가 파티장에 도착하면 길에서 거의 난동이 일어났고, 신문에도 긴 기사가 실렸었다. 그리고 〈마담X〉 사건 직후에는 그녀는 자신과 초상화에 대한 부정적인 기사를 보는 데 익숙하게 되었다. 하지만 최근의 초상화에 대해 대중이 아무런 관심을 보이지 않는 것이야말로 그녀에게는 가장 끔찍한 악몽이었다. 사람들은 그녀에 대해 잊기 시작하고 있었다.

# 어떤 나이의 여자

1884년 살롱 이후 삼 년 동안 아멜리는 대중의 관심을 끌 방법을 찾았다. 그녀는 중요한 행사는 빠지지 않았고, 연극 초연이나 정치적인 리셉션 또는 자선 갈라 콘서트에도 거의 빠짐없이 참석했다. 하지만 그녀는 한때 자신에게 확실한 명성을 안겨주었던 자신의 얼굴이 사람들에게 전과 똑같은 효과를 주지 못한다는 것을 알고 있었다. 페르디캉과 다른 칼럼니스트들은 다른 사교계 여자들에 대해서처럼 짧은 언급을 하며 그녀의 활동에 대해 별로 관심을 보이지 않았다.

설상가상으로 아멜리의 서른 번째 생일이 다가오고 있었다. 서른은 사람들이 원하는 젊은 여자와 끔찍한 중년의 여자를 나누는 나이였다. 어떻게 하면 그녀의 명성을 되찾고, 파리 사람들이 다시 한번 그녀에게 관심을 갖게 할 수 있는 것인가?

아멜리는 새로운 초상화를 보여주는 것이 자신에게 관심을 갖게 할 수 있는 가장 효과적인 방법이라는 결론을 내렸다. 게인즈보로 스타일로 그린 초상화는 통하지 않을 것이었다. 그녀는 부정적인 반응을 야기하고 싶었고, 그래서 인습적인 스타일은 무시하고자 했다.

스타일과 개념과 포즈 문제를 해결하기 전 그녀는 화가를 찾아야 했다. 그녀는 예상치 못한 그림을 그릴 수 있는 누군가를 원했고, 그에 따라 카롤뤼 뒤랑이나 샤를르 샤플렝 같은 중견 초상화가는 배제해야 했다. 그래서 그녀는 살롱에서 주목을 끄는 초상화를 그리고자 하던 화가인 귀스타브 쿠르투아를 선택했다. 그 상황은 몇 년 전인 1884년 살롱에 출품할 대형 작품을 위해 아멜리와 사전트가 협력한 때를 떠오르게 한다. 하지만 이제 아멜리는 자신의 목적에 따라 포즈를 직접 취할 생각이었다.

그녀는 쿠르투아와의 작업 첫날 검정색 대신, 처녀처럼 보이는 하얀색 옷을 입었다. 부드러운 오간자(얇은 면 또는 레이온 등의 평직물 - 옮긴이)와 레이스로 만든 기성복 가운은 그녀의 훌륭한 몸매를 살렸을 뿐만 아니라 구름처럼 그녀의 몸 주위로 떠 있는 느낌을 주었다. 그녀는 성긴 숄을 손에 들었고, 한쪽 손목에는 보석이 박힌 걸쇠가 있는 여러 겹의 진주 팔찌를 찼다. 그리고 〈마담X〉에서처럼 머리를 옆으로 돌리고 있지만 이번에는 얼굴을 오른쪽으로 향하고 있다. 그녀의 목은 길며 코는 도드라지고, 머리는 느슨하게 쪽을 졌다.

쿠르투아의 초상화 속에서 아멜리는 무척 아름다운 것이 사실이었다. 그 그림을 보고는 시체 같은 피부나 오만한 시선에 대한 좋지 않은 얘기를 할 수가 없었다. 하지만 그녀는 매력적으로 보이는 것 이상이 필요했다. 그녀는 관람객들이 자신을 두 번 보게 할 뭔가를 해야 했다. 그래서 그녀는 믿을 수 없는 일이지만, 가운의 왼쪽 끈이 어깨에서 떨어져 매달려 있게 만들었다. 〈마담X〉를 교묘하게 암시하는 흘러내린 어깨끈은 사전트의 그림에서보다도 이 그림에서 훨씬 더 옷을 벗고 있는 것처럼 보이게 만들었다.

자신의 초상화에서 사전트는 아멜리의 어깨끈이 우연히 흘러내린 것처럼 보이게 만들었다. 하지만 쿠르투아의 초상화 속에서 그 효과는 계산된 것으로 다가왔다. 마치 아멜리와 쿠르투아가 이전의 그녀를 얼핏 보아서는 친숙하지만, 더욱 예쁘고 관능적으로 보이게 만듦으로써 사람들의 반응을 야기하려 한 것처럼 보인다. 이번의 흘러내린 어깨끈은 아멜리가 사람들의 주목을 호소하는 것처럼 보였다. 1884년 살롱 직후 그녀는 모두가 자신에 대한 얘기를 그만두기를 바랐다. 하지만 이제 그녀는 사람들의 눈에 띄기 위해서라면 어깨끈을 흘러내리게 하더라도 관심을 받고 싶어했다.

그 그림은 1891년 살롱에서 〈은행가의 아내 마담 피에르 고트로의 초상화〉라는 제목으로 전시되었다. 한 비평가는 그것을 "충실한 이미지"라고 불렀지만 우호적으로도, 그렇지 않은 방식으로도 길게 논의되지는 않았다. 그해 아멜리는 벽에 걸린 또 다른 그림일 뿐이었다. 그녀는 아무런 반향이 없는 것에 실망한 것이 틀림없다. 그녀의 몸을 대담하게 보여주는 것조차도 다시 한번 헤드라인 뉴스가 될 수 없다는 것은 실망스런 조짐이었다. 아멜리의 사교계의 삶 역시 그녀의 변화된 위상을 반영했다. 그녀는 여전히 사교계 모임에 갈 때면 평범한 남편 대신 유명한 사람들과 가는 것을 좋아했다. 하지만 최근 들어 그녀와 함께 가는 남자들은 예전만큼 흥미로운 인물들이 아니었다. 그녀는 행사장에서 러시아의 대사인 모렌하임 남작이나 전직 장관 위원회 회장인 앙리 브리송 같은 나이든 외교관들과 함께 있는 것이 목격되었다. 그들을 "눈에 띄는 사람"으로 부르는 것은 다분히 친절한 말이었다. 그들은 대머리였고, 머리가 희끗희끗했으며, 주름이 졌고, 포지처럼 잘생기지도 섹시하지도 않았으며, 강베타처럼 카리스마가 넘치지도 않았다.

아멜리가 아쉬운 대로 좀더 젊은 팬들과 어울려야 했던 밤이 있었다. 1892년 그녀는 자신의 딸의 친구인, 열다섯 살 된 가브리엘 프랭과 한 오페라에 나타났다. 프랭은 아멜리가 스물한 살 때 생말로에 있었을 때 네살이었다. 프랭의 가정교사는 마담 고트로의 명성을 알고 있었고, 그가 그녀와 단둘이 있는 것은 적절치 않을 수도 있다는 생각에 그를 대신해 그녀의 초대를 거절했다.

하지만 십대가 지났을 때 프랭은 심하게 불평을 했고, 가정교사는 결국 자신의 대동 하에 그가 그녀를 만나는 것을 허용했다. 세 사람은 아멜리의 마차를 타고 출발했다. 아멜리는 선이 단순한 하얀 가운을 입고, 머리에 초승달 모양의 다이아몬드 장식을 했다. 사람들은 세 사람이 웅장한 계단을 오르는 것을 지켜보며 아멜리의 피부와 머리칼과 노출이 심한 옷에 대해 귓속말을 주고받았다. 여자들은 오페라글라스를 들어 그녀의 모습을 좀더 자세히 보며 동료에게 그녀가 맞다는 얘기를 하기도 했다. 그들이 오페라글라스를 사용했다는 사실이 아멜리가 자신의 위상에 대해 걱정을 한 것이 근거가 있다는 것을 암시해주고 있다. 그녀의 인기가 정점에 이르렀을 때에는 그녀가 오페라 홀에 있는 것을 확인하기 위해 쌍안경으로 볼 필요가 없었던 것이다. 그때는 사람들이 소란스러운 것만으로도 그녀가 그곳에 있다는 것을 알 수 있었다.

1897년 아멜리는 또 다른 초상화에 대한 준비가 되어 있었다. 그녀는 사교계의 여자들과, 사라 베른하르트와 폴 베를렌, 그리고 로베르 드 몽테스키우 같은 유명인사들의 초상화를 전문적으로 그린 안토니오 드 라 강다라에게 그림을 의뢰했다. 강다라는 〈마담X〉를 잘 알고 있었고 - 그 역시 1884년 살롱에 작품을 전시했다 - 쿠르투아의 초상화 또한 보았다. 하지만 그는 자신의 초상화 속에서 그 두 그림을 환기시키고 싶은 마음은 없었다. 그는 자신의 모델을 무척 집중해 연구했고, 새로운 방법으로 그녀를 그리고자 마음을 먹었다.

많은 생각을 한 후 강다라는 서른여덟 된 자신의 모델에게 옆모습이 보이는 포즈를 취하게 했다. 그녀의 젖가슴을 강조한 사전트와 쿠르투아와는 달리 그는 재치 있게 그녀의 등에 초점을 맞춰 그녀의 모습이 예전 그대로인지 아닌지에 대한 논쟁을 피했다. 아멜리는 맨 어깨에서 유혹적으로 내려와 새틴 주름으로 허리를 감싸는 풍성한 하얀 가운을 입었다. 그리고 오른손에는 커다란 깃털 부채를 들고 있었다. 나이든 것을 가장 먼저 보여주는 부분들인 목과 위쪽 팔은 단단해 보이게 그려졌다. 그녀의 머리는 쪽을 지었는데, 그것은 그녀의 코를 덜 도드라지게 만들었다. 이 초상화는 과장되지 않으면서도 우아했다. 고트로 집안 사람들은 다른 초상화들에 비해 이 초상화를 더 좋아했고, 그래서 주프르와가의 저택에 그것을 걸어놓았다.

⬆ 안토니오 드 라 강다라 ⎮ 〈피에르 고트로 부인〉 ⎮ 1897년

아멜리는 자신을 우아하고 낭만적이며 멋지게 그린 강다라의 그림을 좋아했다. 아내가 죽은 후 피에르 고트로는 미국에 있는 사촌들에게 그 초상화와 그녀가 들고 있는 부채를 보냈다. (개인 소장)

아멜리가 1899년 마흔이 되었을 때 주위 세계는 극적인 변화를 맞고 있었다. 사람들의 생각은 새로워졌고, 새로운 발명품과 여가활동이 생겨났다. 에펠탑이 파리의 풍경을 압도했고, 자동차들이 오스망이 만든 대로들을 달렸으며, 뤼미에르 형제가 최초의 영화로 관객들을 사로잡았다.

하지만 아멜리에게는 새로운 것이 아무것도 없었다. 그녀의 구리색 머리칼은 그 색조를 유지하기 위해 헤나 린스가 필요했다. 그녀의 귀족적인 턱은 부드러워지고 있었고, 날씬한 몸은 살이 쪄 건장한 느낌이 들었을 뿐만 아니라 나이 또한 들어 보였다. 그녀가 매혹적인 젊은 신부로 사교계에 입문했을 때 그녀에게 사로잡혔던 몽테스키우는 그녀가 나이든 모습을 보이자 누구보다도 먼저 그녀를 조롱했다. 그는 "이제 그녀는 몸매를 유지하는 데 카노바의 주형은 말할 것도 없고 코르셋 또한 필요로 하고 있다"고 조롱했다. 조각가 안토니오 카노바는 몸매가 멋진 여자들을 대리석으로 멋지게 표현한 것으로 유명했다.

아멜리에게 바친 풍자적인 시 〈비너스〉에서 몽테스키우는 그녀를 조롱할 또 다른 근거를 찾아냈다.


그녀는 분홍색 덩굴손과 한계를 모르는 코를 갖고 있지.

사전트가 그린 초상화와 유니콘의 옆모습,

그리고 밤이면 그녀는

높은 사주식 침대(커튼이나 닫집을 단 침대 - 옮긴이)

에서 잠을 자네,

모로코산 깃털이불 속에서,

메아리치는 베개를 베고,

관자놀이 위의 연한 자줏빛 머리칼을 제때 빗을 준비를 한 채로.

그리고 그녀는 에나멜로 장식된 금색 모종삽을 갖고 있어 그 머리칼을

구할 수 있네.

그녀는 멋진 솜씨로

얼굴에 향기가 나는 회반죽과 석고를 바르네.

훌륭한 모습의 노후화된 잔해인 그녀는 여전히 돌아다니네,

그리고 그녀의 유명한 몸의 곡선은 매일 밤 그녀를 떠나

카란다쉬의 모습을 닮아가며 카노바의 모습은 얼마간 잃어가고 있네.


"카란다쉬"는 프랑스로 이주해와 풍자적인 만화로 명성을 얻은 러시아인 엠마뉘엘 프와레의 가명이었다. 카란다쉬와 카노바의 이름을 언급함으로써 몽테스키우는 아멜리가 예전의 몸매를 상실해 찬사보다는 만화의 대상으로 더욱 어울리게 되었다는 점을 지적하고 있다. 그리고 신랄하게 "금색 모종삽"을 언급함으로써 그녀가 삽으로 퍼듯 화장을 한다고 비꼬고 있다.

아마도 아멜리는 화장을 진하게 했을 것이다. 하지만 그녀는 자신이 나이가 들고, 다 자란 숙녀의 어머니라는 사실을 보완하려 했다. 그녀의 딸 루이즈는 스물두 살로, 그녀의 어머니가 그 나이였을 때만큼이나 아름다웠으며, 훨씬 더 생기가 있었다. 루이즈를 그녀의 어머니와 닮은 입상으로 묘사한 사람은 아무도 없었다.

얼굴이 아름답고 활기가 넘치는 성격 때문에 루이즈는 당시 프랑스

정계에서 부상하던 인물로 변호사였던 올리비에 잘뤼의 관심을 끌었다. 그들은 1901년 결혼을 했다. 아멜리는 결혼식에 참석하지 않은 것처럼 보인다. 혼인증명서 어디에도 그녀의 서명은 보이지 않는다. 하지만 그 중요한 날에 그녀가 참석하지 않은 것이 두 사람 사이의 관계에 영향을 끼친 것처럼 보이지는 않는다. 아멜리와 루이즈는 가깝게 지냈고, 매년 계속해서 레 셴느에서 함께 여름을 보냈다.

루이즈가 파리에서 남편과 살기 위해 집을 떠난 후 아멜리와 페드로 는 항상 편의를 위해 함께 살았던 자신들의 관계에 대해 다시 생각해보 게 된다. 몇 년 사이 그들은 약간 소원해진 상태였다. 그들은 처음에는 밤을 따로 보냈지만 그 후에는 따로 휴가도 보냈다. 아멜리는 정기적으 로 니스와, 유행에 민감한 프랑스의 다른 도시들로 여행을 갔고, 페드로 는 남미에 대한 취향이 여전했다. 그는 종종 칠레에 갔으며, 프랑스와 칠 레 사이의, 차액을 위한 거래에 대한 논문까지 썼는데, 그것은 중요한 연 구로 그로 인해 그는 그 분야의 전문가가 되었다.

고트로 부부는 서로 동떨어진 삶을 위해서는 따로 사는 것이 필요하 다는 결론에 이르렀다. 두 사람은 새로 합의를 했고, 페드로는 주프르와 가에 머물렀으며, 아멜리는 에펠탑으로 이어지는 좁은 길인 투르가에 있 는 아파트 건물로 이사를 갔다. 그녀의 새 주소지는 이전 주소지만큼 위 엄이 있지는 않았다. 부르주아적인 분위기를 확실히 풍기는 건물에는 실 용적인 입구와, 장식이 없는 정면이 있었다. 하지만 한 가지 좋은 점은 있 었는데, 그것은 아멜리에게 뉴올리언스의 아베뇨 가문의 저택을 상기시 켜주었을 수도 있는 커다란 안뜰과 정원이었다.

사실상 독신이자, 일정한 나이에 이른 여자이자, 두 아이가 있는 결혼한 딸의 어머니였던 아멜리는 잊혀진 부인이라는 불행한 상태에 처하게 된 것처럼 보였다. 한데 십 년도 더 지난 후 그녀는 예상치 못했던 곳에서 위안을 얻게 된다. 1905년 과거 이십 년 동안 〈마담X〉를 전시하라는 많은 요청을 뿌리쳤던 사전트가 마침내 그것을 런던에 있는 카팩스 갤러리에 전시하는 데 동의했다. 그 소식이 아멜리에게 전해졌고, 그녀는 전시회에 참석할 계획은 없었지만 전시회를 상상하며 심정적으로 갈등을 겪은 것이 분명하다. 그녀는 또다시 논란이 벌어질까 걱정이 되기도 했지만 동시에 그 초상화가 다시 자신에게 가져다 줄 관심을 원하기도 했다.

몇 년 사이 〈마담X〉를 숭배하는 사람들이 생겨났고, 사전트의 스튜디오에서 그 초상화를 본 사람들에 의해 그 명성이 높아졌다. 1903년에는 사전트의 작품들을 그라비어 사진으로 찍은 책이 출간되기도 한 상태였다. 카팩스 갤러리에서의 전시는 그 그림에 대한 새로운 관심을 낳았으며, 새로운 세대의 비평가들이 아카데미의 편견이나 과거의 위선적인 태도 없이 그것에 접근하게 했다. 아테나 신전이라는 잡지에 비평을 실은 로저 프라이는 그 초상화를 걸작이라고 일컬었다.

카이저 빌헬름 2세 또한 전시회를 본 후 〈마담X〉가 자신이 가장 좋아하는 그림이라고 선언했다. 그는 외교계의 사람들을 통해 아멜리를 알고 있었고, 그 그림을 베를린으로 보내어 특별전을 열도록 사전트를 설득할 수 있는지를 그녀에게 물었다. 그러나 아멜리는 오랫동안 사전트와 연락하지 않은 상태였고, 그에게 아무런 영향력도 행사할 수 없었지만 한 국가의 수반과 연결될 수도 있다는 생각에 전율을 느끼며 요청을 해

보겠다고 했다.

아멜리는 사전트에게 편지를 써 "무척 친애하는" 카이저가 자신을 그린 그의 초상화를 "황제가 자신이 본, 여자를 실물과 가깝게 그린 그림 중 가장 매혹적인 그림"이라고 생각한다고 설명했다. 그녀는 사전트가 그 요청의 중요성을 인식하고, 이 초상화뿐만 아니라 다른 선별된 그림들도 독일에서 전시하게 해주기를 바랐다.

그러나 사전트는 "외국에 있어 그 일은 할 수 없다"고 답장을 해왔다. 실제로 그는 한 친구에게 그 일은 너무 수고스런 과정이며, 베를린에 대해서도 아무런 매력을 느끼지 못한다고 털어놓았다. 카이저의 부탁을 들어줄 수 없었던 아멜리는 무척 실망했다. 그 초상화가 찬사를 받게 되었을 뿐만 아니라, 많은 사람들이 원하고 있다는 사실을 깨닫게 되었을 때 그녀는 1884년에 그것을 사지 않은 것이 실수였다는 것을 이해하게 되었을 것이다. 〈마담X〉를 소유하고 있었을 경우 그녀는 사전트의 호의도 필요 없었고, 카이저나, 그것을 전시하고자 하는 누구에게든 자유롭게 보낼 수 있었다.

어쩌면 아멜리가 자신의 삶 속에 두 명의 미술가 - 그리고 두 명의 초상화가 - 를 더 들어오게 한 것은 그 그림에 대한 새로워진 관심 때문인지도 모른다. 그녀는 에두아르 셍과 피에르 카리에 벨뢰즈의 모델이 된다. 주로 풍경화를 그린 프랑스의 2류 화가인 셍이 그린, 인습적이지만 매력적인 초상화는 주간에 입는 드레스와 꽃을 장식한 모자 차림의 아멜리를 보여주고 있다. 셍은 아멜리를 앞쪽을 똑바로 쳐다보게 했고, 그에 따라 그녀의 코는 이전의 초상화 속의 코와는 다르다. 셍의 그림의 전체적인 효과는 정숙하지만 인상적이지 않았다. 아멜리는 파리의 여느 매력적인 부인처럼 보일 뿐 매혹적인 아름다움을 소유하고 있던 증거는 거의 없다.

카리에 벨뢰즈는 그녀를 유화로 그리는 대신 파스텔로 그려 그녀의 모습을 부드럽게 만들었는데, 그 그림 속에서는 그녀를 알아보는 것이 불가능하다. 화가는 친절하게도 선을 흐릿하게 한 것이다. 그녀의 초상화가 완성된 1908년 그녀는 거의 쉰이 다 되었고, 도움이 필요한 상태였다. 프랑스의 한 신문인 "페미나"는 바로 그 드로잉을 우아하게 늙어가는 여자들에 관한 기사에 썼다. 한데 그것은 나이가 들고 있다는 사실을 인정하고 싶지 않았던 아멜리에게는 얼굴을 때리는 격이었다.

아멜리는 그 두 장의 초상화가 실수였다는 것을 깨달았다. 그 전에 그려진 그녀의 초상화들, 즉 사전트와 쿠르투아가 그린 그림들은 그녀의 젊고 눈부신 모습을 떠올리게 하는 것이었다면 특징이 없는 셍의 그림과 카리에 벨뢰즈의 모호한 파스텔화는 그녀가 얼마나 바뀌었는지를 분명하게 보여주는 것이었다. 어떤 경우에서든 그 초상화들은 그녀를 조롱했다. 그 그림들이 세상에 나도는 한 그녀는 늘 자신과 싸우게 될 것이었다.

아멜리는 칸느에서 휴가를 보내는 동안 최악의 모욕을 당했다. 해변을 산책하던 그녀는 한동안 자신을 지켜보고 있던 두 여자가 하는 이야기를 엿들었다. 그 중 한 명이 다른 한 명에게 아멜리의 "육체적인 매력이 완전히 사라졌다"는 말을 큰소리로 했다. 그 말은 그 전에 들은 어떤 모욕보다도 그녀를 뒤흔들어놓았다. 그녀는 처음에는 충격을 받은 후 슬픔을 느끼며 상처를 입었을 것이다. 아멜리는 마차로 들어가 차양을 내리고 호텔로 돌아가서는, 하녀에게 짐을 싸게 한 후 열차의 객차 하나를 빌려 파리로 돌아갔다. 이전에 아멜리는 사람들에게 자신의 모습을 보여주는 데서 기쁨을 느꼈었다. 하지만 이제 그녀는 혼자 있고 싶었다. 파리로 돌아가는 몇 시간 동안 그녀는 다시는 사람들의 눈에 띄지 않기로 마음을 먹었다. 그녀는 세상과 담을 쌓기로 했다.

아멜리는 자신의 영상을 피하는 데 강박적으로 되었다. 파리와 브르타뉴의 집에서도 그녀는 모든 방에서 거울을 치워 자신을 볼 수 없게 만들었다. 거울 앞에 살며 기쁜 마음으로 머리와 화장과 의상의 세부적인 것까지 돌보던 그녀는 자신의 얼굴을 본다는 생각을 참을 수가 없었다.

그러나 아멜리가 세상으로부터 물러나는 동안 〈마담X〉는 계속해서 앞으로 나아갔다. 카팩스 갤러리에서 전시된 지 삼 년 후 그 그림은 런던 국제 협회로 갔다. 그리고 1909년에는 카이저가 원한 대로 베를린으로 갔다. 사전트는 아멜리의 요청을 거부하여 그녀를 실망시킨 후 황제의 요청은 받아들였다.

매번 전시 때마다 그 그림에 대한 새로운 지지자들이 생겨났고, 그림은 더욱 유명해졌다. 그와는 대조적으로 아멜리는 시들어가고 있었다.

파라메에 가족 소유의 집이 있어 여느 때처럼 그곳을 찾아간 가브리엘 프랭은 사교계에서 물러난 아멜리를 보았다. 그녀는 감수성이 예민한, 십대 소년을 매혹시킨 여자가 아니었다. 아멜리는 거의 누구도 집에 맞이하지 않았고, 프랭은 몇 년간 그녀를 보지 못한 상태였다. 하지만 이번에 그가 루이즈를 방문했을 때 아멜리는 하인을 시켜 그를 자신의 방으로 오게 해 자신의 딸과 다른 손님들을 놀라게 했다. 어쩌면 그녀는 오페라에서 그와 보낸 밤에 대한 좋은 기억을 갖고 있어 그 순간을 예외적으로 만들었는지도 모른다.

프랭은 무슨 일이 있을지 전혀 모르는 상태에서 초조하게 아멜리의 내실로 이어지는 계단을 올라갔다. 그는 하얀 가구에 둘러싸여, 머리부터 발가락까지 하얀 차림을 하고 있는 그녀를 발견했다. 내려진 셔터가 빛을 차단하고 있었다. 분위기는 을씨년스럽고, 음울했다. 그녀는 입상처럼 보였다. 실제로 그녀가 너무도 비현실적으로 보여 그녀가 말을 했을 때 프랭은 깜짝 놀랐다.

그녀는 오만하게 그를 맞았으며, 형식적이고, 거리감이 느껴지는 얘기를 했다. 그가 아멜리를 칭찬하려고 입을 벌리자 그녀는 손가락을 입술에 대며 아무 말도 하지 못하게 했다. "여자에게 거짓말을 해서는 안 되는 법이야. 설사 기분 좋은 얘기라도"하고 그녀가 주의를 주었다. 수십 년간 찬사를 받았던 아멜리는 그것이 설사 좋은 의도에서 나온 것이라 하더라도 공허한 아첨은 받아들일 수가 없었던 것이다.

쉰한 살인 아멜리는 주로 그녀의 어머니와 딸과 믿음직한 하녀인 가브리엘로 이루어진 작은 무리의 중심에 있었다. 이따금 그 무리에 레 셴느를 방문하는 그녀의 남편이 끼기도 했다. 그들로 인해 그녀는 편안하고 안전하게 느꼈다. 1910년 마리 비르지니가 일흔세 살의 나이로 죽었을 때 아멜리의 세계는 더욱 작아졌다. 마리 비르지니는 자신의 보석과 레이스와 은기와 가구는 루이즈에게, 파를랑쥬 플랜테이션에 있는 저택은 아멜리와 루이즈에게 남겼다.

일 년 후 루이즈가 서른두 살의 나이로 파리에서 갑자기 죽었다. 열두 달 사이에 어머니와 딸을 모두 잃은 아멜리는 무척 황폐해졌을 것이다. 마리 비르지니는 자신의 인생을 살 수도 있었을 때 딸의 미래에 자신을 헌신하며 그녀의 충실한 동반자가 되었었다. 루이즈 역시 아멜리에게는 관대했었다. 그녀는 어머니의 무관심과 허영을 눈감아 주었고, 그녀의 잘못에도 불구하고 가까이서 지냈다. 마리 비르지니와 루이즈가 없자 아멜리는 혼자가 되었다.

아멜리는 스스로 만든 감옥 속에서 거의 나가지 않았으며, 어둠 속에서만 외출을 했다. 밤늦게 하얀 베일을 걸친 그녀는 생말로의 해변을 산책하며 자신이 젊고 아름다웠을 때 자신을 보러 몰려온 군중들을 떠올렸다. 하지만 이제 해변은 그녀를 예찬하는 사람도, 험담하는 사람도 없이 텅 비어 있었다. 하지만 그녀가 한밤중의 산책 동안 사람들과 마주쳤다 하더라도 그들은 그녀가 누구인지 알지 못했을 것이다.

1915년 7월 25일 아멜리는 파리에서 죽었다. 그녀의 사망 확인서에는 아무런 원인도 기록되어 있지 않지만, 심한 열병으로 고통 받았다고 알려져 있다. 그녀가 죽은 직후 그녀의 시신은 마지막으로 파리에서 파라메로 갔다. 페드로는 그녀와 사이가 좋지 않았지만 레 셴느에서 멀지 않은 공동묘지 안에 있는 고트로 가문의 영묘에 안장하는 것을 허락했다.

아멜리가 남긴 유언장에는 자신의 재산을 어떻게 분배해야 하는지에 대해 자세히 적혀 있었다. 끝까지 그녀의 곁에 충실하게 있었던 하녀인 가브리엘은 당시 하녀에게는 큰 돈이었던 1,000프랑을 받게 되어 있었다. 그러나 아멜리는 페드로에게는 아무것도 남기지 않았다. 그녀는 브리가디에 아메데 카이요와 도미니크 "앙리" 파바렐리라는 두 남자를 주된 상속인으로 지정했다.

2,000프랑을 상속받은 예순네 살의 빅토르 아메데 카이요는 자신의 저택을 파리의 재무부 건물에 올렸다. 그는 자신이 1890년 아멜리를 만났으며, 그 후로 그녀와 "아주 친한 관계"를 유지했다고 법정에서 증언을 했다. 그는 매년 새해와 다른 휴일에 그녀를 보았다고 했다.

앙리 파바렐리는 자신을 예순 살 된 세금징수원이라고 밝혔다. 그는 자신이 1906년 아멜리를 만났으며, 매년 9월과 10월에 그녀를 보았다고 증언했다. 그는 지난 몇 년 사이 그녀를 더 자주 만났으며, 자신들의 관계를 증명할 수 있는 편지를 제출할 수도 있다고 했다. 파바렐리는 아베뇨 가문 소유의 파를랑쥬 플랜테이션 부지 3/4를 포함해 아멜리가 소유하고 있던 모든 것을 물려받았다. 페드로는 루이즈에게서 물려받은 플랜테이션 부지 1/4을 갖게 되었다.

아멜리의 유언은 수수께끼 같았다. 이 두 남자는 난데없이 나타난 것처럼 보였다. 아멜리가 말년에 너무도 외로웠던 나머지 그냥 친분이 있는 사람들이 연인의 자리를 차지하게 된 것인가? 미국에 있는 그녀의 친척들은 파바렐리라는 이름은 들어본 적이 없었으며, 자신들 속에 완전한 낯선 사람이 있게 될 거라는 전망에 충격을 받았다. 하지만 파바렐리도 페드로도 자신들의 유산에 감상적인 반응을 보이지 않았다. 그들은 미국에 있는 땅을 소유하는 데 관심이 없었으며, 파를랑쥬 플랜테이션에 대해서도 애착이 없었다. 그들은 1918년 플랜테이션을 20,000달러를 주고 펠리컨 부동산회사와 토마스 매디슨 베이커라는 이름의 남자에게 팔았다.

아멜리는 〈마담X〉의 그림자 속에 살아야 했다. 도리안 그레이처럼 그녀는 자신의 이미지에 사로잡혔으며, 끝이 없으며, 결국에는 멍청한 것으로 드러난, 명성과 불멸에 대한 추구 속에서 전례 없는 허영에 빠졌다. 사전트의 초상화는 그녀로 하여금 쿠르투아와 강다라와 셍과 카리에벨뤼즈와 다른 화가들이 자신의 초상화를 그리게 만들었다. 처음에 그것은 사전트의 그림을 지우려는 성공적이지 못한 시도였고, 그 후에는 그것과 맞먹게 만들려는 훨씬 더 헛된 시도였다. 사전트의 초상화와 아멜리 둘 모두 미술작품이었다. 하지만 진정으로 영원한 걸작임이 입증된 것은 아멜리가 아닌 〈마담X〉였다.

# 천재적인 재능을 가진 사람

　　🌿 사전트는 1885년 가을 그해 여름에 대한 생생한 기억과, 자신과 미래에 대한 새로워진 믿음을 갖고 런던으로 돌아갔다. 그는 파리에 있는 자신의 스튜디오를 포기하고 영구적으로 런던으로 오겠다는 얘기를 해 헨리 제임스를 기쁘게 만들었다. 베르티에 대로에 있는 그의 스튜디오는 이탈리아 화가인 조반니 볼디니가 넘겨받았는데 화가로서 볼디니의 여정은 한때 사전트가 스스로 상상했던 대로 펼쳐진다. 볼디니는 파리와 유럽 대륙의 여러 곳에서 저명한 남녀들이 찾는 초상화가가 되었다.

　　사전트의 가족은 또다시 자주 이사를 다니고 있었다. 그들은 니스에서 겨울을 났고, 그해의 나머지 기간에는 베니스와 피렌체와 유럽의 다른 도시들로 여행을 했다. 그동안 사전트는 계속해서 부모님과 여형제들과 연락을 취하고 있었지만 가족과 함께 하지 않는 여행을 계획하며 혼자서 살았다.

런던에서 사전트는 여느 때처럼 친구의 사교계 인생을 기꺼이 책임지려 한 제임스 가까이, 타이트 가에 있는 스튜디오로 이사를 갔다. 브로드웨이의 밀렛 부부와 다른 사람들은 사전트가 돌아와 〈카네이션, 백합, 백합, 장미〉를 끝낼 이듬해 여름에 대해 벌써부터 얘기를 하고 있었다. 사전트는 이듬해 여름에 그릴 꽃으로 괜찮은지 확인을 하기 위해 봄에 루치아 밀렛에게 백합 구근을 보냈다. 그것은 사전트가 얼마나 조심스럽게 계획을 하는지를 보여주는 실제적인 행동이었다. 가능한 한 그는 그 무엇도 우연에 맡기지 않았다.

백합 구근은 상징적인 의미도 갖고 있었다. 사전트는 새로운 삶에 뿌리를 내리고 있었다. 하지만 그는 과거에 알게 된 사람들과의 모든 인연을 끊고 싶지 않았고, 그래서 의미 있는 화폭 두 점을 런던의 스튜디오로 갖고 왔는데 그것들은 알베르 드 벨러로쉬의 그림과 아멜리의 초상화였다.

〈마담X〉는 사전트의 스튜디오에 갇혀 미술가와 그의 손님들만 볼 수 있었지만 그가 극복할 수 없는 장애물로 남아 있었다. 잠재적인 고객들은 그가 극단적이거나 자신들을 잘 살리지 못한 뭔가를 그릴까봐 여전히 그에게 자신들의 초상화를 의뢰하기를 꺼리고 있었다. 스캔들로 얼룩진 그 초상화는 사전트가 자신이 필요로 하는 중요한 작품을 의뢰받는 것을 막고 있었다. 이 어려운 시기에 할 수 있는 최선의 방법은 계속해서 그림을 그리는 것이었다. 사전트는 〈카네이션, 백합, 백합, 장미〉를 완성하기 위해 1886년 여름 브로드웨이로 돌아갔다. 그는 곧 밀렛 부부의 익살스런 행동과, 릴리 밀렛을 위한 생일파티 같은 축하행사에 참석했다. 에드윈 오스틴 애비는 "우리는 그 집이 참아내지 못할 때까지 음악을 연주한다"고 자랑을 했고, 사람들은 재미없는 헨리 제임스 또한 숨이 찰 때까지 춤을 추게 했다.

사전트는 일 년 전과 마찬가지로 일상적으로 그림을 그렸다. 그는 매일 밤 작업을 하고 또 하며, 여러번 화폭을 "재빨리" 긁은 후 다음 작업 시간에 새로 물감을 칠했고, 몇몇 사람들은 작품이 완성될 수 있을지 궁금해 했다. 하지만 야간작업은 의도적인 것이었고, 생산적이었다. 오 주후 그림이 완성되었다. 68 1/2 × 60 1/2인치 크기인 〈카네이션, 백합, 백합, 장미〉는 형형색색의 백합과 양귀비와 장미와 카네이션 사이에서 풍요로운 정원 속에 서 있는 두 아이를 묘사하고 있다. 삶과 순수함과 자연적인 미와 자연스러움 (비록 모든 효과는 꼼꼼하게 계획된 것이긴 했지만)에 대한 긍정인 그 그림은 모든 점에서 - 예술적으로도, 주제적으로도 - 〈마담X〉에 대한 해독제였다.

사전트는 브로드웨이에서 전원적인 것에 대한 진정한 이해를 하게 된 상태였고, 그 느낌을 이 작품 속에서 멋지게 표현했다. 하지만 그 그림은 직업 화가로서 그의 건강한 본능이 돌아왔다는 것을 알려주는 것이기도 했다. 〈마담X〉가 퇴폐적이고 인위적이라고 생각해 그것을 거부했던 사람들이 이 목가적인 그림은 자신들의 취향에 더 맞는다고 생각할 가능성이 아주 높았다.

사전트는 10월에 그 그림을 런던으로 가져갔고, 그것은 〈마담X〉와 함께 그의 스튜디오 벽에 매달려 있게 되었다. 그는 시골에서 몇 주를 보낸 후 다시 사교계 모임에 나가기 시작했고, 자주 뉴잉글랜드 아트 클럽의 진보적이고 젊은 미술가들과 시간을 보냈다. 새로운 사람들을 만나면서 그는 〈마담X〉에 대한, 사라지지 않고 있던 기억이 자신에게 유리하게 작용하고 있다는 사실을 알게 되었다. 이제 초상화 속에서 유혹적으로 보이기를 좋아하고, 어떤 명성이든 익명보다는 낫다고 믿는 - 결국 아멜리가 깨달은 것처럼 - 여자들이 있었는데, 특히 미국에 그런 여자들이 있었다. 부유한 미국인으로 미술 후원자였던 이사벨라 스튜어트 가드너 또한 그런 여자들 중 하나였다. 그녀는 〈마담X〉에 대한 얘기를 들었고 - 파리의 살롱에서의 스캔들에 관한 뉴스는 곧 대서양을 건너갔다 - 그 악명 높은 초상화를 만든 화가를 만나고 싶어했다. 뉴욕의 부유한 집안에서 태어난 가드너는 보스턴의 부유하고 귀족적인 집안의 아들로 "잭"으로 불린 존 로웰 가드너 2세와 눈이 맞아 수녀원의 창문을 넘어 나왔다는 소문이 있었다. 그녀는 당시 여자들에게 강요된 에티켓의 규칙을 지키기를 거부한, 사교계의 눈부신 여자였다. 그녀는 자신의 내실에서 손님들 - 남자와 여자들 - 에게 차를 대접했으며, 몸에 꽉 끼는 가운을 대담하게 입었고, 여자보다는 남자들과 어울리는 것을 더 좋아한다는 사실을 감추지 않았다.

1863년 이십대 초반이었던 가드너는 아들을 낳았고, 그의 아버지 이름을 붙였다. 재키는 이 년 후 폐렴으로 죽었고, 가드너는 의사로부터 기분을 전환하기 위해 긴 여행을 하라는 충고를 받았다. 메리 사전트와 마찬가지로 그녀는 여행이 자신을 슬픔으로부터 구해주기를 바랐다. 그녀와 잭은 유럽으로 갔고, 그녀는 빈에서 음악을 듣고, 파리의 워스 백화점에서 가운을 샀으며, 런던에서는 훌륭한 보석에 대한 감식가가 되었다. 그 후 이십삼 년 동안 가드너 부부는 종종 여행을 했고, 정기적으로 파리와 런던을 방문했으며, 더 멀리 성지 팔레스타인과 캄보디아와 일본에도 갔다.

가문의 선박 사업으로 엄청난 돈을 갖고 있었던 그들은 얼마든 변덕을 부릴 수 있었다. 가드너는 마흔네 개의 완벽한 진주가 달려 있고, 커다란 다이아몬드 걸쇠가 있는 목걸이도 갖고 있었다. 그녀는 멋진 루비와 다른 보석들을 습관적으로 샀다. 잡지에도 소개된, 보스턴에 있는 가드너의 집에는 우아한 유리 지붕이 있는 중앙 홀이 있었고, 비싼 가구들이 가득했다.

가드너 부부는 아무런 목적도 없이 돈을 낭비하다가 결국 희귀한 책과 원고를 수집하기 시작했다. 철강 부호인 헨리 클레이 프릭과, 산업과 은행업의 거물인 존 피어폰트 모건 같은 19세기 미국의 백만장자들의 사례를 따라 그들은 그림에 주위를 기울였다. 가드너는 작품에 대해 잘 알게 된 후 작품을 구입하기를 좋아했다. 그래서 그녀는 현대적인 작품을 구입하기 전 미술가를 직접 만나려 했다. 〈마담X〉가 빚은 스캔들 덕분에 사전트는 그녀가 작품을 보고 싶어하는 작가 중 하나가 되었다.

1886년 10월 또 다시 유럽을 여행하던 가드너는 친구 헨리 제임스에게 사정을 해 사전트의 스튜디오에 가서 그 유명한 초상화를 볼 수 있게 해달라고 했다. 그 그림을 보자마자 그녀는 자신이 놀라운 재능을 가진 화가 옆에 있다는 것을 알게 되었다. 그녀는 사전트에게 꼭 자신을 그리게 하고 싶었다. 기꺼이 사교계의 규정을 무시하고자 했던 그녀는 보수적인 보스턴의 사교계를 뒤흔들어놓고 싶었다. 〈마담X〉만큼 대담하고 논쟁적인 초상화를 갖고 미국으로 돌아갈 경우 그녀는 사교계의 이단자가 될 것이 틀림없었다. 한데 불행히도 그녀는 런던에서 머물며 모델이 될 수가 없었다. 그녀는 자신이 다음 번에 유럽에 올 때 사전트가 자신을 그리게 했다.

1887년 5월 〈카네이션, 백합, 백합, 장미〉가 파리의 살롱과 아주 비슷한 전시회인 런던의 왕립 미술 아카데미에서 전시되었다. 그 그림은 대단한 호평을 받았으며, 비평가들은 색채와 빛의 눈부신 표현에 매혹되었다. "스펙테이터"에서는 그것을 "순수하고 단순하게 아름답다"고 했고, "아트 아마추어"는 그것이 "런던 사람 모두의 얘깃거리이자 모든 스튜디오의 얘깃거리"라고 실었다. 위대한 미술품을 사들이는 기금인 챈트리 유산에서 그 작품을 700파운드에 사 왕립 미술 아카데미의 영구적인 소장품으로 만들자 사람들은 사전트에게 최고의 찬사를 보냈다.

많은 수가 미국인이었던, 사전트의 브로드웨이 친구들은 사전트가 성공한 소식을 뉴욕과 보스턴에 있는 지인들에게 전했다. 베르메르와 반 다이크와 할스 그리고 다른 거장들의 작품을 열심히 수집했으며, 1889년 메트로폴리탄 미술관의 소장이자 은행가였던 헨리 마퀀드는 로렌스 알마 타데마와 자신이 신뢰하는 다른 화가들에게서 사전트의 작품에 대한 칭찬을 들은 상태였다. 그는 자신의 아내의 초상화를 그려달라며 사전트를 미국으로 초대했다.

자신이 런던에서 유명해지려 하고 있다는 것을 알고 있던 사전트는 그 일을 맡기를 꺼렸다. 반은 거절당하리라는 생각을 하며 그는 높은 값을 불렀지만 - 자신보다 더 성공한 화가들이 초상화 한 점에 3,000달러를 벌었을 당시 그는 2,000달러에서 2,500달러 사이를 요구했다 - 마퀀드가 동의를 하자 충격을 받았다. 사전트는 짐을 싸 로드아일랜드의 뉴포트에 있는 마퀀드의 여름 별장으로 향하는 수밖에 없었다. 그는 〈카네이션, 백합, 백합, 장미〉가 거둔 성공에서 이익을 얻을 수 있도록 가능한 한 빨리 런던으로 돌아오기 위해 초상화를 재빨리 그릴 계획이었다.

1880년대에 뉴포트는 부자들에게 인기 있는 행선지였다. 매년 여름 뉴욕과 보스턴과 다른 도시 출신의 부유한 휴가객들이 그림 같은 해변과 배타적인 사교계 모임에 이끌려 그 멋진 바닷가 도시에 도착했다. 1850년대에 자신들의 부를 과시하고자 했던 부유한 가문들이 그들의 여름 "별장"인 거대한 저택들을 짓기 시작했다. 그들은 많은 짐을 갖고 왔고, 하인들을 데려와 집안을 돌보게 했으며, 때로 초가을까지 계속되는 사교계 시즌 내내 바쁜 일정을 보냈다. 그들은 낮에는 수영과 테니스를 했고, 친구들과 지인들을 위한 화려한 여흥을 베풀었다. 어느 해 여름에는 화려한 벨뷰 가에 접해 있는, 이탈리아풍의 최초의 기념비적인 저택들인 샤토 쉬르 메르의 주인들이 이천 명에 이르는 손님이 참석한 프랑스식 피크닉을 열기도 했다. 당시 한 가족이 잔디밭에서의 파티나 무도회에서 70,000달러나 쓰는 일은 드물지 않았다.

1887년 초가을 사전트가 뉴포트에 도착했을 때에는 신흥 부자들이 그곳으로 옮겨오기 시작한 상태였다. 반더빌트 집안과, 기발한 생각과 근면함으로 (하지만 동시에 의심스런 방식으로) 짧은 시간 안에 막대한 부를 축적해, 돈을 번 만큼이나 재빨리 쓰는 경향이 있는, 자수성가한 다른 부호들은 그 전에 있던 저택들보다도 한층 더 우아한, 르네상스 스타일의 궁전 같은 저택들을 짓고 있었다. 신흥 부자들은 과시를 하듯 집을 지었고, 수십 명의 손님들을 맞을 수 있는 식당과, 진짜 금박 장식이 있는 무도회실을 정기적으로 자랑했다.

하지만 사전트의 의뢰인인 마퀀드 부부는 뉴포트 사교계의 오래된 회원이었다. 한 지역 신문은 "초상화가와 인물화가로 다소 유명하게 된, 런던에 사는 J. S. 사전트 씨가 뉴포트에 와 로드아일랜드가에서 H. G. 마퀀드 씨와 함께 머물고 있다"라는 내용으로 그들의 손님이 도착한 사실을 알렸다.

사전트는 마퀀드 부부의 집에 임시 스튜디오를 만들었다. 그는 곧 그들에게 마음이 끌렸다. 그는 개인적으로 엘리자베스를 좋아했고, 이것이 새로운 나라의 새로운 관람객들에게 깊은 인상을 줄 수 있는 기회라는 것을 알고 있었고, 그래서 그녀의 초상화를 조심스럽게 연구했다. 그는 그녀를 멋진 치펜데일(영국의 가구 설계자의 이름을 딴 가구 제품으로 곡선이 많고 장식적인 것이 특징이다 - 옮긴이) 의자에 앉히고, 커프스와 레이스가 있는 솔과 함께, 단순하지만 비싸 보이는 가운 차림을 하게 해 예순한 살 된 마퀀드 부인의 세련된 모습과 위엄을 강조하기로 마음을 먹었다. 그는 초상화 작업을 9월 말부터 10월 말까지 했으며, 그 결과는 자신이 의도한 대로 차분하지만 우아했으며, 고상하기까지 했다. 그림은 비평가와 사교계 인사들 모두가 예찬을 했다.

헨리 마퀀드 부인은 미국에서 사전트가 사회적으로도, 직업적으로도 빠르게 상승할 수 있게 했다. 사람들의 관심을 받고 있던 사전트는 런던으로 서둘러 돌아가겠다는 계획을 포기했다. 미국의 귀족들은 사전트가 그림 속에서 보여주는 유럽적인 취향을 좋아한다는 것이 밝혀졌다. 그들은 화려한 붓질과 놀라운 포즈를 좋아했다. 파리에서 디자이너의 옷을 사고, 집을 이탈리아의 궁전과 프랑스의 성처럼 만든 돈 많은 남녀들은 자신들을 위엄 있게 보이게 만들어줄 수 있는 화가의 서비스를 원했다. 그의 초상화들을 본 영국의 작가 오스버트 싯웰은 부자들이 "마침내 자신들이 얼마나 부유한지 이해하게 되었다"고 말했다.

11월에서 1월까지 이후 석 달 동안 사전트는 뉴포트에서 보스턴으로, 보스턴에서 뉴욕으로, 그런 다음 다시 보스턴으로 여행을 하며 각각의 도시에서 돈이 되는 작품들을 의뢰받았다. 헨리 제임스는 그의 이름을 드높일 수 있는 모든 기회를 붙잡아 그를 도와주었다. 그는 「하퍼즈 뉴먼스리」매거진 10월호에 쓴 기사에서 자신의 친구의 대가다운 재능과 천재적인 기법에 대해 칭찬을 했다. 제임스는 사전트가 미국의 상류층이 후원할 만한 유일한 화가라고 주장했다. 그는 모델의 개성을 알아보고 그것을 강조할 수 있는 사전트의 재능을 높이 샀다. 그는 사전트가 "자신이 그리는 각각의 작품을 나름의 빛 속에서" 보며, "앞선 화가들의 작품에서 유용한 것으로 증명된, 오래된 전통에 따라 초상화를 그리지 않는다"고 했다.

사전트는 미술계에서도 입지를 굳혔으며, 파리에서 자신과 함께 공부를 한 후 미국의 동부 해안으로 돌아온 몇몇 미국 작가들도 만났다. 과거 그의 룸메이트였던 제임스 벡위드는 뉴욕에서 작가로서 왕성한 활동을 하고 있었다. 너무도 많은 뉴욕 사람들이 작품 의뢰를 해왔고, 그래서 사전트는 수수한 스튜디오를 임대할 수 있는 것 이상의 작품 의뢰를 받고 있다고 느꼈다. 그는 벡위드에게 적당한 공간을 찾는 것을 도와달라고 했다. 유행을 앞서가는 워싱턴 광장에 있는 그의 새 주소지는 상류층 고객에게 편리한 곳이었다.

사전트가 그곳으로 들어가기 전 그가 작가 생활을 한 지 얼마 되지 않았을 때와 〈마담X〉 사건이 있었을 때에도 그를 후원해준 옛친구인 보잇 부부가 보스턴으로 그를 초대했다. 그들은 그가 보잇 부인을 그려줄 시간이 있기를 바랐다. 11월에 사전트는 뉴욕의 모든 것을 보류한 다음 보스턴으로 가 스튜디오를 임대해 짐을 풀고 보잇 부인과 부호 J 말콤 포브스의 아들들뿐만 아니라 감히 제안을 뿌리칠 수 없는 이사벨라 스튜어트 가드너까지 그렸다.

가드너 부인을 그리는 일은 쉽지 않았다. 아멜리와 달리 가드너는 젊지도, 이국적인 아름다움을 갖고 있지도 않았다. 마흔일곱인 그녀는 키가 작고, 얼굴이 평범했다. 하지만 그녀는 가는 허리와, 그녀가 자랑하기를 좋아한 커다란 가슴을 갖고 있어 몸매가 육감적으로 보였다. 그녀는 사전트에게 그러한 몸매를 강조하는 포즈를 고안하게 했다.

사전트는 가드너를, 머리를 후광처럼 두르고 있는, 섬세하고 다채로운 색상의 태피스트리 문양 앞에 세운 채로 〈마담X〉 속의 아멜리처럼 부자연스럽고 인위적인 자세가 나올 때까지 이리저리 자세를 바꾸게 했다. 가드너는 몸매가 모두 드러나는 단순한 검정색 가운을 입은 채로 관람객을 마주하고 있다. 그녀는 허리를 아주 조금 구부리고 있는 것처럼 보이는데, 엉덩이를 뒤로 내밀고 젖가슴을 앞으로 내미는 모습은 거의 단정치 못하게 보이기까지 한다. 목이 깊게 파인 그녀의 가운은 사람들의 시선을 곧장 젖가슴으로 이끈다. 가드너는 그녀의 트레이드마크인 보석을 하고 있는데, 그것은 남편이 결혼 초기에 사준 남태평양산 진주 목걸이이다. 그녀의 부를 과시할 수 있게 목걸이를 목에 걸었어야 했음에도 사전트는 그 비싼 목걸이를 가드너의 허리에 둘러 사람들이 그녀의 몸매에 주의를 기울이게 했다.

가드너는 초상화 작업을 하는 동안 사전트를 비컨 가에 있는 화려한 집에 머물게 했다. 그는 그곳으로 이사를 갔고, 남편이 늘 그곳에 있었지만 사전트의 존재는 보스턴 사람들이 입방아를 찧게 했다. 사람들은 그와 "잭 부인"이 연애를 하고 있다고 했다. 그녀는 그 소문을 즐겼으며, 그것을 가라앉히기 위한 어떤 일도 하지 않았다. 결국 그 소문들은 그녀가 쌓아온 악명과 맞아떨어지는 것이었다.

사전트는 크리스마스 휴가에도 작업을 해 1888년 1월에 그 초상화를 마쳤다. 가드너는 그 그림을 좋아했고, 계속해서 사전트에게 그것이 그의 최고의 작품이라는 데 동의하게 했다. 어쩌면 그녀는 그가 그 그림이 〈마담X〉보다 낫다고 인정해주기를 바랐는지도 모른다. 그녀는 사전트와 화가와 의뢰인 사이 이상의 관계를 원했다. 그녀는 그의 후원자이자 뮤즈이자, 연인이기를 바랐다. 그는 가드너가 작품을 수집하고자 한 최초의 화가였다. 그녀는 대부분의 집 안에 어울리기에는 너무 큰 그림인 〈엘 할레오〉를 탐냈으며, 그것을 들여놓을 베니스 스타일의 궁전 같은 저택을 짓는 방안을 생각했다.

미국에서 사전트의 성공은 1888년 1월 보스턴의 위엄 있는 세인트 보톨프 클럽에서 그의 최초의 단독 전시회가 열리면서 정점에 이르렀다. 그 전시회를 위해 그는 〈엘 할레오〉와 〈이사벨라 스튜어트 가드너〉와 〈에드워드 달리 보잇의 딸들〉, 그리고 베니스에 대한 연구 몇 점을 포함해 스무 점의 그림을 골랐다. 두 주 동안 천삼백 명이 넘는 사람들이 찾아온 그 전시회는 논쟁의 여지가 없는 성공을 거두었다. 그해 겨울에는 백 베이의 화실에서부터 캠브리지의 스튜디오에 이르기까지 사전트는 보스턴 사람들의 가장 중요한 화제 거리였다. 비평가들은 그의 스타일과 세련됨을 예찬했다.

전시된 그림 중에서도 가드너의 초상화가 가장 큰 관심을 끌었다. "보스턴 헤럴드" 신문은 그것을 "전시회의 보석"이라고 일컬었다. 하지만 솔직하게 말하기를 좋아했던 가드너의 남편은 기쁘지 않았다. 아내가 견해를 묻자 그는 퉁명스럽게 "끔찍하지만 당신 같아 보이긴 해" 하고 말했다. 사전트는 이사벨라 가드너의 영혼을 포착했지만 잭 가드너가 내켜하는 식으로는 아니었다. 가드너는 초상화를 처음 본 후로 사람들이 자신의 아내에 대한 음탕한 얘기를 하는 것에 심란해져 있었다. 클럽에서 그는 "사전트가 가드너 부인을 크로포드 노치까지 거의 다 볼 수 있게 그렸다"라고 누군가가 말하는 것을 들었다. 그 사람은 그녀의 젖가슴 사이를 가파른 경사로 유명한 뉴잉글랜드의 산에 비유하고 있었던 것이다. 가드너는 그러한 평을 하는 사람은 가만 두지 않겠다는 위협을 하며 결국 아내의 초상화를 세인트 보톨프 클럽에서 철거해 집에 놓아두었다.

한 사교계 여인을 대담하면서도 암시적으로 그린 그 그림에는 기본적으로 〈마담X〉의 모든 요소들이 있었다. 하지만 그 후 전개된 상황은 달랐다. 이번 경우 그 그림이 약간 외설적이라고 탐탁치 않게 생각하는 사람은 마음이 상한 가드너밖에 없는 것 같았다.

보스턴에서 성공을 거두고, 다른 초상화들을 완성한 후 사전트는 1월 말 뉴욕의 스튜디오로 가 새로 작품들을 의뢰받기 시작했다. 넉 달 동안 그는 윌리엄 헨리 반더빌트 부인과 벤자민 키섬 부인 같은 유명인을 그렸다. 이 여자들은 뉴욕 사교계의 꽃으로 캐롤라인 아스토어 부인의 무도회실에 들어갈 수 있을 만큼 중요한 인물 사백 명의 명단을 만든, 저명한 가문 출신의 훌륭한 부인들이었다.

사전트는 직업적으로도, 사적으로도 몇 주간 일정이 예약되어 있었다. 이제 그는 뉴욕에 친구들이 많았고, 매일 새로운 사람들을 알아가고 있었다. 사전트는 늘 유명한 작품 모델들과 어울렸고, 모델들은 종종 그의 친구가 되었다. 그가 뉴포트를 떠난 후로도 마퀀드 부부는 계속해서 그를 초대했다.

사전트의 새 친구들 가운데는 건축가 스탠포드 화이트도 있었다. 예술적으로 폭넓은 시야를 갖고 있던 화이트는 그림의 액자에서부터 부자들의 여름 별장과, 그리니치빌리지의 이정표이기도 한 워싱턴 광장 아치에 이르기까지 모든 것을 디자인했다. 사전트와 화이트는 파리에서 만나 서로의 작품을 예찬한 적이 있었다. 화이트와 그의 파트너 찰스 맥킴은 사전트를 부유한 고객들에게 추천하며 그의 초상화가 없이는 어떤 저택도 완벽하지 않을 거라고 말했다. 그들의 회사 맥킴, 미드 앤드 화이트는 보스턴 공공 도서관의 청사진을 완성하고 있었고, 화이트와 맥킴은 사전트에게 그 건물의 벽화를 디자인해 달라고 부탁했다.

사전트는 1888년 5월 영국으로 돌아갔다. 1월에 뇌졸중으로 쓰러진 그의 아버지는 여전히 몸이 좋지 않았다. 그 때문에 메리 사전트와 그녀의 딸들은 법석을 떨었고, 사전트는 자신과 가족을 위해 영국의 시골에 여름 별장 한 채를 빌렸다. 미국 여행과, 집중된 기간 동안 그 모든 초상화를 그리는 바람에 그는 기진맥진한 상태였다. 영국에서 그는 자신이 누구보다도 예찬한 화가인 모네처럼 종종 보트 위에 이젤을 설치해 강을 따라 내려가며 야외의 그림을 그리며 머리를 맑게 했다.

사전트는 가을에 런던으로 돌아갔다. 미국에서 그가 성공을 거두었다는 얘기는 유럽에도 전해진 상태였다. 이제 그는 초상화 한 점당 3,000달러까지 부를 수 있었는데 그것은 서른두 살 된 화가에게는 상당한 액수였다. 그는 성공해, 자신감이 넘치고, 부유한 세계에서 - 대서양의 양쪽에서 - 입지를 확실하게 다진 새로운 사람이었고, 자신이 늘 바라던 안정과 명예와 편안함을 누릴 수 있게 되었다. 사전트의 국제적인 성공은 그가 1889년 살롱의 심사위원으로 마네를 위시한 다른 작가들과 함께 초대되었을 때 파리에서도 확인되었다.

〈마담X〉의 악몽 같은 전시회가 있은 지 사 년이 지나갔다. 제롬과 부그로는 여전히 아카데미를 지배하고 있었지만 현대적인 화가들이 창조적인 세계의 선두에 서면서 파리의 미술계도 덜 분열되어 있었다.

피츠윌리엄 사전트는 아들의 성공을 볼 수 있을 만큼만 살았다. 그는 미국으로 돌아가는 꿈을 이루지 못하고, 1889년 4월 영국에서 죽었다. 아버지가 죽은 후 사전트는 화가로서 처음 발을 내딛던 때부터 희망해

왔던 역할을 완전히 맡게 된다. 그는 사전트 가족의 가장이자 유일한 부양자가 되었다. 메리와 에밀리와 바이올렛은 그의 보살핌을 받았다. 이제 젊은 여성이 된 바이올렛은 자신의 사랑과 결혼과 미래에 대해 생각하고 있었지만 메리와 에밀리는 여생 동안 그에게 의지한다.

〈마담X〉는 유명한 화가에게 자신의 그림을 그리게 하기 위해 온 귀족과 귀부인, 사교계의 여자들과 부호들의 끝없는 행렬을 지켜보며 타이트 가에 있는 사전트의 스튜디오에서 중심 무대를 계속해서 차지하고 있었다. 만화가 막스 비어봄은 자신들이 불멸의 존재가 되기를 초조하게 기다리며 사전트의 스튜디오 밖에 서 있는, 옷을 잘 차려입은 여자들의 행렬을 묘사하기도 했다.

당시 사전트는 얼굴이 아름답고, 우아한 포즈를 취하고, 유행의 첨단을 걷는 가운을 입은 많은 여자들을 그렸지만 계속해서 〈마담X〉라는 과거의 한 이미지로 되돌아갔다. 1901년 그는 영국의 부유한 미술상 애셔 베르트하이머의 다 자란 딸들인 에나와 베티 베르트하이머를 그렸다. 그 초상화는 이브닝가운을 입고 있는, 머리가 검고 생기가 넘치는 두 젊은 여성을 보여주고 있다. 베티는 붉은색 벨벳을, 에나는 하얀색 벨벳을 입고 있다. 런던의 테이트 갤러리에서 행한 그 그림에 대한 엑스레이 분석은 사전트가 본래 〈마담X〉에서처럼 베티의 어깨끈을 어깨에서 흘러내리게 그렸다는 것을 보여주고 있다. 이것은 사전트 입장에서는 장난스런 짓일 수도 있었다. 베티 베르트하이머는 유머 감각이 뛰어난 것으로 알려졌고, 사전트는 늘 자신의 모델을 기분 좋게 만드는 방법을 찾았다. 비록 그가 끈을 다시 그리긴 했지만 그것이 흘러내리게 그렸다는 사실은 그의 마음 상태를 암시해주고 있다.

〈마담X〉의 어깨끈은 더 이상 그에게 고통스런 주제가 아니었지만 그는 여전히 아멜리에 대해 생각하고 있었다. 실제로 1906년과 1913년 사이 어느 무렵 사전트는 종이 위에 아멜리의 이미지를 그리기도 했다. 그는 그녀의 유명한 옆모습을 세 번 그린 기억을 떠올리며 그 그림을 그린 것처럼 보인다. 그는 첫 번째 그림은 지우고, 두 번째 것은 완전히 보이게 했으며, 세 번째 것은 턱을 검게 만들었다. 이 드로잉은 사전트가 〈마담X〉를 전시하기 시작한 후에 그려진 것이다.

1907년까지 사전트는 550점 가량의 초상화를 그렸다. 그는 삼십 년 넘게 직업 화가로 일했으며, 그의 엄청난 규모의 작품들에는 초상화와 주제화, 풍경화, 유화와 드로잉, 수채화, 그리고 심지어는 보스턴 공공 도서관의 거대한 프로젝트를 위해 만든 조각품도 있었다. 그럼에도 그는 초상화가로 가장 잘 알려져 있었다. 1884년 그의 가장 큰 바람은 프랑스 최고의 초상화가 되는 것이었지만 이제 그는 전세계에서 가장 유명한 초상화가였고, 그래서 그는 자신이 생각하기에 보다 창조적인 작품으로 나아가고 싶었을 뿐이다. 그는 어쩔 수 없이 그려야 했던 초상화들에 대해 "나는 그것들을 혐오하며, 상류층을 위한 그림은 다시는 그리고 싶지 않다"고 했다. 사전트는 사람들에게 "더 이상 바보들은 그리지 않겠다!"고 선언했다.

하지만 그가 초상화는 더 이상 그리지 않겠다고 선언할수록 사람들은 더 집요하게 그의 마음을 바꾸려 했다. 한 부유한 부부는 그의 스튜디오 옆에 호텔을 예약해 그를 "우연히" 만난 것처럼 해 자신들의 초상화를

**♠ 존 싱어 사전트 ㅣ 〈마담 고트로의 세 옆모습〉 ㅣ 1906 - 1913년**

사전트는 〈마담X〉를 그린 지 몇 년이 지나서도 여전히 아멜리에 대한 생각을 하고 있었다. 그녀의 잊을 수 없는 옆모습을 세 장 스케치했을 때 그는 성공한 화가로 런던에서 살고 있었다. (포그 미술관, 하버드대학 미술관, 그렌빌 L 윈스롭의 유산, 데이비드 매튜즈 사진. 이미지 카피라이트 ⓒ 하버드대학 총장과 평의회)

의뢰하려 하기도 했다. 사전트는 최선을 다해 그러한 요청을 물리치며, 집요하게 그를 예찬하는 사람들에게 힘든 유화 대신 재빨리 목탄 드로잉을 그려줘 그들을 만족시켜 주었다.

그의 바람과 그가 이룬 성취에도 불구하고 〈마담X〉는 여전히, 의문의 여지없이 그의 가장 유명한 작품이었다. 미술관 큐레이터들은 그것을 팔라고 사정을 했지만 그는 계속해서 거부했다. 그는 그 그림을 여러 전시회에 보냈다. 그 그림은 1911년에는 이탈리아로 갔고, 사 년 후에는 파나마 - 태평양 국제 엑스포를 위해 샌프란시스코로 갔다. 1915년 12월초 샌프란시스코 박람회가 끝난 후 사전트는 그림을 런던으로 보내는 대신, 뉴욕의 메트로폴리탄 미술관 관장인 친구 에드워드 로빈슨에게 편지를 써 마담 고트로의 초상화가 미국에 있다는 얘기를 했다. 로빈슨은 몇 년 전, 자신이 보스턴 미술관에 있을 때 〈마담X〉를 사고 싶다는 얘기를 했었다. 사전트는 어떤 미술관에서 그것을 사는 데 관심이 있을 경우 그림을 미국에 있게 하고 싶다고 했다. 그는 "수년 전 내가 그녀와 벌인 말다툼 때문에 … 그 그림은 그녀의 이름으로 불려서는 안 된다"는 조건을 달며, 1,000파운드 - 약 5,000달러로 당시 그가 초상화를 그려주며 받는 돈에 훨씬 미치지 못하는 액수였다 - 를 요구했다. 메트로폴리탄 미술관은 그의 제안과 조건을 받아들였으며, 그림은 샌프란시스코에서 뉴욕으로 보내져 그 미술관에 설치되었다. 처음으로 그곳에서 그 그림은 공식적으로 〈마담X〉로 알려지게 되었다.

아멜리는 그림이 파나마 - 태평양 국제 엑스포에 전시되었던 유월에 죽었다. 어쩌면 사전트로 하여금 삼십 년 가까이 자신의 스튜디오에 있던 그 초상화를 마침내 떠나보내게 한 것은 그녀의 죽음인지도 모른다. 하지만 사전트가 미술관 측에 그림에 아멜리의 이름을 붙이지 말라고 지시한 것은 그 설명을 받아들일 수 없게 만든다. 처음으로 그 생각을 제안했을 때 사전트는 아멜리와의 해묵은 불화를 떠올렸었다. 하지만 그녀와 그녀의 가족은 소동을 일으킬 만한 입장이 전혀 아니었다. 아멜리와 그녀의 어머니 - 1884년 이의를 제기했던 그녀의 가족 - 는 죽은 상태였다. 아멜리가 죽기 전 십 년 넘게 그녀와 별거해 온 페드로가 그녀의 명성에 대해 신경을 썼을 가능성도 없다.

어떤 식으로든 사전트는 아멜리를 벌하고자 했던 것인가? 〈마담X〉에서 그녀의 이름을 없앰으로써 그는 그녀에게서 불멸의 기회를 박탈한 것인가? 그녀에 대한 그의 진정한 감정이 사랑이었는지 강박이었는지 아니면 환멸이었는지는 알 수 없지만 그는 그녀의 이미지에 대한 미련이 남아 있지 않았다. 메트로폴리탄 미술관에 초상화를 제공하며 쓴 편지에서 그는 스물네 살 된 아멜리의 열정을 환기시켰다. 한 편지에서 그녀는 〈마담X〉가 걸작이라고 말한 바 있었다. 사전트는 미술관 관장에게 "그 그림은 내가 그린 최고의 작품 같다"고 말했다.

# 신들의 황혼

      🌿 〈마담X〉를 메트로폴리탄 미술관에 판 1916년 사전트는 예순이었다. 그는 당대 최고로 유명한 미술가 중 하나였으며, 국가의 수반과 전세계의 미술관과 수집가들이 그의 작품을 탐냈다. 기자들은 그와 인터뷰를 하려고 난리였고, 미술관과 런던의 왕립 미술 아카데미 같은 미술학교들은 그의 충고와 지원을 얻어내기 위해 경쟁을 했다. 초상화를 중단했던 그는 1917년 그만이 경제계의 거물과 명망 있는 정치가를 묘사할 만큼 훌륭한 화가라는 주장을 하며 접근해온 존 D. 록펠러와 우드로 윌슨 대통령을 그렸다. 그가 제 2의 조국으로 선택한 영국은 그에게 기사 작위를 줘 최고의 예우를 표하겠다고 했다. 하지만 사전트는 자신은 "폐하의 백성이 아니라 미국의 시민이다"며 그 제안을 정중하게 거절했다.

그는 자신의 가족의 전통을 지키며 계속해서 여행을 했다. 그는 매년 겨울과 봄과 초여름은 런던에서 보냈고, 나머지 여름과 가을 동안에는 유럽 전역을 옮겨 다녔다. 그의 여동생 에밀리는 그가 영국의 집에 있을 때면 그를 초대했고, 그가 외국에 갈 때면 종종 동행을 했다. 메리 사전트는 1906년 목숨을 거둬 제일 나이 든 딸이 늘 자신의 동반자가 되어야 하는 일에서 그녀를 해방시켜주었다. 거의 쉰이 다 되어 처음으로 에밀리는 자유롭게 자신의 관심사를 추구할 수 있었다. 그녀는 오빠의 집안 살림을 맡아 하며, 그림도 - 오빠와 비슷한 스타일로 수채화를 그렸다 - 그리며 시간을 보냈다. 그녀는 사전트와는 함께 산 적이 없었지만 그의 인생에서 환영받는 존재가 되었다. 중년 후반에 그들은 어린 시절 유랑을 했을 때처럼 가까운 사이가 되었다.

집에 있건 외국에 있건 사전트는 활동적으로 사교계 생활을 했다. 헨리 제임스와 마찬가지로 그는 어디에나 갔다. 그는 디너파티에 참석해달라는 초대를 거절한 적이 거의 없었다. 한 여주인은 자신이 다른 유명인과 친해지지 않고도 사전트를 매일 오게 할 수 있다는 사실을 알게 되었다. 사전트의 놀라운 식욕은 나이가 들면서도 줄어들 기미가 보이지 않았다. 자신의 클럽에서 음식을 너무 적게 내놓을 때면 그는 회원권을 취소하고 더 많은 음식을 내놓는 다른 클럽에 가입했다.

이십 세기 초반 몇십 년 동안 사전트는 대중의 눈에 많이 띄었고, 잡지 기사와, 신문과 미술 전문지의 비평과 기념품, 그리고 화실의 대화의 대상이었다. 하지만 인쇄 매체에 자신의 이름이 얼마나 자주 등장하건 그는 사적인 문제에 있어서 극도로 비밀스러웠고, 그에 관한 이야기는 이따금 그와 어울린 사람들이 아주 조금 흘렸을 뿐이다. 자신들의 모든 생각과 인상을 기록한 다른 많은 미술가와 지식인들과는 달리 사전트는 일기를 쓰지 않았다. 그리고 그의 편지들은 악명 높을 정도로 간결했다. 제임스와 다른 친구들은 종종 사전트의 여자관계에 대해 추측을 했다. 그는 브로드웨이의 친구이자 자신의 몇몇 스케치와 그림의 모델이기도 한 플로라 프리스틀리와 수년에 걸쳐 함께 시간을 보냈고, 그래서 그녀는 잠재적인 배필로도 여겨지곤 했다. 하지만 루이즈 부르크하르트와 마찬가지로 그녀는 플라토닉한 친구 이상은 아니었다. 사전트는 프리스틀리를 높이 평가했지만 그녀와의 지속적인 관계를 추구하지는 않았을 뿐만 아니라 다른 누구와도 친구 이상의 관계를 추구하지는 않은 것처럼 보인다.

1918년 일차세계대전 동안 영국의 정보부 장관은 사전트에게 공식 종군 화가로 불로뉴 전선을 방문해 달라고 했다. 그는 직접 싸움을 지켜보는 데 관심이 있었고, 그래서 "제대로 겁에 질릴 기회가 있으면" 좋겠다고 말했다. 하지만 그의 열정은 자신의 안락을 보장하는 것들로 둘러싸야 하는 그의 필요에 의해 약간 수그러들었다. 그는 그림 도구와 야전용 의자와 여러 벌의 옷을 갖고 전선으로 갔고, 한 장교에게 일요일에는 전쟁이 잠시 중단되는지 물은 것으로 전해진다. 그는 평생의 대부분을 적절한 일과와 일정에 기초한 세계 속에서 보냈는데 전쟁은 혼란스러우며 낯선 것이었다.

그럼에도 전선에서의 경험은 그로 하여금 기억할 만한 전쟁 그림을 그리게 했다. 그는 겨자 가스에 의해 눈이 멀어 치료를 기다리며 의무실 앞에서 줄을 서서 기다리고 있는 병사들을 보았다. 런던으로 돌아온 사전트는 〈독가스 공격을 당한〉 이라는 제목의 커다란 화폭 속에 젊은 희생자들의 악몽 같은 모습을 그렸다. 이 그림으로 그는 그의 재능과 관련한 예상을 깼다. 그는 사교계 인사들 뿐만 아니라 병사들 또한 그릴 수 있었으며, 둘 모두를 강력하면서도 계시적으로 표현해 냈다.

전쟁이 끝난 후 사전트는 런던과 보스턴을 오가며 살았다. 보스턴에서 보스턴 공공 도서관 벽화 〈종교의 승리〉를 완성한 그는 보스턴 미술관의 원형 홀의 장식적인 벽화 작업을 시작했다. 육십대 후반이었음에도 그는 젊었을 때처럼 자신의 작품의 모든 세부적인 것들을 직접 처리하려 했다. 그는 자신의 스튜디오를 유지하며, 자신의 작품을 직접 상자에 넣었고, 필요한 경우 그것을 거리로 나르는 것을 돕기까지 했다.

1925년 4월 중순 그는 자신을 걱정하는 친구들의 충고를 무시하고 벽화 장식을 런던에서 보스턴으로 수송하는 것을 준비하며 이러한 육체적인 일을 했다. 4월 15일 그는 심장 마비로 죽었다. 그때 그의 나이는 예순아홉이었다. 그의 죽음은 그의 인생과 마찬가지로 평화로웠으며, 편안하기까지 했다. 그는 침대에서 볼테르를 읽고 있다가 죽었다. 웨스트민스터 사원에서 거행되고, 왕족과 유명인과 미술계의 저명한 인물들이 참석한 그의 추모 미사는 성대하게 이루어졌다. 그 사원에서 현대 미술가의 추모 미사가 열린 것은 그때가 처음이었다.

사전트가 죽은 후 몇 주 동안 사람들은 조문 기사와 부고 기사를 통해 최고의 예우를 보였으며, 신문과 잡지에는 그의 여러 업적을 요약한 기사가 실렸다. 그는 너무도 유명했고, 그의 죽음은 여러 가지 인쇄 매체들에서 폭넓게 다뤄졌다. 런던의 데일리 "텔레그라프"는 "그는 진정한 거장으로, 그에 관해 기록된 모든 말과 행동은 가치가 있다"고 했다. 뉴욕헤럴드 "트리뷴"은 그를 거인으로 일컬으며 "과거 역사적인 시기의 위대한 지도자들에 견줄 만한 현대 미술의 유일한 인물이다"고 했다. 그에 관한 개인적인 회상들이 신문을 채웠다. 그즈음 사전트의 화가 친구가 때이르게 죽어 많은 캔버스를 미완성으로 남기자 사전트가 조용히 그 작품들을 완성한 후 자신이 그 일을 했다거나 보상을 요구하지도 않았다는 소문이 나돌았다. 누구도 사전트에 관해서는 좋지 않은 얘기를 할 것이 없는 것 같았다. 집안과 스튜디오 일을 돌보며, 누드 스케치를 위해 모델을 서기도 하며 그를 위해 이십 년간 일한 그의 하인 니콜라 딘베르노는 한 인터뷰에서 자신의 이전 고용주에 대해 존경을 표하며 얘기를 했다.

그 후 이십 년 동안 사전트의 명성은 줄어들지 않았다. 그가 죽은 지석 달밖에 되지 않아서 그의 그림과 드로잉 237점이 경매를 통해 170,000파운드에 팔렸는데 그것은 유례가 없는 액수로 오늘날 돈으로 환산하면 828만 달러에 이르는 금액이었다. 생전에는 유명했지만 나중에는 명성을 잃거나 조롱을 받기까지 한 초상화가 샤를르 샤플렝이나, 평생 고투를 했고, 사후에야 천재로 찬양받은 반 고흐와는 달리 사전트는 계속해서 유명세를 누렸다. 그는 생전에는 많은 찬사를 받았으며, 죽은 후에는 최소한 한동안은 좋은 평가를 받았다.

영국과 미국에서 사십 년간 찬사를 받은 후 1930년대에 이르러서 사전트에 대한 사람들의 관심은 식어들었다. 많은 비평가들과 수집가들이 이전 세기부터 있어왔던 재현적인 미술 - 특히 형식적인 초상화 - 에 싫증을 느끼며 좀더 급진적이고 도발적인 아방가르드 운동에 이끌리게 된 것이다. 피카소와 같은 새로운 천재들이 미술을 현대적인 삶의 혼돈스러움을 표현하는 데 이용하고 있었다. 많은 화가들이 사람보다는 개념을 그리는 데 더 흥미를 갖고 있었다. 때로 그들이 그린 형상은 인간으로 인식하기 어려운 경우도 있었다. 그들은 현실을 노예처럼 복제하기보다는 해석하는 데서 긍지를 느꼈고, 그들의 혁명적인 작품은 첨단에 서고자 하는 미술 애호가들의 사랑을 받았다. 새롭고 다른 것과 스스로를 동일시하며 그것들을 옹호함으로써 명성을 쌓은 비평가들은 사전트의 초상화들이 구식이며 부적절한 것이라고 거부했다. 1905년 카팩스 갤러리에서 〈마담 X〉가 전시되었을 때 그것을 예찬했던 로저 프라이는 이제 목소리를 바꾸었다. "사전트가 미술가로 여겨졌다는 사실은 새로 부상하는 세대들에게는 믿을 수 없는 것으로 보일 수도 있을 것이다"라고 그는 썼다. 사전트는 "상류층 관광객" 이상은 아니었다.

그러한 중요한 비평가들에 의해 하찮은 존재로 전락하면서 사전트와 그의 명성은 퇴색했다. 그는 과거의 유물이 된 것이다. 그리고 시간이 지나면서 그의 친구들 - 명민했던 존재들 - 또한 빛을 잃었다. 사전트가 그를 그렸을 때 성적으로도 지적으로도 정점에 이르렀던 사뮈엘 장 포지 박사는 장수를 누리긴 했지만 나이가 들면서 허약해졌다. 그와 아멜리의 연애는 길지 않았던 게 분명하다. 1880년대 초반 이후 신문 사교계란에 그들에 관한 기사는 실리지 않았다. 다만 명목상으로는 결혼을 한 포지가 생제르멩 대로에 독신 아파트를 갖고 있다는 소문만 나돌았다. 아내의 애정을 두고 장모와 계속해서 싸우면서 포지는 많은 여자들과 즐겼고, 기 드 모파상과 에밀 졸라 같은 작가나 예술가들과 어울렸다.

파리에서 떨어져 있기 위한 구실을 찾으며 포지는 의학 회의에 참석하고, 친구들을 방문하고, 골동품을 사며 계속해서 여행을 했다. 동전과 골동품 조각품을 열심히 모았던 포지는 1888년 파리 인류학 협회의 회장으로 선출되었다. 그는 정치에 입문해 자신이 태어난 지역인 도르도뉴의 국회의원으로 선출되었다. 국회의원으로서 바쁜 일정에도 불구하고 포지는 시간을 내 시를 쓰고, 몽테스키우와 초기 페미니스트 작가인 오거스틴 빌토, 그리고 그 외에 다른 친구들과도 많은 편지를 주고받았다.

1896년 포지와 테레즈는 계속되는 싸움을 한동안 중단했고, 세 번째 아이를 낳았다. 자크 포지는 귀여운 버릇과 장난기로 모두를 매혹시킨 아름다운 아기였다. 하지만 나이가 들면서 그는 정서적, 정신적 장애를 보였는데, 어쩌면 그의 어머니가 나이가 들어 그를 낳아서였을 수도 있다. 예측 불가능하고, 때로 난폭한 행동으로 인해 자크는 어려서 정신병원에 수용되었다.

1900년 그들 가족은 파리의 이에나 가에 있는 새 집으로 이사를 갔다. 그 집에는 포지와 테레즈가 서로 마주치지 않도록 각각 다른 입구가 있었다. 포지의 입구는 오른쪽에, 테레즈의 입구는 왼쪽에 있었다. 포지는 자신의 불행한 결혼과 막내의 슬픈 운명을 인생의 가장 큰 절망이라고 생각했다. 하지만 그는 많은 여자들과 관계를 갖는 데 성공했고, 의사로서도 많은 성취를 이뤘다. 개인적인 삶은 악화되고 있었지만 포지는 파리 최고의 부인과 의사이자 외과 의사이자 진찰 전문의 중 한 명으로 여겨졌다. 그는 병원이 지저분하고 위험했던 때에 수술실에 위생적인 절차를 도입했으며, 보다 깨끗하고 미학적으로도 기분 좋은 병원과, 사회에서 기피된, 매독에 걸린 여자들을 위한 공공 서비스를 주창했다. 포지는 환자의 마음이 육체적인 안녕만큼이나 중요하다는 선구자적인 믿음을 갖고 있었으며, 자신의 병원 사무실 벽을 현대적인 화가의 원작으로 장식해 환자들이 자신의 문제보다는 좀더 유쾌한 것들에 대해 생각할 수 있게 했다.

중년이 되어서도 카리스마가 넘쳤던 포지는 사라 베른하르트와 알프레드 드레퓌스 같은 사람을 환자로 맞아 "스타들의 의사"라는 명성을 얻은 상태였다. 1909년의 한 삽화는 그를 "닥터 러브"라고 부르는, 관능적인 오페라 가수와 여배우들 사이에 턱시도 차림으로 서 있는 그의 모습을 보여주고 있다. 하지만 나이가 들면서 포지의 성적 모험은 절망적으로 되었다. 그는 성적 모험을 전개하기 위해 장미의 친구들의 서클이라는 사적인 클럽을 만들었다. 이 "장미의 친구들의 서클" 또는 "장미 리그"에는 자신들의 지적 호기심을 광란의 성적 환상을 탐구하는 구실로 이용한 세기말의 댄디들이 회원으로 있었다. 서클은 아주 엄격한 규칙을 갖고 있었다. 검열이나 죄의식 없이 무엇이든 자유롭게 말하고 할 수 있도록 결혼한 회원들은 배우자 없이 와야 했다. 참가자들은 진실 게임을 하며 사람들 사이에서 자신들의 환상을 얘기한 후 직접 실연을 했다.

장미 리그는 회원과 리그 내에서 이루어지는 활동에 대해 비밀을 유지했다. 클럽의 이름에 "장미"라는 말을 사용한 것은 고대 이집트에서 만들어져, 19세기 프랑스에서 조제펭 펠라당 같은 사람들에 의해 발전된 분파인 장미 십자회와 관계가 있음을 암시했다. 자신을 "사르 메로닥"이라고 부르며 (그는 자신의 이름을 조제프에서 조제펭으로 바꾼 상태였다) 펠라당은 회원들을 위한 예술적, 문화적 모임을 열었다. 1892년 그는 미술계를 위한 최초의 장미 십자회 살롱을 후원했다. 장미 십자회 살롱은 영적인 주제를 갖고 있는 그림들을 전시했는데 그 중 다수가 상징주의 작품들이었다. 그것들은 신화와 꿈과 감각을 선호하며 리얼리즘을 거부했다. 매년 개최된 여섯 번의 살롱에 참가한 미술가들은 모두 남자였다. 장미 십자회의 규칙은 여자들이 작품을 전시하는 것을 막았다.

장미 십자회 같은 신비주의 종파는 19세기에 인기가 있었는데, 그것은 그것들이 다른 점에서 평범한 삶에 드라마와 제의의 요소를 도입했기 때문이다. 하지만 회원들 다수는 신비주의보다는 섹스에 더 관심이 있었다. 위대한 연인으로 유명했던 포지가 나이든 지식인들이 성적으로 만날 수 있게 해야 했다는 사실 자체가 그의 성적 전성기가 진작에 끝났다는 것을 말해주고 있다.

1886년 포지는 가족의 친구인 열다섯 된 마르셀 프루스트에게 당시 유행에 민감한 파리 사람들에게 인기 있던 모임 장소인 리츠에서 처음으로 저녁식사를 대접했다. 몇 년 후 프루스트는 포지를 「잃어버린 시간을 찾아서」 속의 인물 코타르 박사로 표현했다. 포지가 정력이 넘치는 호색한에서 전성기를 지난 남자로 바뀌는 것을 본 프루스트는 (그리고 그는 프루스트의 징병을 면제해주는 쪽지를 써주기를 정중하게 거절했다) 자신의 소설에서 그를 애정에 굶주려 모든 디너파티에 모습을 드러내는 거드름 피우는 의사로 묘사했다.

포지의 죽음은 많은 물의를 일으켰다. 1916년 그는 모리스 마쉬라는 이름의 한 남자의 페니스를 수술했다. 환자는 수술 결과에 만족하지 않았고, 포지가 자신을 발기부전으로 만들었다고 믿었다. 그는 두 번째 수술을 요구했지만 포지는 거부했다. 1918년 6월 13일 마쉬는 포지의 사무실로 뛰어 들어가 의사를 쏜 후 자신에게도 총을 쏘아 자살했다. 포지는 살려고 애를 썼다. 그는 수술대에서 자신을 살리려고 애를 쓰는 의사들에게 충고와 격려의 말을 몇 마디 하기까지 했다. 결국 그는 총에 맞은 지 몇 시간 후 부상으로 인해 죽었고, 신문의 일면을 장식했다.

포지가 죽은 후 그의 가족은 사전트가 그린 그의 초상화를 포함해 그의 소유물 전부를 경매에 내놓음으로써 그에 대한 이중적인 감정을 보였다. 하지만 마지막 순간에 그의 아들 장이 그 그림을 회수해 그 후 오십일 년 동안 그가 죽을 때까지 보관했다. 그 그림은 기업가이자 미술 수집가인 아먼드 해머가 구입해 로스엔젤레스에 있는 자신의 미술관 - 그곳은 유명한 의사인 닥터 러브에게는 알맞은 휴식 장소였다 - 에 소장했다.

포지가 갖고 있던 사전트의 다른 그림은 사전트가 〈마담X〉를 그리던 중 완성한 〈건배를 하는 마담 고트로〉였다. 그 그림은 어떻게 해서 마리 비르지니의 손에서 포지의 손으로 넘어갔을까? 아멜리가 자신의 어머니에게 그것을 자신의 연인에게 주라고 한 것일까? 아니면 포지가 자신들의 연애의 기념물로 그것을 산 것일까? 아름다움의 정점에 있던 젊은 여자에게 기념물이었던 이 그림은 여자들을 수집한 남자에게는 멋진 트로피가 되었을 것이다.

포지가 죽은 후 이사벨라 스튜어트 가드너가 〈건배를 하는 마담 고트로〉를 경매에서 구입했다. 그녀는 그것을 보스턴으로 가져갔고, 그것은 이제 가드너 미술관에 걸려 있다. 그 미술관에는 〈엘 할레오〉를 포함해 사전트의 유명한 그림 몇 점이 있다. 하지만 미술관의 카페 메뉴를 장식하고 있는 것은 〈건배를 하는 마담 고트로〉이다.

〈장미를 든 여인〉과 〈에드워드 부르크하르트 부인과 그녀의 딸 루이즈〉의 모델인 루이즈 부르크하르트는 자신이 원하는 남편감을 찾아 1889년 영국인과 결혼했다. 루이즈는 남편과 유럽 전역을 돌며 긴 신혼여행을 보낸 후 곧 죽었다. 그녀는 오랫동안 노처녀로 지낸 후 자신이 상상한 길고 행복한 결혼생활을 즐길 기회도 갖지 못했다.

그들의 관계가 플라토닉한 우정 이상으로 발전되지는 않았지만 루이즈와 사전트에 관한 이야기는 그녀가 죽은 후에도 계속 이어졌다. 1920년대에 그녀의 언니 발레리는 자신의 어머니에게서 〈에드워드 부르크하르트 부인과 그녀의 딸 루이즈〉를 물려받은 후 사전트에게 그 초상화에서 루이즈를 없애달라고 부탁했다. 그녀는 여동생의 모습이 구성을 망치고 있다고 생각했다. 자신의 요점을 보여주기 위해 발레리는 루이즈가 서 있던 곳이 빈 공간으로 바뀐 그림 사진을 그에게 보내주었다. 사전트는 자신의 그림의 완전성에 대해서는 단호했다. 그는 "내가 화실에서 모자를 쓰거나 칼로 콩을 먹지 않는 것처럼 그렇게 하는 데 동의할 수는 없소"라고 하며 발레리의 요청을 거부했다. 오늘날 〈장미를 든 여인〉은 뉴욕의 메트로폴리탄 미술관에, 〈마담X〉에서 그림 하나 위에 걸려 있다. 〈에드워드 부르크하르트 부인과 그녀의 딸 루이즈〉는 개인 소장품으로 보관되고 있다.

쥐디트 고티에는 자신의 초상화에 둘러싸여 있기를 좋아했다. 그녀는 사전트가 자신을 가장 낭만적이고, 멋지게 표현한 그림 〈돌풍〉을 포함해 자신의 모든 초상화를 눈에 잘 띄는 곳에 걸어놓았다. 빅토르 위고와 귀스타브 플로베르가 죽은 후 오랫동안 그녀는 파리 예술계의 고위 여사제 역할을 했다. 그녀는 계속해서 바그녀와 다른 저명인사들과 식사를 했으며, 1910년에는 여자로서는 처음으로 프랑스 최고의 문학상인 공쿠르상의 수상자를 선정하는 위원회인 위엄 있는 공쿠르 아카데미에 선출되기도 했다.

작가와 예술가들의 팬이었던 고티에는 결국 자신을 강박적으로 쫓아다니는 팬의 노예가 되었다. 쉬잔 마이어 룅델은 부유한 부르주아 알라스티앙 가문 출신의 종잡을 수 없는 젊은 여자였다. 그녀는 단 한 가지 재능이 있었는데 그것은 무척 이상하면서도 구체적인 것이었다. 그녀는 빵부스러기로 이국적인 꽃을 만드는 재주로 파리에서 유명했다. 1904년 브르타뉴로 여행을 간 그녀는 르 프레 데좌조에서 고티에를 만난 후 그녀의 곁을 떠나지 않았다.

마이어 룅델은 당시 쉰아홉이었던 고티에와 함께 이사를 가 그녀의 삶의 모든 구석에 스며들었다. 고티에는 1917년 죽으면서 자신의 저택 모두를 룅델에게 남겼다. 1934년 룅델은 고티에의 미술 소장품을 파리의 경매에서 팔았다. 사전트가 그린 고티에의 그림 한 점 - 그녀가 마담X처럼 포즈를 취하고 있는, 일본 스타일의 초상화 - 은 포지 박사의 아들 장 포지가 구입했는데 그 후로 그 그림은 사라졌다. 고티에와 마이어 룅델은 르 프레 데좌조 근처 생테노 가에 있는 공동묘지에 묻혀 있는데 너무도 가까이 있어 사실상 같은 무덤에 있는 것이나 마찬가지이다.

사전트와 열렬한 관계를 가진 후 알베르 드 벨러로쉬는 미술적으로
좀더 독립적으로 되려 했다. 그는 좀더 많은 경험을 가진 화가가 자신의
작품에 지나치게 영향력을 끼쳐, 자신이 다른 미술 형태를 실험할 수도
있는데 회화에 자신을 얽매고 있다고 두려워했다. 벨러로쉬는 사전트의
취향에서 벗어나 나름의 스타일과 매체를 찾고자 했다. 사전트가 팔레스
타인에 함께 가자고 했을 때 그는 "사전트와 함께 하는 이런 여행은 내
미술과 개인적인 표현에 영향을 끼칠 수도 있다"고 두려워하며 거절했
다. 또한 벨러로쉬는 사전트와 정서적으로 과도하게 가까워지는 것을 두
려워했을 수도 있다. 그가 사전트를 만났을 때에는 불과 열아홉 살이었
는데, 그 나이는 성적으로 모험적이기도 한 나이였다. 하지만 그때는 두
사람이 내밀한 관계의 가능성을 탐구하기에는 위험한 시기였는데, 1885
년 사전트가 런던으로 이주한 후에는 더욱 그랬다. 그 무렵 영국 정부는
남자들 사이의 성적 행동을 범죄시하고, 성적으로 활동적인 동성애자를
단죄하는 라부셰 수정법안을 통과시킨 상태였다. 그 법은 1895년 알프
레드 더글라스와 관계를 가진 오스카 와일드를 기소하는 데 적용되었다.

　　오랫동안 사전트와 벨러로쉬는 서로의 스튜디오를 사용하고, 주기적
으로 편지를 주고받으며 우정을 유지했다. 하지만 그들은 〈마담X〉가
전시된 후 여름만큼 가깝지는 못했다. 벨러로쉬는 다른 관심사와 다른
관계들을 추구했다. 그는 많은 젊은 화가들의 선례를 따라 물랭 루즈 맞
은편에 있는 몽마르트르의 스튜디오로 들어가 마네의 〈올랭피아〉를 위
해 포즈를 취한 빅토린 뫼랑과, 툴루즈 로트렉이 가장 좋아한 모델인 릴
리 같은, 당시 인기 있던 모델들을 그렸다. 벨러로쉬는 자신의 이성애를

공격적으로 드러내며 릴리와 십 년에 걸친 뜨거운 관계를 가졌고, 몽마르트르의 보헤미안 무리 가운데서 친숙한 인물이 되었다. 초상화가로서 성공적인 삶을 살았을 수도 있는, 재능 있는 화가인 벨러로쉬는 1900년 이젤을 치우고 석판화에 보다 많은 시간을 쏟았다. 주로 여자들을 낭만적으로 묘사한 그의 석판화는 너무도 우아하고, 세부 묘사도 그림 같아 화가 프랭크 브랭윈은 벨러로쉬만큼 석판화를 회화의 경쟁상대가 되게 한 사람은 없다고 하기도 했다.

1910년 벨러로쉬는 조각가의 딸인 쥘리 비소와 결혼하기 위해 릴리와의 관계를 끝냈다. 연인의 배신에 상심한 릴리는 비이성적으로, 예측할 수 없는 행동을 했다. 그녀는 계속해서 두 사람의 결혼을 파탄시키려 했다. 벨러로쉬와 쥘리는 파리와 프랑스를 벗어나 그녀의 분노로부터 도피해 새로운 삶을 시작했다. 그들은 세 아이를 낳아 영국의 시골에서 조용한 삶을 살았으며, 벨러로쉬는 석판화의 대가로서 명성을 쌓았다.

사전트는 죽을 때까지 벨러로쉬의 그림을 〈마담X〉와 함께 타이트 가의 집에 걸어두었다. 오늘날 벨러로쉬를 그린 사전트의 그림 대부분은 개인 소장품으로 있다. 그리고 벨러로쉬가 털모자를 쓰고 있는 그림은 콜로라도 스프링스 미술 센터에 있다.

릴리 밀렛은 평생에 걸쳐 자신을 그린 사전트의 초상화를 소중하게 간직했다. 1912년 4월 영국에 갔다가 그녀가 있는 집으로 (밀렛 부부는 뉴욕과 브로드웨이에 집을 갖고 있었다) 돌아가던 그녀의 남편 프랭크는 타이타닉호에서 죽었다. 릴리는 미국에서 더 많은 시간을 보내며 집안을 가꾸는 자신의 재능을 이용해 뉴욕에서 인테리어 디자인 회사를 열었다.

그녀는 일흔일곱의 나이에 죽었다.

릴리는 자신의 초상화를 의사이자, 사전트의 이름을 물려받은 아들에게 물려주었다. 존 밀렛이 1976년 죽었을 때 그 그림은 친척의 손에 넘어갔다. 1996년 〈프랭크 D. 밀렛 부인〉은 미국의 어떤 가족이 구입했는데, 지금은 〈카네이션, 백합, 백합, 장미〉에 대한 사전 유화 작업을 했던 곳에서 멀지 않은 그 가족의 식당에 걸려 있다. 그 가족은 초상화와 사전 유화 작업 그림을 아이들이 흔드는 배낭이 닿지 않는 곳에 걸어놓았다. 사전트가 사랑스런 친구에게 바치는 그 그림을 그린 순간부터 그것은 계속해서 어떤 가정에 걸려 있었는데 가정의 여신으로 묘사된 여인에게는 어울리는 운명이었다.

1903년 이사벨라 스튜어트 가드너는 미술관을 여는 꿈을 실현해 자신의 엄청난 규모의 미술 소장품을 전시했는데, 거기에는 렘브란트와 베르메르, 마네, 그리고 그녀가 평생에 걸쳐 수집한 수백 점의 작품들이 있었다. 그녀는 건축가 윌러드 T. 시어즈에게 자신의 궁전을 짓게 했다. 펜웨이 코트가 완성되었을 때 - 사전트의 사촌 커티스 가문이 소유한, 베니스의 대운하에 있는 십오 세기 주택인 바르바로 궁전에서 영감을 받은 것이다 - 그곳에는 거대한 실내 안뜰과, 삼 층으로 이루어진 갤러리와 콘서트홀과 강연실, 그리고 사층에 있는 화려한 생활 공간이 있었다.

가드너는 사전트가 그린 회화와 드로잉을 많이 갖고 있었지만 그럼에도 〈엘 할레오〉를 원했다. 그 그림은 그것을 1882년에 산 토머스 제퍼슨 쿨리지가 갖고 있었다. 1914년 쿨리지가 그것을 임대하는 데 동의하자 가드너는 그것을 수용하기 위해 펜웨이 코트의 일부를 디자인했다.

그녀는 복도 끝에 그 거대한 그림을 걸어 조명을 비춰 사전트가 그린 스페인 무희를 더욱 돋보이게 했다. 그리고 그림 앞쪽 바닥에는 악기와 도기를 놓아 극적인 분위기를 더했다. 그녀가 원한 대로 멀리서 보면 그 모습은 놀라울 정도로 사실적으로 보였다.

그 그림이 전시된 것을 본 쿨리지는 〈엘 할레오〉가 가드너의 집에 있어야 한다고 판단했다. 가드너는 자신의 집의 다른 곳인 고딕 방에는, 남편이 무척 창피해한, 사전트가 그린 자신의 초상화를 걸어두었다. 그녀는 〈이사벨라 스튜어트 가드너 부인〉은 대중에게 보이고 싶어하지 않던 남편의 바람을 그가 1898년 죽을 때까지 존중했다. 사전트는 그녀가 1924년 죽기 얼마 전 다시 그녀를 그렸다. 〈하얀 옷을 입고 있는 부인〉은 말년에 병으로 쇠약해진 아멜리처럼 하얀 베일을 두른 채로 소파에 몸을 기대고 있는, 한때는 활기로 넘치던 여인을 보여주고 있다.

사전트의 그림은 1930년대와 1940년대에도 미술관에 걸려 있었지만 시대에 뒤진 것으로 치부되며 무시되었다. 하지만 50년대 초반 몇 가지 일이 겹치면서 다시 각광을 받았다. 1955년 찰스 메릴 마운트가 출간한 생생한 전기는 사전트의 삶을 사건들로 충만한 다채로운 것으로 그렸고, 그것은 잊혀진 화가에 대한 새로운 관심을 야기했다. 마운트는 실수를 저지르고 극적인 목적을 위해 과장을 하긴 했지만 (가령 마운트는 사전트가 쥐디트 고티에와 연애를 한 것으로 암시한 유일한 전기작가이다) 그의 생생한 글은 사전트를 다가가기 쉽고 매혹적인 존재로 만들었다.

1950년대 초와 1960년대를 통해 일련의 성공적인 전시회가 개최되면서 사전트의 그림들은 다시 대중들에게로 돌아왔다. 시카고와 뉴욕과 보

스턴과 워싱턴의 미술관에서 그의 그림들을 보기 위해 줄을 선 관람객들
- 그들 중 일부는 그 그림들을 처음으로 보고 있었다 - 은 사전트의 부정
할 수 없는 재능에 깊은 인상을 받았다. 비평가들 또한 그를 구식으로 치
부하는 대신 그의 작품을 고전적인 것으로 평가하며, 탁월한 기법과 예
리한 심리학을 놀랍게 결합한 그의 솜씨를 인정했다.

1970년대에 이르러 사전트는 다시 각광을 받았고, 특히 그의 초상화
들은 높은 평가를 받았다. 사전트의 작품에 대한 평가를 부탁받은 앤디
워홀 - 당대 최고의 미술가로, 사전트처럼 부자와 유명인의 그림을 전문
적으로 그린 - 은 "오 맙소사, 나 역시 그처럼 그림을 잘 그렸으면 좋겠어
요" 하고 말했다. 워홀은 사전트의 모델들이 다른 시대의 옷을 입고 있긴
하지만 자신이 유행의 첨단을 걷는 자신의 작업실인 공장에서 만난 많은
사람들처럼 미술을 자신의 부와 위엄 있는 지위에 대한 진술로 사용한
명민한 존재들이라는 것을 이해했다.

사전트의 인기는 계속해서 높아졌고, 1998년 런던의 테이트 갤러리에
서 시작해 시애틀과 워싱턴과 보스턴에서 열리고, 2001년 내내 다시 시
애틀에서 열린 성공적인 전시회를 통해 정점에 이르렀다. 미국에서의 성
공적인 전시회에서는 회화와 수채화와 드로잉 등 그의 작품 130점이 선
보였으며, 모든 도시에서 찬사를 받았다. 새천년이 되면서 사전트는 그
의 대담한 그림에 매혹되고, 부자들의 우아하고 눈부신 세계를 대가답게
표현한 그의 솜씨를 예찬하는 것이 정치적으로 올바르지 않다고 생각지
않은 대중들의 열렬한 호응을 받았다. 결국 사전트는 그가 죽은 후 받게
된, 명성에 있어서의 사형 선고를 극복했다. 미술사가인 로버트 로젠블

룸의 말에 따르면 한때 잊혀졌던 화가는 "다시 뜨거운 존재"가 되었고, 그의 가장 유명한 그림은 〈마담X〉였다.

사전트의 전시회에 많은 관람객이 들고, 그의 그림들이 다시 인기 있는 연구 주제가 되면서 미술학자들은 그의 사생활에 열정적인 관심을 보이며 그의 애매하고 모호한 성 정체성에 관한 "진짜" 이야기를 파헤치려 했다. 그는 이성애자였는가, 동성애자였는가, 아니면 무성적이었는가? 초기 전기작가들은 사전트가 계속해서 작업을 했으며, 미술 외에는 어떤 것에도 시간이 없어 연애나 섹스에는 관심이 없었다고 주장했다. 1980년대에 사전트에 관해 아주 깊이 있게 쓴 스탠리 올슨 또한 그가 사적인 열정을 숨긴 것이 아니라 아무런 열정도 갖고 있지 않았다고 주장했다.

하지만 트레버 페어브라더 같은 다른 전문가들은 사전트가 작품에 있어서뿐만 아니라 삶에서도 관능주의자였다고 주장하고 있다. 페어브라더는 전기작가들과 비평가들이 사전트의 많은 회화와 드로잉들이 동성애로 충만하다는 사실을 외면했으며, "그의 작품의 시각적 격렬함과 정서적 충만함이 남성의 아름다움에 대한 이끌림에 의해 만들어졌다"고 주장하고 있다. 작가 생활을 하는 동안 사전트는 자신의 하인 니콜라 딘 베르노와 베니스의 여러 곤돌라 사공들과 보스턴 공공 도서관 벽화를 위해 포즈를 취한 모델들을 비롯해 알몸의 건장한 남자들을 자주 그렸다. 그의 남성 누드화들은 그가 아직 젊어 욕망을 탐구하던 1880년대 초기의 낭만적인 매혹에서 비롯된 초상화들과 마찬가지로 자신이 억압하고, 숨기려 했을 수도 있는 성적 측면을 암시하고 있다. 이 작품들에서 분명한 열정적인 붓놀림은 사전트의 보다 깊은 - 충족되지 않은 - 갈망을 나타내는 것일 수도 있다.

수십 년간의 연구와 논쟁 끝에 전문가들은 사전트의 초상화들이 그냥 예쁘기만 한 그림이 아니라는 결론을 내렸다. 그 그림들은 항상 대상의 정수와 화가의 열정적인 본성을 드러낸, 인물에 대한 강렬하고 통찰력 있는 연구였다. 사전트가 그린 〈집에 있는 사뮈엘 장 포지 박사〉는 선견 지명이 있으면서도 역설적이다. 영원한 바람둥이였던 포지는 집에 있은 적이 없다. 마치 사전트는 의사의 거실에 걸려 있는 그 그림을 포지의 영 원한 대역으로 구상한 것 같다. 사전트는 〈프랭크 D. 밀렛 부인〉에서 릴리 밀렛의 우아함과 강인함 - 그 후 개인적인 비극을 맞이한 그녀를 지 탱시켜준 특질 - 을 감지한 것처럼 〈장미를 든 여인〉과 〈에드워드 부르 크하르트 부인과 그녀의 딸 루이즈〉에서는 루이즈의 슬프고 보잘것없 는 미래를 예감한 것 같다.

사전트는 그의 가장 위대한 심리학적인 초상화인 〈마담X〉에서 다가 갈 수 없는 아름다움과, 그녀와 그녀가 구현한 퇴폐적인 사회의 자기 파 괴적인 나르시시즘을 드러냈다. 사전트는 "나는 판단하지 않는다. 다만 연대기적인 기술을 할 뿐이다"라고 자신의 신조를 드러냈다. 물론 〈마 담X〉는 위험한 아름다움의 추상적이며 도상학적인 이미지로 볼 수도 있다. 하지만 그림의 대상은 사전트에게 커다란 개인적인 의미를 갖고 있었다. 레 셴느에서 사전트가 아멜리의 포즈를 결정한 운명적인 날 그 는 그녀의 얼굴을 자신에게서 돌리게 해 그렸는데 그것은 그가 결코 소 유할 수 없었던 여자와, 거주할 수 없었던 세계에 대한 심란한 비전이다.

# | 후기

  &#x1FA7A; 1884년 살롱에서 데뷔했을 때 〈마담X〉는 스핑크스 같은 존재로 묘사되었다. 그녀는 말로 표현하기 어려운 신비스러움과 모호함을 갖고 있었고, 그 점들로 인해 그녀는 그 후 한 세기 넘게 가장 많이 연구된 화가의, 가장 많이 연구된 그림이 되었다. 사전트를 연구하는 수많은 학자들이 그 초상화의 의미에 대해 많은 논의를 하고 있다. 〈마담X〉는 묘사되고, 분석되고, 재구성되었다. 학자들은 사전트의 전 작품 내에서 그녀의 위치에 대해 논쟁을 벌였고, 그녀의 모든 세부적인 것들을 따로 집어냈으며 그녀의 의미에 대해 논란을 벌였다.

 하지만 이 모든 관심에도 불구하고 아멜리의 흘러내린 어깨끈에 관한 이야기는 1981년 트레버 페어브라더가 19세기의 미술잡지와 문서 보관소에 묻혀 있던 증거를 발굴해 출간하기까지 간과되었었다. 페어브라더는 「아트 아마추어」 1889년 호에서 사전트가 "그 부인의 친구들의 마음을 상하게 한 그림의 일부를 다시 그렸다"는 사실에 관한 짤막한 언급을 보았다. 페어브라더는 마음을 상하게 한 것이 아멜리의 흘러내린 어깨끈이라는 사실을 발견했다. 그는 메트로폴리탄 미술관에 있는 〈마담X〉가 벨 에포크의 파리를 분노케 한 그림과는 아주 다르다는 사실을 깨달았다. 그 초상화의 본래의 상태를 알게 해주는 두 개의 이미지가 있는데 그것들은 살롱에서 발행한 르 몽드 일뤼스트레에 실린, 샤를르 보드가 만든 판화와 살롱에 전시된 그 그림을 사진으로 찍은 것이다. 페어브라더는 이 이미지들과 그것들이 담고 있는 이야기에 관심을 호소했다.

그 후 페어브라더는 〈마담X〉를 둘러싼 또 다른 수수께끼에 눈길을 돌렸다. 런던의 테이트 갤러리에는 그 초상화의 미완성 복제본이 있었는데 그것은 조제프 더빈 경이 1925년 사전트의 저택에서 구입해 갤러리에 선물한 것이다. 그 복제본은 수십 년간 전문가들을 혼란스럽게 했다. 사전트는 〈마담X〉를 그리는 동안 그 그림을 그린 것인가? 아니면 살롱 출품작이 완성되어 전시된 후 그린 것인가? 그렇다면 그는 왜 이미 완성한 그림을 재창조하려 한 것인가?

테이트 갤러리에 있는 그림을 살펴본 페어브라더는 그것이 미완성이긴 하지만 완성된 〈마담X〉와 다소 일치한다는 사실을 알아차렸다. 따라서 그것은 초기의 실험적인 연구가 아니라, 실제로 사전트가 서둘러 끝내 살롱에서 전시하려 했을 수도 있는 복제본이었다. 사전트는 복제본에서 모델의 어깨를 드러냈고, 그에 따라 페어브라더는 그가 아멜리의 어깨끈의 위치를 결정짓는 문제에 대해 다른 생각을 가졌을 수도 있으며, 그녀의 어깨에 어깨끈을 올려놓을지 혹은 어깨에서 내릴지에 대해 확신이 없었다고 주장하고 있다. 만약 복제본을 제때 완성했다면 사전트는 살롱 관람객에게 훨씬 덜 물의를 일으키는 그림을 선보였을 수도 있다.

한데 〈마담X〉는 뉴욕의, 현재 그것이 있는 곳에 온 후 많은 세월이 흐른 뒤 또 다른 수수께끼를 제공했다. 메트로폴리탄 미술관의 큐레이터들은 〈마담X〉가 본래의 금빛 액자 속에 있지 않다는 사실을 깨달았다. 1884년 파리의 스튜디오에서 그림과 함께 포즈를 취하고 있는 사전트를 찍은 사진은 우아하게 장식된 첫 번째 액자를 보여주고 있는데 그것은 메트로폴리탄 미술관의 〈마담X〉를 둘러싸고 있는, 단순한 형태의 금박 나무 띠와는 대조를 이루었다.

미술관은 1989년부터 대대적인 재고 조사를 시작했고, 그 과정에서 〈마담X〉의 본래 액자가 그곳에 있을 수도 있다는 희망에 많은 액자들을 뒤졌다. 하지만 수백 개의 액자들을 살펴보고 측정한 후 큐레이터들은 사전트가 그림을 1915년 샌프란시스코로 보내기 전 본래의 액자를 제거했다는 결론을 내렸다. 어쩌면 무거운 무게가 문제가 되었을 수도 있다. 그 그림은 미국의 서부 해안까지 배로 보내진 것이다. 하지만 단순한 형태의 나무 띠에 비해 적절한 액자가 미술관의 재고 가운데서 발견되었는데 그것은 뉴욕의 액자 가공업자인 토마스 A. 윌머트가 화려한 시대 스타일로 1892년에서 1899년 사이에 만든 것이었다. 오늘날 〈마담X〉를 둘러싸고 있는 것은 바로 이것이다.

가장 잘 알려진 미술품의 경우에도 세부적인 것들이 시간에 의해 모호하게 되며 뭔가가 상실되기도 한다. 〈마담X〉의 경우 액자가 사라졌으며, 복제본 또한 사라졌고, 목격자들이 죽고 흘러내린 어깨끈이 잊혀지면서 스캔들 자체도 사라졌다. 그리고 가장 중요한 것으로, 그림 속의 인물이 사라졌다.

평생에 걸쳐 자신의 외모를 가꾸는 것 외에 단 하루도 일을 하지 않았던 그녀는 매주 메트로폴리탄 미술관의 아메리칸 날개 건물을 지나가는 수천 명의 관람객들을 위해 자신의 최고의 얼굴을 내밀며 일주일에 육일을 일을 하고 있다. 〈마담X〉는 "천 곳으로부터 임대 요청이 들어온 얼굴"로 묘사되어 왔다. 전세계의 미술관에서 자주 그 그림을 일시적으로 전시할 수 있게 해달라는 요청을 해오지만 대부분은 거절되고 있다. 아주 예외적으로 〈마담X〉는 2002년 몇 달간 메트로폴리탄 미술관을 떠난 적이 있었다. 당시 토머스 이킨스의 순회 전시회가 메트로폴리탄 미술관에서 열렸을 때 그녀는 필라델피아의 토머스 제퍼슨 대학에 있는 제퍼슨 동창회관에 보내져 이킨스의 작품 〈야비한 클리닉〉를 대신했다.

오늘날 〈마담X〉가 시장에 나온다면 그것을 찾는 사람들의 행렬은 끝이 없을 것이다. 1884년 당시 스타였던 화가들 - 제롬과 에네르, 퓌비드 샤반느, 벵자맹 콩스탕, 부그로, 코르몽, 그리고 샤플렝 - 의 작품들은 〈마담X〉처럼 오랜 명성을 누리지 못했다. 오늘날 제롬이나 부그로의 작품은 수백만 달러는 나갈 테지만 여전히 스타인 〈마담X〉는 천만 달러는 나갈 것이다.

아멜리 고트로의 이미지는 메트로폴리탄 미술관에 들어간 적이 없는 사람들에게도 무척 친숙하다. 그녀는 세련됨의 정의를 찾으며 그녀의 유명한 검정색 가운의 우아함을 환기시키는 패션 디자이너들의 우상이다.

그녀의 후손으로 미술가이자 디자이너인 안젤 파를랑쥬는 아멜리의 옆모습을 보여주는 화려한 섬유 라인과 서명 X로 그녀에게 경의를 표했다. 파를랑쥬의 부모는 한때 비르지니 테르낭 파를랑쥬와 그녀의 딸 마리 비르지니, 그리고 어린 아멜리의 고향이었던 파를랑쥬 플랜테이션에 살고 있다. 그곳은 여전히 사람들이 일을 하는 농장이며, 19세기에 그랬던 것처럼 지금도 명소이다.

뉴올리언스에 거주하는 사람들은 계속해서 〈마담X〉의 마법에 걸려 있다. 몇 년 전 아베뇨 가문의 한 후손은 레스토랑을 열며 그곳을 고트로의 레스토랑이라고 이름 붙였다. 손님들은 액자에 넣은, 남프랑스의 호텔과 식당의 계산서 밑에 앉아서 식사를 하는데, 그 모든 계산서들에는 고트로의 이름이 들어 있다.

골동품상 찰스 척 로빈슨은 아멜리의 할아버지 필립 아베뇨가 짓고, 그녀가 아버지에게서 물려받아, 커다란 실망을 경험한 해인 1884년 판, 프랑스 구역 내 툴루즈 927번지 집을 10년에 걸쳐 복원했다. 본래의, 벽으로 둘러싸인 정원이 있는 이 저택은 크리올의 삶에 대한 기념물로 지금은 마담X 방도 갖추고 있는데, 그곳의 벽난로 위에는 실물 크기의 〈마담X〉 복제본이 걸려 있다.

2000년에는 유명한 인형 제작자인 알렉산더 부인이 한정판 미술품 시리즈에 "마담X"를 포함시키기도 했다. 보석이 달린 끈과 검정색 장갑과, 길게 끌리는 옷자락이 있는 드레스 차림에 갈색머리인 그 인형은 이미 수집가들이 탐내는 물건으로 "세계적인 경매 사이트 e - Bay"에서 입찰 경쟁이 뜨거운 품목이다.

〈마담X〉와 그녀의 다른 형태의 모습은 언론에 광범위하게 등장하고 있다. 그녀는 뉴요커의 표지에 실렸으며, 배너티 페어에서는 포즈를 취하고 있는 여배우 니콜 키드먼으로 구현되기도 했으며, 텔레비전 방송극인 "윌 앤드 그레이스"의 한 에피스드에 등장하기도 했다. 거의 120살이 된 "마담X"는 최고의 빈티지 이미지와 오브제를 선정하는 웹사이트인 popular.com에서 "오늘의 아가씨"로 선정되기도 했다. 또한 그녀는 앤치코렐라의 희곡과 패트릭 솔루리의 발레 작품과, 아베뇨 집안의 친척인 메타 웨스트펠트 에셜레만의 회상록에 영감을 주기도 했다.

오늘날 〈마담X〉는 약간 나이든 모습을 보이고 있다. 칠에 금이 간 것은 그것이 완전히 마르기 전에 사전트가 브르타뉴에서 파리로 가져가기 위해 캔버스를 말아서였을 수도, 아니면 천천히 마르는 칠 위에 재빨리 마르는 칠을 해서일 수도 있다. 어떤 옷을 입는지가 신문에 보도되고, 같은 옷을 두 번 입은 것을 거의 볼 수 없었던 그녀는 이제 매일 똑같은 옷을 입고 있다. 이제 그녀는 자신이 한때 원했던 것처럼 유명하지만, 누구도 마담X를 그녀의 진짜 이름인 비르지니 아멜리 아베뇨 고트로로 부른 적은 없다.